O segredo da Floresta do Pânico

SÉRIE

O POVO DAS ÁRVORES

A filha do pastor das árvores

No coração da floresta

O segredo da Floresta do Pânico

GILLIAN SUMMERS

O segredo da Floresta do Pânico

Tradução

Flávia Carneiro Anderson

BERTRAND BRASIL

Rio de Janeiro | 2014

Publicado por Flux, um selo da Llewellyn Publications.
Woodbury, MN, 55125 USA. www.fluxnow.com

Título original: *The Secret of the Dread Forest*

Capa: Raul Fernandes
Imagem de capa: Ashley Lebedev / Trevillion Images

Editoração: FA Studio

Texto revisado segundo o novo
Acordo Ortográfico da Língua Portuguesa

2014
Impresso no Brasil
Printed in Brazil

Cip-Brasil. Catalogação na publicação
Sindicato Nacional dos Editores de Livros. RJ

S953s Summers, Gillian
O segredo da floresta do pânico / Gillian Summers; [tradução Flávia Carneiro Anderson]. — 1. ed. — Rio de Janeiro: Bertrand Brasil, 2014.
238 p.: 23 cm. (O povo das árvores; 3)

Tradução de: The secret of the dread forest
Sequência de: No coração da floresta
ISBN 978-85-286-1954-6

1. Romance americano. I. Anderson, Flávia Carneiro. II. Título. III. Série.

CDD: 813
13-08044 CDU: 821.111(73)-3

EDITORA BERTRAND BRASIL LTDA.
Rua Argentina, 171 — 2º andar — São Cristóvão
20921-380 — Rio de Janeiro — RJ
Tel.: (0xx21) 2585-2070 — Fax: (0xx21) 2585-2087

Atendimento e venda direta ao leitor:
mdireto@record.com.br ou (0xx21) 2585-2002

Impresso no Brasil pelo Sistema Cameron da Divisão Gráfica da
DISTRIBUIDORA RECORD DE SERVIÇOS DE IMPRENSA S.A.

Este livro é dedicado às maravilhosas pessoas que se voluntariam e dedicam seu tempo e seu amor ao resgate de animais. E, especialmente, aos veterinários, que castram, esterilizam e curam nossos amiguinhos peludos.

Agradeço à Wyndeth Davis, do National Park Service, por sua sugestão de incluir os círculos de carvalho, que agora são parte integrante do mundo de Keelie.

1

Keelie Heartwood corria a passos largos, movimentando os braços rapidamente; os pulmões comprimidos pelo medo que ameaçava impedi-la de continuar. Com a vista um pouco enevoada pelos olhos marejados, ela tentava abafar as palavras de Sean, que ressoavam num redemoinho interminável em sua mente.

Ao seu redor, o verde profundo da floresta ancestral do Oregon parecia um borrão enquanto ela percorria a toda velocidade aquele território pouco familiar, mal notando a paisagem. Ela ouviu o grito do falcão no alto.

Ariel vinha em primeiro lugar em sua vida. O falcão cego estava voando, mas acabaria morrendo se Keelie não o convencesse a descer. As árvores ali eram muito altas e ameaçadoras, e uma colisão seria fatal. Fora a própria Keelie que optara por soltar o falcão agitado, e seria sua culpa se se machucasse.

Um riacho estreito atravessava a marga, e a jovem saltou e aterrissou do outro lado com firmeza em seu tênis de corrida.

Fique. A voz do espírito da água elevou-se como espuma no rio, que passava ligeiro e, embora Keelie tivesse continuado a correr, deixou a promessa de voltar. Pelo menos teria um amigo ali.

O Pânico se ocultara em bolsões profundos nos velhos bosques e, assim que a jovem deu mais um passo, perdeu o fôlego quando o forte redemoinho de feitiço subitamente fez irromper seu temor humano. Keelie apertou com força o quartzo-rosa que segurava, pensando no que Sir Davey, seu professor de magia terrena, tinha lhe ensinado repetidas vezes naquele verão: *Evoque as forças terrenas, deixe que essas pedras a conectem com a terra.*

A apreensão se esvaiu e ela continuou a correr, olhando para cima por um momento e, em seguida, na direção das asas negras do falcão, que ela tanto se esforçara para reabilitar. Não podia permitir que nada acontecesse com Ariel. Uma pena Sir Davey não ter ensinado nada sobre rapazes a ela.

À sua esquerda, algumas folhas farfalharam nos arbustos à e, antes que Keelie pudesse reagir, um corpo ágil, de pelo caramelo, irrompeu por eles, saltando no ar e tocando o solo logo à frente, para, em seguida, saltitar de novo. Ela deu um giro para evitá-lo e, então, parou, quando outro pulou em sua direção. Cervos. Grandes e graciosos, saltitando pela relva da clareira e depois seguindo rumo ao declive, longe de Keelie. Ofegante, ela observou-os contornar os penedos e as ravinas como se fossem marionetes sendo manipulados por um titereiro gigante.

Ariel deu outro grito, e Keelie olhou para cima, aborrecida por ter permitido que os cervos a distraíssem. As sombras estavam começando a aumentar, e escureceria em breve. Ela precisava pegar o falcão e voltar para a casa da avó.

Keelie não queria voltar, mas tinha que fazê-lo. Todos a esperavam. Sean também estava aguardando. Ela sentiu um aperto no peito ao se lembrar do olhar sério no rosto charmoso dele e da forma como as pontas das orelhas apareciam entre as mechas louras, que iam até os ombros do rapaz. As palavras fizeram sentido quando ele começara a falar, mas perderam-se em meio às batidas do coração dela.

Keelie pensou que ele a levara para longe para roubar um beijo e, por isso, decidira levá-lo até a área das gaiolas, onde ela acabara de dar comida para Ariel.

"Senti muita saudade", dissera ela, feito uma boba apaixonada.

E Sean lhe lançara um olhar aflito e contara sobre Risa, a elfo que o pai escolhera para ele. Risa, a elfo que se casaria com ele; e o noivado poderia ser anunciado naquela noite, na festa de boas-vindas de Keelie.

Sinto muito, sinto muito, sinto muito — as palavras dele ressoavam a cada passo. Ela teria que esconder seus sentimentos de todos, principalmente da avó.

Parecia estranho dizer "avó", uma palavra que antes só significava Josephine, a mãe de sua mãe, a única avó que conhecia. Ela era pequena e amável, carinhosa e alegre. Nada parecida com a altona e séria Keliatiel, cujos cabelos longos e lisos, de um tom branco prateado, iam até a cintura e roçavam as saias de sua túnica. Isso mesmo, túnica. Parecia ter saído de um filme. Era a líder ali na Floresta do Pânico, reverenciada por todos os elfos.

Keliatiel fizera muito alarde com a chegada da neta, e a festa de boas-vindas de Keelie seria justamente em sua casa, na extremidade da clareira. Os convidados na certa estavam ansiosos para observar a jovem metade humana que o filho de Keliatiel, Zekeliel — o Pastor das Árvores — levara para casa. Sua filha. A que não era elfo o bastante para se casar com o filho de Lorde Niriel.

O pensamento fez Keelie começar a correr de novo. O que diria para eles? E pior: como conseguiria evitar que notassem o quanto a magoava ficar na presença de Sean sem sequer poder segurar sua mão? O quanto a incomodava ser chamada de "Orelha Redonda"? Ela notara os olhares de esguelha e os sussurros maldosos sobre ela durante toda aquela semana no vilarejo.

Keelie andou mais rápido, olhando para cima de novo, procurando Ariel. Mas escurecera, e ela já não conseguia mais enxergar tão longe. A jovem tropeçou e caiu já com força, batendo os joelhos no chão. Por um instante, a dor foi tão intensa, que ela só se concentrou em respirar; então, a sensação diminuiu. Keelie moveu uma perna, depois a outra, com cuidado, testando-as. Os joelhos continuavam a arder sob a calça jeans, e as palmas de suas mãos ficaram cheias de arranhões; mas estava bem.

Não estava, não. A jovem rolou para o lado e se sentou. Sentiu a umidade penetrando na parte posterior da calça e, em seguida, puxou as pernas para cima.

Lágrimas rolaram por seu rosto e caíram nas folhas secas que formavam o chão da floresta. Ao se apoiar, sua mão partira um ramo. *Amieiro*, pensou ela. Amieiro como os do Festival da Renascença de Montanha Alta. Através de seu contato com o ramo, ela sentiu que uma das árvores imensas ali perto era a mãe dele. Keelie nunca vira um amieiro tão largo.

Aquelas árvores tinham centenas de anos. O que pensavam da humanidade tola, correndo para lá e para cá, tentando resolver seus supostos problemas?

Então, Keelie congelou. Percebeu um movimento atrás dos arbustos. Havia algo ali, na fresta escura entre o solo e um enorme carvalho que caíra obliquamente ao lado dela. Daquela vez, não era um cervo.

A jovem pôs a mão na casca cheia de manchas esverdeadas da gigantesca árvore morta e proferiu as palavras do Lorem Arboral que seu pai lhe ensinara.

— Que a paz esteja convosco, oh, Árvore — concluiu ela.

Pela casca, Keelie captou as milhares de vidinhas que agora faziam parte da árvore, alimentadas e abrigadas por sua morte. Visualizou na mente a tempestade que a derrubara, sentiu o raio fumegante conforme ele estourava ao atingir em cheio o núcleo da árvore.

Keelie estremeceu e tirou a mão da casca; depois, viu com clareza a criatura que se abrigara à sombra do carvalho.

Era um rapaz. Dormia, com o capuz protegendo o rosto e os braços finos envolvendo com força o próprio corpo, como se eles pudessem manter a umidade longe de suas costelas. Aparentava ter a idade dela. No jeans rasgado havia um remendo branco na altura do joelho, todo sujo, e a sola das botas estava tão gasta, que devia doer caminhar com elas.

Ele ficou ali deitado, impassível, tão imóvel que Keelie se perguntou se estaria morto; mas não, ela o vira se mexer antes: escutara-o.

Alguns elfos do vilarejo tinham comentado com o pai de Keelie que os excursionistas estavam penetrando cada vez mais na floresta, agora que o Pânico começava a enfraquecer. Keelie quase abriu a mão para observar seu quartzo-rosa — sua proteção contra o Pânico —, mas sabia que não podia correr esse risco. Se perdesse o contato físico com a pedrinha polida por um minuto que fosse, o Pânico poderia dominá-la. O terror que provocava não era real, mas tinha um impacto tão profundo que a jovem não conseguiria se controlar e sairia correndo. Embora soubesse do que se tratava — um feitiço para impedir que os seres humanos entrassem na floresta e a profanassem —, aquilo ainda a afetava. Keelie se obrigou a respirar com mais tranquilidade.

O rapaz se moveu. Mexeu um pouco a cabeça de forma que seu rosto se revelou pela abertura do capuz. Ele era lindo. Os cabelos escuros lhe caíam na testa e os cílios longos e negros contrastavam com a pele branquíssima. Estava dormindo um sono profundo.

Keelie notou que as orelhas dele eram redondas e que o rapaz parecia ser tão humano quanto ela. Na verdade, ainda mais que ela, pois não era metade elfo. A jovem tocou numa das próprias orelhas, sentindo a suavidade da ponta normal e arredondada de uma delas e, em seguida, a extremidade longa e pontuda da outra. Tanto drama por causa do formato de uma orelha.

Ela teve vontade de imitar o ocorrido em *A bela adormecida* e dar um beijo nele. Será que o rapaz acordaria? Será que ela teria direito a um desejo? Não, isso era coisa de gênio. Mas, ao menos, Keelie seria beijada por *alguém*.

O solo gelado começava a ficar desconfortável. A jovem se levantou com cuidado, sem querer acordar o rapaz. Ele não parecia perigoso, mas ela teria que se lembrar de contar ao pai que o vira, quando voltasse para a casa da avó.

A presença dele ali era intrigante. Os elfos não queriam seres humanos na floresta e contavam com o Pânico para mantê-los longe. Mas, mesmo dormindo, o garoto não parecia estar com medo. Se ele tivesse sentido os efeitos do feitiço, estaria todo encolhido, apavorado, ou já teria saído correndo rumo à extremidade da floresta, sem saber por que nem do que estava fugindo.

Os tons verdes brilhantes da floresta já tinham adquirido um matiz acinzentado em meio ao breu cada vez maior. Mal se podia ver o rapaz. Conforme a penumbra aumentava, Keelie se deu conta de que fazia tempo que Ariel não gritava. Talvez o falcão tivesse pousado em algum lugar. Ela não estava nem um pouco animada com a perspectiva de passar a noite na floresta, procurando por uma ave cega perdida e, além disso, seu pai começaria a procurar por ela caso se atrasasse para a festa.

Asas bateram no alto, e Keelie olhou para cima, esperançosa. Seria Ariel ou uma coruja? Ela ficou olhando fixamente para as copas altas das árvores. O pai tinha razão — a Floresta do Pânico era diferente de todas as outras. Tratava-se da residência dele e, agora, deveria ser a dela, também. Entretanto, Keelie não tinha certeza de que a chamaria de casa. "Casa" era uma palavra como "pai" — precisava ter um significado. Todo lugar em que ela precisasse segurar com firmeza o quartzo-rosa para se sentir à vontade não podia ser considerado um lar.

Claro que, como ela só estava ali havia um dia, poderia mudar de ideia. Teria que evitar Sean e talvez, depois de um tempo, não tivesse a sensação de que seu coração estava sendo grampeado nas costelas sempre que pensava nele. Sem dúvida se sentiria mais otimista quando Ariel estivesse a salvo.

As folhas secas do chão da floresta farfalharam, e Keelie olhou para baixo. O rapaz tinha sumido. Ela olhou ao redor, em busca de uma pista de seus movimentos. Nada. Nem uma folha se mexendo. Aonde ele tinha ido e como conseguira sair dali tão silenciosamente? Foi como se o rapaz tivesse se fundido com a terra. Keelie desejou, em silêncio, que ele saísse rápido da Floresta do Pânico, antes que os elfos o encontrassem.

Ela abriu a mente para as árvores, pedindo que o encontrassem. Sentiu sua presença ancestral, a imensidão verdejante da floresta madura, mas elas não lhe responderam. Estranho. A jovem conseguia detectar sua presença cautelosa, mas sua conexão com a floresta parecia estar falhando. Ela descendia de um longa linhagem de pastores de árvores e, embora só tivesse começado a se comunicar ativamente com elas em junho, já se acostumara com isso. Estaria sendo ignorada?

A garota desistiu de fazer contato com as árvores quando ouviu o grito agudo de Ariel, mas um calafrio de pavor percorreu seu corpo. Se as árvores não conversassem com ela, encontrar o falcão e levá-lo de volta para sua gaiola seria muito mais difícil.

Keelie respirou fundo e soltou o ar devagar, tentando recobrar a calma, pelo menos por Ariel. O falcão sempre parecia captar suas emoções; o estresse que a jovem sentira ante a perspectiva de se mudar para a Floresta do Pânico o levou a arrancar as penas do peito, até sangrar. Apesar de Keelie não ter uma penugem para tirar, entendia o sentimento.

Algo se moveu à sua esquerda. Pensando que fosse o rapaz, ela se virou, porém, em vez de encontrá-lo, viu asas erguidas se acomodarem devagar numa silhueta grande, empoleirada no galho de um junípero, que se curvara bastante para baixo por causa do peso dela. Keelie foi caminhando devagar em direção à árvore, sem querer afugentar Ariel.

A árvore estava perto do alto da montanha, e a floresta abaixo estendia-se, vasta, sinuosa e verdejante, rumo à estrada distante, que levava à diminuta cidade de Edgewood. Havia fumaça num ponto perto da estrada, e Keelie precisou semicerrar os olhos para enxergar o que era, uma vez que a escuridão aumentava cada vez mais. Um incêndio florestal? Ela pôs a mão na casca do gigantesco pinheiro ao seu lado e, de súbito, pareceu que estava de binóculos.

A jovem viu a fonte do fogo com clareza — um emaranhado de galhos e lenha amontoado no meio de uma clareira que fora aberta na floresta. Escavadeiras e gruas se encontravam estacionadas na extremidade da terra batida, e havia um pequeno trailer que servia de escritório do outro lado. Keelie teria que perguntar ao pai o que estavam fazendo. O Pânico vinha perdendo força, tornando a floresta vulnerável a seres humanos e seus costumes industriais, mas aquele acampamento estava perto demais.

Talvez tivesse sido dali que o rapaz viera.

Ela precisava voltar para a casa da avó, embora preferisse ficar mais por ali. Não estava muito animada em ir para a festa dos elfos.

A casca aqueceu sob a mão de Keelie, que sentiu a percepção da árvore se dirigir ao junípero e à ave em seu galho. *Quer que mandemos a ave descer até você?*

Impressionada, ela percebeu que o voo de Ariel fora guiado pelas árvores. Se podiam fazer isso, Keelie poderia levar o falcão até ali todos os dias.

Os galhos do junípero balançaram, e Ariel bateu as asas longas e adejou com confiança rumo à jovem, como se pudesse ver de novo. Keelie ergueu bem o braço, e o falcão pousou na proteção de couro amarrada em torno do pulso dela. A ave meteu as garras ali, movendo-se para se equilibrar.

Keelie acariciou as penas na garganta de Ariel para acalmá-la.

— Pronto, menina, não foi bom fazer isso? — sussurrou ela. Não podia ficar brava com o falcão por querer alçar voo, ela teria feito o mesmo.

O aroma acentuado de sempre-vivas a circundou de repente, causando a sensação de estar numa fazenda de árvores de Natal. *Pastora das Árvores, seu pai informa que está na hora de voltar ao vilarejo.* Era o junípero alto, que ladeava a trilha. Keelie sentiu que se tratava de uma árvore muito antiga e, por meio dela, sentiu também a floresta ao seu redor, imersa em camadas de magia, tanto na atmosfera quanto no subsolo. Além disso, sentiu os estratos do solo sob si, os depósitos ancestrais, ricos em magia e em algo mais, bem lá no fundo, que sua mente evitou.

Daqui a pouco, respondeu Keelie.

Agora!, a voz mental do pai irrompeu em sua cabeça. No mesmo instante, a jovem o excluiu. Não queria que ele conversasse com ela telepaticamente. O pai vinha fazendo isso com cada vez mais frequência desde que chegaram à Floresta do Pânico, e ela receava que ele espiasse sua mente também. E se ele visse o que acontecera com Sean? Keelie tinha sido tão idiota, chegando a dizer que o amava, que ficara com saudades dele.

Keelie, venha para a festa! Você prometeu que estaria aqui, e a sua avó está triste. Se quer se entrosar com os elfos, precisa fazer a sua parte. Eles vieram conhecê-la.

Por que ele não comprava um celular e lhe enviava torpedos, como as pessoas normais? E ela não se referia a um daqueles telefones de elfo, que usavam as árvores como torres de transmissão.

Ela interrompeu a comunicação com ele. Não dava a mínima para a infelicidade da avó. Keliatiel Heartwood parecia feliz por ter o filho de volta, mas ignorava Keelie por completo, exceto quando Zeke estava por perto. Era como se a avó não soubesse o que fazer com a neta esquisita, metade humana.

Keelie começou a andar de volta para a trilha, movendo o braço para manter Ariel equilibrada e dando passos com cuidado para não escorregar nas folhas pontudas dos pinheiros. Ficou se perguntando aonde teria ido o rapaz, ainda pasma com o fato de o Pânico não o ter afugentado dali, no âmago da floresta. Talvez não devesse contar nada ao pai nem aos outros. Era possível que o garoto precisasse de ajuda, mas eles poderiam agir de forma irracional se soubessem da presença de um ser humano ali.

Quando ela chegou à trilha ampla e arenosa que levava ao vilarejo elfo, olhou de esguelha para trás, saudosamente, rumo à floresta sombria. Se o rapaz não estivesse machucado, ela desejava que tivesse ficado ali, para que os dois pudessem conversar um pouco. Keelie estava se sentindo sozinha. A melhor amiga, Laurie, passara algumas semanas com ela no último Festival da Renascença, em Nova York, mas já voltara para casa, em Los Angeles. Sua amiga mais velha, Raven, estava na universidade naquele momento, na cidade de Nova York, tendo aulas em ritmo pesado, para que pudesse voltar mais cedo para Canooga Springs, no estado de Nova York. Keelie se sentia totalmente só.

Ela não se encontrara com Sean até aquele dia. Lorde Niriel comandava os justadores e insistia em fazê-los seguir uma rotina rigorosa de treino, até mesmo fora da temporada. No dia anterior, ou Sean estivera ocupado treinando com os demais, ou evitando-a. Mas Keelie se mostrara disposta a esperar até poder passar algum tempo com ele. Acabara se ocupando com Ariel e Alora, o fruto do carvalho que a rainha da Floresta de Wildewood lhe incumbira de cuidar. Em questão de dias, o fruto virara muda e, naquele momento, brotava. Era muito mimado, também. Keelie podia apostar que era por isso que o pai estava insistindo tanto que ela fosse à festa. Alora devia estar tendo um ataque de raiva.

A jovem foi caminhando penosamente pela trilha, indo mais devagar ao avistar as inconfundíveis construções de pedra e madeira do vilarejo dos elfos. Detestava a ideia de ter que enfrentar as próximas horas e talvez até o inverno inteiro ali. Uma leve brisa agitou as penas de Ariel, que ergueu o rosto para sentir o ar frio. Keelie estava feliz pelo fato de a ave ter finalmente voado. Era algo raro, embora a partir daquele dia pudesse se tornar uma fuga diária para ambas. Talvez Ariel dormisse bem aquela noite, sonhando que caçaria ratos-do-mato desatentos.

Keelie contornou a casa do pai e foi até a marcenaria, nos fundos, onde colocara uma gaiola temporária para Ariel, com arame farpado e tábuas. Depois de acomodar o falcão ali, ela examinou a porta em busca de buracos e ficou olhando fixamente, intrigada, para as tábuas unidas com suavidade na entrada. De jeito nenhum Ariel poderia ter saído dali sozinha, e Keelie tinha certeza de que não deixara a porta aberta.

Ela subiu os três degraus de pedra baixos e gastos que levavam à casa e entrou na cozinha — um ambiente amplo, com uma lareira de pedra num canto e uma série de panelas de cobre penduradas no meio, sobre uma mesa de madeira gasta. Passou depressa pelo corredor que conduzia à entrada decorada com painéis e, em seguida, subiu a escada sinuosa rumo ao seu quarto.

Até aquele momento, seu quarto tinha sido a melhor parte de sua vida na Floresta do Pânico. O pai devia ter colocado mais gente para trabalhar nele no início do verão, quando fora morar com ele no Festival da Renascença de Montanha Alta, no Colorado. Uma cama com dossel dominava o ambiente, os esteios feitos de vinhas de glicínia retorcidas, nos quais se prendiam cortinas ondulantes, nos tons de azul e roxo. Havia uma penteadeira de cerejeira encostada numa parede, cada gaveta com um puxador em formato de maçãs douradas e, no alto, um espelho arredondado e grande, com ramos de macieira bastante realistas talhados na moldura. Keelie adorava contornar com a mão a madeira brilhosa e suave, que lhe mandava imagens de seus dias num passado distante numa colina da Virgínia, na época em que nuvens felpudas e cervos eram os únicos movimentos.

A única janela do quarto tinha um peitoril bastante largo, local em que ela colocara Alora, o fruto de carvalho que vinha desabrochando, no vaso. Mas, naquele momento, ela não estava ali, uma vez que fora visitar as tias — três carvalhos ancestrais plantados juntos, no outro lado da área verde do vilarejo. Keelie ficou feliz, pois já estava farta das exigências infantis do broto de árvore.

Ela tirou depressa a calça jeans e a camiseta, e pôs o vestido de veludo medieval, com manga morcego, que a avó lhe entregara para usar aquela noite. As saias amplas tinham sido presas num corpete justo, mas não havia botões nem zíperes. O traje fora desenhado para que a pessoa entrasse nele meneando o corpo e o ajustasse até que aderisse bem à silhueta. Keelie colocou um cinto adornado com pedras semipreciosas e uma fivela de prata enfeitada com frutos e folhas de carvalho na cintura, e já estava pronta para sair. Não podia fazer nada para dar um jeito nos cabelos castanhos cacheados e eriçados, exceto uma extenuante sessão de chapinha e, naquele momento, não tinha tempo para isso. Que diferença fazia, de qualquer forma?

Não havia nada que pudesse fazer para que os elfos a considerassem bonita ou a aceitassem como uma deles. Ela descartou a sandália de couro frágil, que combinava com a roupa, optando pela bota personalizada que Lady Annie lhe fizera no Festival da Renascença de Wildewood, em Nova York.

A casa da avó de Keelie ficava no fim de uma vereda, que ladeava uma extensa área verde comum. Se algum ser humano visse aquele lugar, pensaria se tratar de um parque temático. Ela até podia imaginar: Terra Medieval, com cabanas pitorescas e pequenos baluartes, lordes elfos charmosos, avós elfos terríveis e malvadas, e justadores traiçoeiros, que faziam você pensar que a amavam, e depois a largavam...

Keelie parou e respirou fundo. Aquele tipo de atitude não levaria a nada. Ela iria entrar na festa e arrasar. Não pareceria triste nem traída. Sorriria e tentaria não morder ninguém, independentemente do que dissessem. Quando se sentiu de novo no controle, a jovem rumou para a parte da frente da casa bem-iluminada. Podia ouvir o burburinho pelas janelas abertas.

A casa de Keliatiel Heartwood tinha dois andares e era feita de uma pedra clara e cinza, o segundo andar era sustentado por vigas escuras e pesadas. O caminho que levava à porta da frente fora cercado de ervas perfumadas e, no jardim lateral, havia colmeias em mesas, colocadas num ângulo que impedia que os voos das abelhas cruzassem com o da vereda.

Keelie subiu um degrau de pedra e, hesitante, colocou a mão na maçaneta de vidro. Respirou fundo e, em seguida, recuou, com o coração batendo acelerado, quando a porta abriu depressa e ela reconheceu o elfo alto e elegante que a abrira.

— Saudações, Keliel Heartwood. Creio que achou que não voltaria a me ver. — A voz profunda e bela parecia musgo venenoso, aveludada e letal.

Era Lorde Elianard, o elfo matador de unicórnio em carne e osso.

2

— Lorde Elianard! — Keelie deu um passo atrás, aumentando a distância entre eles. A história entre os dois era para lá de ruim. — O que está fazendo aqui?

— Sua avó me deu a honra de me convidar para a sua festinha. Não pude recusar. — Ele manteve a porta aberta e aguardou que a jovem entrasse.

Revoltada, ela se lembrou dele sugando a força vital de Einhorn, o unicórnio guardião da floresta nas cercanias do Festival de Wildewood, usando um poderoso amuleto, que Einhorn deu para Keelie mais tarde, para que o mantivesse em local seguro. Mesmo depois de quase ter matado o unicórnio, Elianard não demonstrou remorso algum, alegando que tudo o que fizera fora em benefício dos elfos. Seria mais seguro para Keelie ficar do lado de fora da casa.

— Onde é que estava, criança? — quis saber alguém com voz consternada. Era a avó Keliatiel, a Dama da Floresta, o elfo mandachuva a cargo de todas as árvores e da magia na Floresta do Pânico. A avó estava parada atrás de Elianard, com a mesma expressão esnobe dele. Os dois elfos trocaram um olhar de cumplicidade, como se tivessem falado previamente sobre ela. Keelie se perguntou como a avó conseguia aguentar a proximidade com ele. Será que não se importava? A jovem sabia que o pai contara à mãe tudo o que acontecera em Wildewood.

Sentindo uma onda de raiva, Keelie deu outro passo para trás, sem querer se submeter às suas atitudes de superioridade. Conteve a vontade de sair correndo, embora a ideia de ficar longe da avó — e de Elianard — fosse tentadora. Poderia acampar na Floresta do Pânico com Ariel e Alora. Por mais desconfortável que fosse, seria melhor do que ficar ali com aqueles hipócritas. A jovem começou a respirar profundamente, absorvendo o ar noturno gelado, aliviando a raiva que irrompera em seu corpo.

Algo quentinho e peludo esfregou-se em seu tornozelo, e ela sentiu uma calma dominá-la conforme garras arranhavam o couro macio da bota. Em seguida, um ronronar alto e reconfortante a circundou, envolvendo-a numa onda cálida e adocicada. Knot tinha chegado. Keelie olhou para baixo, a fim de observar o gato enorme, cor de abóbora, sentado entre ela e a avó Keliatiel.

Ele piscou para os elfos mais velhos e, em seguida, ergueu bem alto a perna e começou a se lavar com a língua rosa. O suposto guardião de Keelie e um tremendo chato: Knot não era nem um pouco sutil.

A avó Keliatiel desviou os olhos verdes, torcendo o nariz com desdém, e seu olhar intenso se dirigiu à neta. Sentindo-se presa àqueles olhos penetrantes, Keelie cruzou os braços diante do peito — não que o gesto a protegesse.

Keelie!, o grito mental do pai fez o cérebro dela doer.

— Pai, estou aqui — disse ela, em voz alta. Keliatiel e Elianard se entreolharam de novo. Eles não tinham ouvido o chamado do pai dela.

Instantes depois, Zeke empurrou Elianard para o lado e saiu de casa. Estava parecendo um príncipe elfo aquela noite, com os cabelos castanho-claros amarrados para trás, deixando à mostra os graciosos arcos das orelhas que terminavam em pontas, usando uma túnica verde longa de equitação e meia-calça, com botas de um tom esverdeado suave que envolviam as pernas delgadas até os joelhos. Ele abraçou a filha.

— Você demorou demais — sussurrou.

Os braços fortes do pai fizeram Keelie se sentir segura e protegida. Ela desejou que todos os demais desaparecessem, que fossem apenas os dois, como fora no Colorado e em Nova York. A relação de ambos era recente e preciosa demais para ser compartilhada.

O olhar da avó gelou.

— Zekeliel, a menina já é travessa o bastante sem que você a recompense pelo comportamento abominável.

Os braços de Zeke enrijeceram, e ele os deixou cair na lateral do corpo.

— Ela é minha filha, mãe, e vou criá-la da forma que julgar mais apropriada.

Elianard fez um muxoxo.

— É como eu tinha lhe dito — comentou ele.

— Pior — ressaltou a avó. — Mas agora não é a hora nem o momento adequado para tratarmos disso. Temos convidados, e Keliel fez a grosseria de deixá-los esperando em sua própria festa de boas-vindas.

Indignada, Keelie se endireitou, pronta para dizer a ela exatamente o que aprendera ali, mas o pai cingiu seu ombro com o braço.

— Mamãe tem razão — murmurou ele. — Vamos entrar e saudar os seus convidados.

Knot finalmente interrompeu seu banho improvisado e rumou à porta, atrás deles.

A avó Keliatiel meteu o pé na frente do gato.

— Pode parar, bicho encantado. Não foi convidado.

Knot a ignorou e passou por ela saracoteando, com o rabo bem empinado. A cauda do felino deixou claro — *aqui para você.*

A avó suspirou.

— Vamos acabar de uma vez com essa noite cansativa.

Pela primeira vez, Keelie concordou plenamente com ela.

Dentro da casa, o aroma de canela se alternava com o de outras comidas apetitosas. A barriga da jovem roncou quando eles entraram no salão da residência. Fora ali que o pai dela crescera, percebeu Keelie. Os elfos ali reunidos ocupavam cada centímetro do lugar, comendo e bebendo, seu bochicho mesclando-se com o som suave de uma flauta, tocada em algum lugar perto do corredor principal, no outro lado do salão.

Keelie sorriu com rigidez ante os olhares desconfiados e curiosos dirigidos a ela. Era uma intrusa ali, pior que uma estranha. Um ser humano. Bem, metade humana.

Os convidados seguravam canecas e pratos de cerâmica, fazendo-a se recordar da louça de barro que vira à venda nos Festivais da Renascença. Ela mal podia acreditar que sentia uma ponta de saudade da casinha ridícula do pai, de madeira decorada de arabescos, rebocada pela velha caminhonete dele. A situação devia estar bem ruim mesmo para ela sentir falta do Chalé Suíço. Keelie tinha vontade de agarrar a mão do pai e fugir dali, para ir conferir os Festivais da Renascença da Califórnia, bem longe daquele lugar.

Em vez disso, seguiu adiante, tentado reunir forças para enfrentar aquela festa. Talvez encontrasse Knot e passasse um tempo com ele. OK, agora sabia que estava mesmo chegando ao desespero.

Uma idosa de aspecto familiar e longos cabelos brancos a fitava com insistência e seriedade. Keelie a encarou. Também podia ser grosseira. A mulher piscou e, em seguida, a jovem riu.

— Lembra-se de mim, mocinha?

— Sim, mas...

— Nós nos encontramos em Wildewood. A Equipe de Ação Emergencial?

— Ah, sim. Os que foram ao resgate. Agora lembro. Etila...

— Etilafael.

— Isso, obrigada. — A elfo prendera os cabelos num coque austero quando liderara uma equipe de curandeiros elfos em

Wildewood, que estava assolada por uma doença; mas Keelie se recordou das palavras dela: *Espero grandes feitos de sua parte.*

— Qual é a sua impressão da floresta? — perguntou Etilafael. — Já conheceu as grandes árvores do Bosque? As chamadas tias?

— Já sim, e estão cuidando do meu fruto de carvalho, Alora. Conversei com um pinheiro no alto da montanha mais cedo. Ele me mostrou a obra que está sendo feita na base.

Etilafael franziu o cenho.

— É deplorável. O prefeito da cidade humana permitiu que a construção avançasse até o limiar de nossa floresta.

— Os elfos são donos dela? Quer dizer, legalmente?

Naquele momento, Lorde Niriel, o pai de Sean, uniu-se a elas, bem-vestido com os robes bordados com a insígnia dos ramos de prata da companhia de justadores liderada por ele. O recém-chegado fez uma reverência para Etilafael.

A jovem se obrigou a relaxar. Não mostraria para todos quão chateada estava por causa de Sean.

Lorde Niriel não pareceu notar que havia algo errado.

— Keelie, gostaria de lhe dar as boas-vindas, formalmente, à Floresta do Pânico. Vejo que já conheceu Lady Etilafael, Chefe do Conselho.

Keelie olhou rapidamente de esguelha para a nova amiga. Chefe do Conselho?

Lady Etialfael piscou para ela de novo.

— Estávamos conversando sobre o projeto do prefeito na clareira. Keliel perguntava se éramos donos das terras da Floresta do Pânico.

O semblante de Lorde Niriel se fechou. Ele se virou para Keelie.

— Os elfos moram aqui há centenas de anos, muito antes de os homens dividirem a terra e vender os pedaços uns para os outros. Mas tomamos conta de nosso povo. Somos os donos desta floresta e de muitas outras. Cada tribo de elfos está ligada a uma delas, e morrerá para defendê-la. Não podemos ficar longe do nosso lar florestal por muito tempo.

— Então como é que o meu pai vai para todos os Festivais da Renascença? Como o senhor faz, Lorde Niriel? — Ela sabia que eles passavam o verão inteiro indo de um festival para outro.

— Os meses são como dias para nós, sabe? O verão não dura muito tempo.

A passagem do tempo era outro detalhe que a distinguia dos elfos. Para Keelie, o verão durava um tempão. Por quantos passaria em sua vida? Oitenta? Noventa? Se tivesse sorte.

Zeke apareceu ao lado da filha segurando um prato vazio. Fez uma reverência para Etilafael e Niriel e, em seguida, entregou o prato para Keelie.

— Aposto que está com fome.

Ela anuiu.

— Um pouco. — A jovem fez uma leve mesura para os dois elfos, o que lhe pareceu natural, naquele vestido longo. Esperava que a avó estivesse vendo.

O pai a levou até o bufê. Ela ficou feliz por ele ter ido tirá-la de lá, embora falar da floresta tivesse afastado Sean de sua mente. Assim que o pai mencionara a fome, ela se dera conta de que estava faminta, mas com disposição de saborear asinhas de galinha picantes e bem-temperadas, com uma tigela de molho para que pudesse mergulhá-las nele, e não a comida de coelho belamente exposta em bandejas na mesa.

— Quando a gente voltar para casa, você vai poder comer outra coisa.

Zeke passara a conhecê-la melhor desde que se reconciliaram, no Colorado. Keelie tinha certeza de que ele não lera seus pensamentos, já que protegera a mente. E, quanto à habilidade de se comunicar com a filha telepaticamente, bem, ela precisava se esforçar ainda mais para bloqueá-lo. Vinha usando a pequena tectita que Sir Davey lhe dera, que a protegia contra a maior parte das comunicações mentais indesejadas.

— Espero que Alora ainda esteja com as tias. Não estava no meu quarto. Não que eu esteja reclamando.

— Ela está a salvo, sim, com elas. É uma tremenda responsabilidade, concordo. — Zeke sorriu e acenou com a cabeça para um grupo de mulheres que conversava, à medida que levava a filha até o bufê. — Você está fazendo um ótimo trabalho tomando conta dela.

Ela estava feliz por Alora estar com as tias, mas, com isso, perdera sua desculpa para se mandar dali cedo.

Com o pai ao seu lado, os convidados lhe davam "ois" cautelosos. Outros elfos inclinavam a cabeça, em reconhecimento formal, e ela retribuía o gesto. Mais cedo, naquele dia, a avó de Keelie lhe dera um livro empoeirado para que ela lesse a respeito da cultura dos elfos, pois ali havia descrições de seus gestos formais. Assim que a jovem passava por eles, a conversa se voltava outra vez para a vindima — o festival da colheita —, como se a jovem nunca tivesse existido.

Keelie viu Sean, e seu coração disparou, passando a bater tão rápido quanto as asas de um beija-flor. O que faria se ele olhasse para ela? Não poderia cair no choro.

Mas sentiu as lágrimas presas na garganta, respirou fundo e mordeu um talo de aipo, examinando-o de perto enquanto mastigava.

Pelo canto dos olhos, viu que Sean caminhava em sua direção, sorrindo. Ele reluzia em meio à luz de lampião. Alto, louro, charmoso, fora um dos justadores no primeiro Festival da Renascença dela, o tipo de cara que era notado pelas garotas. E ele notara Keelie.

Quisera passar algum tempo com ela.

Ele foi caminhando depressa, ziguezagueando entre os elfos até ficar na frente dela, sorrindo. As pontas dos lábios estremeceram um pouco, como se o sorriso fosse forçado. Keelie teve vontade de sair correndo.

— Bem-vinda à Floresta do Pânico. — Algumas horas atrás, essas palavras teriam soado como uma promessa.

— Oi — conseguiu dizer ela, com voz aguda. Aquele devia ser o evento social mais deprimente de sua vida.

— Como é que foi o treino hoje? — perguntou Zeke, do outro lado da mesa, onde enchia um prato com sanduíches de pepino e agrião. Sua voz se mostrou totalmente normal.

Ele não sabe, pensou Keelie. Ou teria me avisado.

— Foi duro. Estamos começando a praticar novas apresentações — respondeu Sean.

Zeke anuiu, observando uma variedade de queijos.

— Seu pai disse que encontrou um manual de treinamento medieval cheio de exercícios interessantes.

Sean se animou.

— É verdade, e quase terminamos a nova forja. Vamos fazer espadas de lâminas largas primeiro.

Era como se fossem rapazes falando de esporte, só que, no caso dos elfos, o tema se concentrava em espadas. Por que Sean simplesmente não ia embora? Ela não ousou se afastar do pai. Ao menos com ele por perto, o elfo não ia querer uma conversa em particular.

— Estarei disponível quando seu pai começar a dobrar as novas chapas — informou o pai, referindo-se à forma como as espadas de aço eram fortalecidas na ferraria.

Os elfos ali perto assentiram com ar sério, alguns deles olhando de soslaio para a avó Keliatiel. Keelie se perguntava o que aqueles olhares significavam.

Sean arregalou os olhos, surpreso.

— Será uma honra tê-lo lá.

A jovem esperou que não fosse uma tarefa da qual tivesse que participar. Pelo visto, seria quente e suja, e ela não achava que poderia aguentar a visão de Sean fabricando espadas, talvez sem blusa, cheio de calor e suado. Ah, claro, os elfos não suavam. Mas, ainda assim, estaria com calor.

Keelie sentiu um tremor percorrer o corpo, dos pés a cabeça. Seu corpo era um tremendo traidor. Sean pertencia a outra — então podia deixar de lado os estremecimentos de empolgação.

O pai se apoiou na mesa e passou o prato com sanduíches de agrião e pepino para ela.

— Você está com fome?

A filha pegou o prato e ficou olhando, desanimada, para aqueles sanduíches cheios de verde.

Alguém esbarrou em Sean, e ele se virou para ver quem era.

Uma elfo ruiva, de corpo curvilíneo, sorriu para ele, os olhos verdes brilhando.

— Pode esbarrar em mim o quanto quiser — disse a elfo, jogando para trás uma mecha de cabelos longos e cacheados. Sua *vulgaridade* estava estampada em seu corpo, desde o vestido de cetim superapertado, que ressaltava a microcintura, até o decote exagerado.

As pontas das orelhas de Sean ficaram vermelhas. Keelie sentiu um aperto no coração. Então aquela era *ela*.

O olhar divertido da elfo se voltou para a filha de Zeke.

— Sean, querido, não vai me apresentar para sua amiga de orelha redonda?

O rapaz franziu o cenho para a garota.

— Keelie, esta é Risa.

— Oi, prazer em conhecê-la. — As palavras de Keelie saíram tão frias que foi como se tivesse acrescentado: *na verdade, não*.

Zeke pigarreou ao tentar engolir.

Risa pôs as mãos na cintura.

— Você já soube? Estamos noivos.

— Que bom para vocês. — Keelie afastou os lábios dos dentes, torcendo para que parecesse um sorriso.

A avó Keliatiel surgiu casualmente.

— Ah, ótimo, Keliel, já conheceu Risa. Vocês jovens devem se reunir.

Keelie mal conseguiu assentir. Deu uma mordida em um dos sanduíches de agrião e, em seguida, quase engasgou quando percebeu o que tinha feito.

Risa levou a mão à boca e deu uma risadinha.

— Eu estava contando para a sua neta que eu e o Sean ficamos noivos.

Sean evitou olhar para Keelie, cujos olhos começaram a coçar e arder. Ela *não* ia chorar na frente de todos aqueles elfos.

Risa se inclinou na direção do elfo e pôs a mão no ombro dele. Sean não se afastou. Keelie engoliu em seco.

Um elfo corpulento, com barbicha pontuda, pôs um braço em torno do ombro de Risa e fez uma reverência para Keelie.

— Lady Keliel, bem-vinda à floresta. Sou Hamriel, o pai de Risa. Tenho plantações no lado sul da montanha. Os legumes que estamos comendo hoje são dos meus campos. — Ele sorriu com carinho para a filha, puxando-a para perto, mas a garota continuou grudada em Sean, fitando Keelie. Hamriel manteve um sorriso forçado. — Risa também planta. É conhecida por seu talento com cultivos verdes. Seus melões são famosos.

Keelie conseguiu deixar escapar um: "Como vai?" Ela fez uma reverência para ele também, notando que Risa não tinha desgrudado de Sean, embora fosse óbvio que era o que o pai queria que fizesse.

Zeke contornou a mesa, tirou o prato das mãos da filha e o colocou na mesa.

— Venha, Keliel, tem alguém que quero que conheça. — Como ela não se moveu, ele deu um puxão em seu cotovelo. — Keelie? — Ele falou mais baixo: — Apenas ande.

Ela o ouviu, mas não conseguiu se mover. Os pés tinham grudado no chão, os olhos fixos no casal de noivos. Keelie se viu pegando a bebida e jogando-a na cara daquela garota. Ou lançando os queijos melados e fedorentos nela.

Keelie se perguntou se muitos de seus pensamentos transpareciam em seu semblante. Zeke parecia preocupado. Então, um movimento na janela da frente atraiu seu olhar: Knot, perseguindo alguma presa imaginária. Ele deve ter sentido o olhar da jovem, porque parou e se virou para observá-la.

Ela o encarou e se esforçou para pensar. Ficou tentando transmitir seus pensamentos até o gato arregalar os olhos e entreabrir a boca, arreganhando as presas felinas num riso apreciativo.

Keelie sorriu para Zeke.

— Pai, não esquenta, não. Estou bem, sério! — E era assim mesmo que se sentia. Knot tinha se encarregado da tarefa.

Ela seguiu o pai até o outro lado da sala, sem olhar nem sequer uma vez para trás, para o suposto casalzinho feliz.

Instantes depois, um grito reprimido e um burburinho consternado fizeram todos se virarem.

O vestido de Risa tinha rasgado ao meio em toda a parte da frente, expondo sua roupa íntima. Dois enchimentos brancos e grossos tinham caído na mesa — os peitos da garota. Keelie tossiu para disfarçar o riso. E tanto se tinha falado dos famosos melões dela! A avó de Keelie e diversos convidados estavam ocupados, tentando cobrir a garota desolada. Não dava para ler bem a expressão de Sean, que podia tanto estar aflito ou prestes a começar a rir.

— Bom trabalho, Orelha Redonda. O que foi que fez com ela?

O murmúrio suave ao ouvido de Keelie fez a jovem congelar. Ela virou de leve a cabeça. Como era de se esperar, sua velha inimiga, Elia — a filha bonita e arrogante de Elianard — estava ali parada, perto o bastante para lhe dar um beijo no rosto.

— Eu? Nadica de nada. — Keelie se endireitou. Elia ainda observava a cena desastrosa e, naquele momento, arregalou os olhos. Um rabo laranja, longo e peludo surgiu debaixo da toalha de mesa.

— Opa. Com licença, eu, hã, vou pegar outro sanduíche. — Ela arqueou uma sobrancelha. — Quer alguma coisa?

Elia pestanejou devagar, deixando os cílios dourados descansarem nas maçãs do rosto de porcelana por um instante.

— Eu quero exatamente o que você quer, Keliel Heartwood.

— Difícil! — retrucou Keelie, sem acreditar numa palavra do que a outra disse. Em seguida, levou a mão à boca. — Caramba. Eu disse isso mesmo?

Do outro lado da sala, Risa fitava as duas com fúria, os olhos semicerrados ao olhar de uma para outra.

— Puxa, se olhares fuzilassem de verdade, a gente estaria morta, Keliel — comentou Elia. — Aja como se fosse minha amiga.

Amiga? Elia não podia nem ser considerada inimiga. Keelie desejou nunca ter conhecido aquela elfo perigosa, egocêntrica e fútil, mas sabia que ela só queria irritar mais Risa. E, naquele momento, era o que Keelie queria também. Estava pronta. As duas cingiram a cintura uma da outra e sorriram para Risa, que já cobrira o corpo com um robe emprestado, grande demais para ela. Muitas mulheres ali presentes ficaram pasmas ao ver Keelie e Elia juntas. Zeke nem acreditou quando as viu.

Ótimo. Que todos ficassem sem saber o que pensar.

— Já me diverti o máximo que podia hoje à noite. — Keelie parou de abraçar a elfo e se virou.

Elia agarrou a manga comprida dela e a puxou para perto outra vez.

— Não vá ainda. Fique aqui.

— Ela é toda sua. Eu vou dormir. — Keelie estava até se sentindo nauseada. Devia estar com aparência péssima, se até Elia tentava fazer com que se sentisse melhor. Não, espere, aquilo não podia ser verdade. Aquela era *Elia*.

Alguém dedilhava uma melodia animada numa harpa, e Keelie teve um sobressalto. Harpas eram sempre um indício de maus feitiços.

— Pode ficar tranquila. A minha quebrou, lembra? — informou a elfo.

Mas Keelie não relaxou. A magia de Elia costumava ser muito poderosa.

Zeke estava conversando com a mãe, que tentava consolar Risa, agora cercada por um grupo de convidados solidários. Keelie rumou à porta, ansiosa para sair dali.

— Agora que se divertiu, está saindo disfarçadamente, Keliel? — A voz de Risa interrompeu o burburinho da festa. Ela foi se aproximando de Keelie de um jeito ameaçador, as mãos posicionadas como se fossem garras.

Ela encarou a rival de rosto rubro:

— Não fiz nada para machucar você, Risa. — Se a elfo desse um passo a mais, Keelie a golpearia.

A outra puxou o robe emprestado, para fechá-lo mais.

— Você se acha muito importante, não é mesmo? Pastora das Árvores. Neta da Dama da Floresta. Mas, apesar de tudo isso, o que você é, na verdade? Simplesmente surge do nada e, de repente, já sabe fazer magia e conversar com as árvores.

Os rostos observavam uma garota e depois a outra, como se as avaliassem. Eles não pareciam chocados, o que não surpreendeu Keelie. Talvez Risa só estivesse dizendo o que já pensavam. Keelie sentiu a expressão da elfo congelar, as maçãs do rosto frias e rígidas, como se fossem de argila.

— Por que eu machucaria você, Risa? Esta é a minha festa.

A elfo deu um grito e jogou uma bandeja de sanduíches nela. Keelie abaixou e a comida foi parar na cortina, atrás de si.

— Você é diabólica — gritou a outra. — Os Orelhas Redondas a mandaram para destruir a gente. A sua suposta família está enfeitiçada. Você não é mesmo parente deles. É uma criança trocada!

A garota tinha pirado de vez. A avó de Keelie empalidecera de tão chocada que ficara. O pai abria caminho em meio à multidão, rumo à filha.

Um forte estrondo ressoou na sala, fazendo as janelas tremerem. Etilafael aproximou-se com imponência segurando em uma das mãos o cajado comprido, com cristal incrustado.

— Isso deve acabar — ordenou ela. — Esse tipo de comportamento. Lorde Hamriel, retire a sua filha desta casa.

Lorde Hamriel foi correndo até ela e fez uma reverência com a cabeça, para se desculpar.

— Mil perdões, Lady Keliatiel. Não sei o que deu em minha filha. Um ataque de nervos, sabe. Ela é muito melindrosa!

— Não sou, não — vociferou a filha, começando a chorar. — Ela acha que pode tirar o meu noivo de mim também. Olhem só para ela.

Knot deu um salto até uma mesa, abanando o rabo felpudo, que parecia uma escova de banheiro cor de abóbora, de um lado para o outro.

Risa semicerrou os olhos, quase os fechando.

— Eu odeio gatos. E você não é nem mesmo um. Foi você que destruiu as minhas abóboras no ano passado, com um feitiço.

Ela pegou um cântaro com hidromel e o atirou em cima dele. A asa do vaso esbarrou numa bandeja e a vasilha caiu na mesa, ensopando Knot com a bebida com aroma de mel. O bichano arqueou as costas e bufou para ela, golpeando o ar com a pata, cujas garras lembravam agulhas hipodérmicas. Instantes depois ele desapareceu, deixando uma poça de hidromel no ponto em que estivera antes.

Keelie aproveitou a confusão para sair. Elia estava encostada na pedra natural da fachada, rindo.

— Isso foi perfeito. Como é que o Knot conseguiu destruir o vestido dela daquele jeito? — Ela se inclinou, tentando recobrar o fôlego. Chegou a se abanar, como se precisasse de mais oxigênio.

— Não foi engraçado. Ninguém ali vai se esquecer daquela cena. E era para ser a minha festa. — Keelie tentou fechar o semblante, mas acabou sorrindo. — Você viu os enchimentos do sutiã dela na mesa, parecendo dois biscoitos? — Ela riu, levando Elia a fazer o mesmo, de novo. As duas se seguraram, gargalhando, lágrimas escorrendo nos rostos.

— A-hã — Elianard as tinha seguido até lá fora e, naquele momento, pigarreava, a testa de sua face aristocrática franzida para chamar a atenção delas. — Elia, está na hora de ir para casa.

A filha dele enxugou o rosto com as palmas das mãos.

— Boa-noite, Keliel do Hidromel.

Keelie resfolegou:

— E boa-noite para você, Elia dos Comentários Sarcásticos.

Momentos depois, Knot estava ao lado de Keelie, o pelo seco e macio como se todo o incidente tivesse sido fruto da imaginação dela.

— Fez muito bem, seu Meleca — comentou Keelie, fazendo menção de dar um chute no traseiro dele. O gato ronronou como se tivesse um motor dentro dele e caminhou mais rápido, para evitar o golpe. Bichano esquisito. Não gostava de receber carinho e preferia ronronar quando ela o ameaçava.

Keelie observou o alto da montanha. Será que o rapaz ainda estava lá? Se estivesse, teria pela frente uma noite longa e gelada. Ali esfriava muito após o entardecer. Embora ela tivesse que caminhar muito para chegar lá, talvez conseguisse dar uma checada nele. Então, a jovem balançou a cabeça. Que ideia mais estapafúrdia! Já bastava de rapazes aquela noite. Ela desviou das tias para pegar Alora.

— Posso ficar mais, por favor? — perguntou o broto de árvore em voz alta, em vez de telepaticamente (ou o que Keelie chamava de "linguagem arboral"). Ele estava num vaso novo, de terracota, que acomodaria melhor suas raízes em crescimento. O fruto de carvalho mágico vinha crescendo depressa desde a viagem de Nova York até o Oregon, para a tristeza de Keelie.

— Não. Está na hora de entrar.

Obrigada, Grandiosas, por compartilharem o seu conhecimento com Alora. A jovem sabia que elas provavelmente tinham ciência de que eram chamadas de tias, mas não queria ofendê-las.

De nada, Pastora das Árvores. O fruto de carvalho aprende muito.

A-hã. Keelie puxou as saias para o lado e pegou o vaso pesado. Alora reluziu sob o reflexo da lua, os ramos cheios com praticamente todos os brincos e pulseiras da garota, tudo isso graças a sua amiga Laurie, que deixara o broto de árvore louco por bijuterias brilhantes, durante a viagem. Em Portland, Keelie e o pai tinham deixado Laurie na ferroviária, para que pegasse o trem de volta para sua residência em Los Angeles, onde Keelie morara antes. Agora a Pastora das Árvores estava empacada ali naquela floresta do norte, com uma princesa num vaso de terracota e um ex-namorado idiota, mentiroso e traidor.

Ela carregou Alora até sua casa, tropeçando nas saias, em meio à escuridão. Ao longo do caminho, o broto de carvalho ficou reclamando do sal das lágrimas dela.

3

A cabeça de Keelie latejava, e ela sabia que já não era por causa do pai à porta de seu quarto. Ele passara pelo corredor do lado de fora horas atrás e fora embora, depois de cansar de tentar convencê-la a sair. Ela não tinha ouvido nenhuma palavra desde que o escutara descer a escada com passos pesados.

Keelie não ia sair, não rumo a um mundo em que Sean estava noivo e se casaria com uma bruxa elfo ruiva. Esfregou os olhos inchados. Sua esperança de um romance com Sean tinha ido por água abaixo, embora Risa é que tivesse sido humilhada. Keelie se perguntou se a garota chegara a pensar direito no que fazia.

A presença de Elia talvez não fosse tão ruim assim — ao menos Keelie teria uma aliada contra a bruxa elfo, o que fazia tolerar sua iniamiga* não tão desesperador. Claro que, do ponto de vista de Elia, é possível que fosse diferente. Ela mesma tentara se apoderar de Sean do Bosque anos atrás e odiara vê-lo com Keelie.

---

* A autora usa a palavra "frenemy", que une os termos amiga e inimiga, em inglês. (N. T.)

Sean tinha sido um ponto luminoso no Colorado, uma distração quando ela estivera desolada por causa da morte da mãe. O mais lindo dos justadores, no Festival da Renascença de Montanha Alta, ele fora o único superlegal com ela. Tinha até lhe dado um beijo e, quando chegara ao Festival da Renascença de Wildewood, agira como se fosse seu namorado. Keelie acreditara que os dois ficariam juntos. Mas, agora, não tinha amigos, nem vida social, nem mesmo seu suposto namorado. Ele ainda por cima mentira para ela ao não lhe contar sobre Risa.

Keelie sentira toda a sua serenidade conquistada a duras penas se esvair quando o vira com a outra. Ela era a filha do Pastor das Árvores — capaz de lidar com magia terrena e magia arboral. Salvara a vida de um unicórnio e, antes disso, de um espírito da água; para completar, conseguira superar a paixonite por um pirata e a morte de sua mãe. Mas a traição de Sean acabara com ela.

Tudo o que queria era uma vida normal e um pouco de felicidade. Naquele momento, a única coisa pela qual podia aguardar com ansiedade era a vingança de qualquer tipo que Elia tramaria contra Risa. No mínimo seria divertido e bem melhor que ser o alvo da ira daquela elfo vingativa.

A visita de Sir Davey seria ótima também. Ele viria para a vindima dali a algumas semanas, quando os elfos da Floresta do Pânico se relacionavam amavelmente com os vizinhos humanos da cidade. Ela mal podia esperar para vê-lo de novo. Ele era a pessoa mais sensata que conhecia. Chamava-se, na verdade, Jadwyn, e podia ser considerado um especialista em magia terrena. Suas lições tinham ajudado Keelie a lidar com a recém-adquirida magia arboral.

Sir Davey media apenas noventa centímetros e gostava de se vestir como um dos Três Mosqueteiros. Um dos primeiros efeitos de magia que ela notara no Festival da Renascença de Montanha Alta fora que a pluma branca, cor de neve, do chapéu dele nunca parecia ficar suja, mesmo quando respingada de lama. Keelie acariciou a tectita que ele lhe dera.

Já estava escuro lá fora, mas ela estava acostumada com isso. Longe das cidades, sem as luzes de rua, os seres encantados contavam apenas com a iluminação da lua à noite. O céu nublado daquele dia significava que o pouco de luz com que podiam contar ricocheteava no manto de nuvens.

O pai estava lá embaixo, preocupado com ela, se é que já não tinha ido se deitar. Keelie mordiscou o lábio. Não era culpa dele o fato de Sean não passar de um traidor mentiroso. Ele só queria que ela passasse a fazer parte daquele lugar, aceitando a vida e sendo aceita pelo mundo em que nascera — a vida da qual a mãe a arrancara quando sua filha tinha apenas 2 anos.

Keelie se sentou, foi até a penteadeira entalhada e se olhou no espelho. A mesma de sempre. Cabelos castanhos encaracolados, olhos verdes e, sob as mechas, uma orelha pontuda e uma orelha redonda. Pelo menos os olhos não estavam vermelhos de tanto chorar. Apesar de ter derramado algumas lágrimas, sentia, mais do que tudo, raiva. Por que Sean não mencionara nada sobre Risa antes? Ela teria entendido. Talvez.

— Preciso de água — disse Alora. No peitoril da janela, havia uma cesta de vime com alça de corda retorcida, a casa de Alora em seu vaso de terracota.

— Alora, já reguei você de manhã. Só vai precisar de mais amanhã.

— Mas eu estou com sede agora. Quero aquela água com gás que a Laurie me deu.

Keelie a ignorou. Ao contrário de suas conversas com as outras árvores, bater papo com aquela ali era quase normal — caso se considerassem "normais" as lamúrias e as adulações de Alora, e a recusa da garota em ceder.

— Só um pouquinho? As minhas folhas estão murchando, está vendo? — As folhinhas que contornavam os galhinhos do broto penderam, de repente. — E elas vêm manchando. Acho que estou doente.

A jovem foi até ela e examinou as folhas. Sorriu.

— Alora, elas estão mudando de cor porque o outono vai chegar em breve. Daqui a pouco vão adquirir um tom amarelo e vermelho, e depois cairão. Até a próxima primavera, você terá folhas novas. Brilhantes e bem verdes.

O broto ficou quieto, os galhinhos tremiam, fazendo com que os brincos neles pendurados oscilassem e tinissem.

— Alora, qual é o problema?

— Eu vou perder as minhas folhas?

— A sua mãe-carvalho não contou isso a você?

— Nunca conversei com ela. Quando eu era fruto, lembro de me sentir quentinha na terra e do som da floresta ao meu redor. Daí me recordo de ter feito força solo afora, e lá estava você. E aquele gato.

— As tias não explicaram as estações? — Keelie nem podia acreditar que estava tendo que passar aqueles ensinamentos tão básicos para uma árvore.

— Elas são legais — comentou Alora. — Todas me contaram histórias sobre a Floresta do Pânico. Sabia que eu também posso senti-lo? Só que ainda não aprendi a usá-lo.

— Pode adiar isso o quanto quiser. — A última coisa de que precisava era um broto de carvalho irradiando o feitiço em seu próprio quarto.

As folhas de Alora tinham voltado a se erguer enquanto conversavam, e Keelie se deu conta de que se sentia melhor também. Ficar toda depressiva no quarto não ia resolver nada.

— Preciso ir conversar com o meu pai. A gente se fala mais tarde.

— Mas já está tarde.

— Pare de reclamar. Eu venho me deitar daqui a pouco. Você pode continuar a conversar comigo mentalmente.

— Não muito. Quanto mais longe você fica, menos consigo escutar. As árvores por aqui são muito grandes e excessivas.

— E espero que continuem assim — disse Keelie, automaticamente. — Sabe, estou recuperando o tempo perdido. — Recuperando o tempo perdido depois de anos morando em Los Angeles, longe das florestas. Ela fechou os olhos e tentou evocar a imagem do local em que se encontrava o pai e, no mesmo instante, viu-o à mesa da sala, com um caderno de desenho à sua frente. Ele estava desenhando móveis e ergueu os olhos, como se sentisse que a mente da filha o sondava; em seguida, voltou a trabalhar.

Keelie abriu a porta do quarto e foi até o corredor. Não havia retratos estranhos ali, como na casa da avó. Havia uma colcha bordada pendurada na parede e, no alto da escada, uma pipa, em formato de salmão saltitante na extremidade de uma corda, que rodopiava sempre que uma brisa passava por ali.

Ela se lembrou daquela pipa da época em que era pequena — um objeto desconcertante aos olhos de uma garotinha. Sempre jurara que o pai mantivera um peixe gigante na casa e que ele nadava perto da escada. A mãe dela pedira que parasse de falar besteira, e a lembrança desaparecera, para voltar assim que ela entrou na casa no dia anterior.

A escada no fim do corredor se curvava como a espira de uma orelha, e Keelie desceu acariciando o corrimão com as pontas dos dedos (mogno, de uma floresta exótica, longínqua). Já foi ensaiando mentalmente como se desculparia.

— Está se sentindo melhor? — A voz suave do pai interrompeu o silêncio, mas ainda parecia fazer parte dele. Zeke se mostrava muito à vontade ali. E cheio de energia, como se a casa da floresta alimentasse alguma necessidade sua, desgastada durante as viagens.

— Não muito. Eu só queria dizer que sinto muito, pai. Andei causando problemas, e você não merece isso. — Ela desembuchou tudo de uma vez. Não da forma mais sutil, mas deu certo.

O semblante do pai relaxou, e ele se levantou e abriu bem os braços. Ela foi abraçá-lo, encostando a bochecha no ombro dele, agradecida por seu calor e sua presença forte. Ela nunca tivera isso antes, durante a vida inteira. Até ir morar com ele, só se lembrava de ter abraçado a mãe, que sempre estava ocupada trabalhando e, embora seus abraços fossem agradáveis, nunca duravam muito.

Um aspecto de que Keelie gostava no que dizia respeito aos elfos era que viviam por muito tempo. Seu pai já tinha 300 anos. Não a deixaria como a mãe fez. Não morreria.

— Precisamos conversar, Keelie. Sente-se.

Ela foi até uma das poltronas do outro lado da lareira e se sentou na beirada. Ele ia lhe dar uma bronca, e a filha a aceitaria, mas não ia ficar com peso na consciência por causa do prazer que sentira ao ver Risa humilhada. Aquilo pareceu certo, mesmo que tivesse feito a elfo ter uma crise.

Zeke ficou andando de um lado para o outro na frente da lareira, cujo fogo crepitava.

— Sua avó é uma mulher forte, de personalidade também forte — começou ele. — Mas está enfraquecendo. Não é mais como antes.

Caramba. Se aquilo era fraqueza, ela devia ter sido o Exterminador antes.

— Ela está doente?

Ele balançou a cabeça.

— Muito envelhecida. E cansada. A cada dia que passa, os seres humanos estão invadindo mais a floresta, e o Pânico anda enfraquecendo. Ela vem se cansando de lutar.

Keelie pensou na obra, na base da montanha.

O pai prosseguiu.

— Então, agora, como seu único herdeiro, preciso começar a cuidar de algumas de suas responsabilidades. Preciso estar na ferraria quando eles começarem a fazer as espadas novas, presidir todas as cerimônias e os eventos públicos, manter contato com as outras florestas e seus pastores de árvore *e* atuar no Conselho. — Ele se virou para Keelie. — Preferiria ficar na floresta como Pastor das Árvores.

— Mas continua a ser um, não continua? — Ela nem conseguia imaginar o pai longe da floresta, embora, naquela ali, isso nem fosse possível.

— Claro que sim. Essas são responsabilidades adicionais. Eu ainda preciso fazer o meu trabalho.

— Então por que vocês não simplesmente reforçam o Pânico? Eu teria que viver numa redoma de tectita, mas isso impediria a obra e a exploração de madeira, não é?

— Impediria. Mas não é tão simples assim. — Zeke olhou para a lareira e observou as chamas devorarem com sofreguidão a casca da lenha. — Vou precisar da sua ajuda, Keelie.

— Claro. — Ela podia muito bem supervisionar os elfos charmosos fazendo espadas na ferraria. Com certeza. Chegou a imaginá-los suados, batendo no ferro. Pensando bem, talvez fosse um pouco... rústico demais.

— Para começar, você vai ter aulas com o Mestre das Tradições de manhã. E sem reclamar. Quero que me encha de orgulho.

Com o Elfo Mestre das Tradições? Mas era nada mais nada menos que Lorde Elianard.

— Quem mais vai ter aulas comigo? — perguntou ela, depressa.

— Pelo que sei, você será a única. Risa foi o último bebê nascido na floresta, e isso já faz anos.

— Aposto que todo mundo ficou decepcionado. Especialmente os pais dela.

O pai a observou de cara fechada.

— Risa já terminou o colégio.

— Ah, sim, já recebeu o diploma Melão. Há.

— Isso é sério, Keelie. Indica o fim do nosso povo.

Ela se deu conta, subitamente, de que não vira crianças por ali. Estranho. Por sinal, nunca vira uma criança elfo em lugar algum.

— Então, cadê todas as crianças?

Zeke suspirou.

— A gente conversa mais em outro momento. É uma história trágica.

— Você soa como o trailer de um filme. — Keelie revirou os olhos e, em seguida, algo lhe ocorreu: — Os elfos vão para a universidade?

O pai deu de ombros.

— Um Elfo Mestre das Tradições vai lhe ensinar mais que as universidades dos seres humanos, mas eu frequentei uma porque queria aprender mais sobre o universo mundano. Foi lá que conheci a sua mãe, claro. Será a única aluna da nossa escola agora, e Elianard vai se concentrar apenas em você. Não correrá perigo, Keelie. Knot e as árvores vão ficar de olho.

Ela esperava que aquilo fosse suficiente.

— Elianard me odeia. Por que você está fazendo isso comigo, pai? Já se esqueceu do que houve com Einhorn? E se Elianard tentar me matar?

— Ele não vai machucá-la. Elianard sabe das próprias obrigações e, além disso, já não é tão forte quanto era antes. Ele tem muito respeito por nossa forma de ser e não vai contrariar os desejos de Keliatiel.

Keelie pensou na avó e se perguntou quais seriam os verdadeiros desejos dela.

Ela sentiu um nó no estômago só de pensar em passar horas sozinha com aquele elfo, a pessoa de quem menos gostava. Formidável.

4

Na manhã seguinte, Keelie se dirigiu à primeira aula relutantemente. Saiu de casa e foi cruzando a área verde (um nome muito apropriado, já que o gramado ali deixaria um gnomo cheio de orgulho), mas parou de repente, perguntando-se se gnomos existiam. Bem, levando em conta todas as criaturas com as quais ela deparara até aquele momento, na certa existiam, sim. Seu modo de viver mudara de forma bastante drástica em relação à vidinha agitada e organizada que levara em Los Angeles, com a mãe.

Ela sentiu uma pontada de dor ao se lembrar dela, que tinha morrido na primavera. Por vezes parecia que fazia séculos, outras, que o acidente só ocorrera havia dias. E, em certas ocasiões, uma ânsia de ligar para a mãe e lhe contar o que vira, ouvira ou pensara a dominava. Esses momentos eram os que mais a assombravam.

Keelie rumou para o outro lado do vilarejo. A área verde estava movimentada naquele dia, cheia de elfos se preparando para a vindima. Havia um carrinho cheio de abóboras no canto da trilha. Ela olhou para o outro lado do gramado, em direção à área em que as imponentes tias erguiam-se sobre os outros carvalhos, formando um círculo naquele espaço. Suas imensas raízes estendiam-se até o Cáudice, os restos petrificados de uma árvore ancestral, que outrora vivera na parte central do círculo. Era na base do Cáudice que ficavam os tronos do Conselho.

A Casa das Tradições ficava numa colina logo após a última casa do vilarejo. Longa e bojuda, em estilo enxaimel, seu design lembrava um sapo enorme, as janelas cintilando ao sol.

Elianard a aguardava na porta da frente, lendo um livro aberto no colo.

— Bons-dias, Lorde Elianard — disse Keelie, evocando as lições do pai em etiqueta elfo. *Elfotiqueta*. A jovem tinha certeza de que ninguém ali a denominava assim. Mais um motivo para desfrutar do som dessa palavra.

Elianard a fitou com os olhos verdes frios, deixando claro o quanto não queria estar ali.

— Você está atrasada. — Ele fez um gesto rumo a uma cadeira de madeira vazia, perto da dele. — Sente-se, nossa primeira lição será testemunhada pelas árvores. Diga-me o que sabe sobre as tradições dos elfos.

Keelie foi até o local indicado e sentou-se bem devagar no assento amplo e suave da cadeira (carvalho, daquela floresta).

— Sei que o Pânico me dá náusea, que os Barretes Vermelhos são seres perigosos, e os unicórnios, frágeis. — Os olhos verdes encontraram o verde das árvores por alguns instantes, dois matizes da floresta, antes de se desviarem.

Três horas depois, a mente de Keelie estava tão dormente quanto suas costas, sofrendo de uma overdose de história dos elfos — centrada na migração da Europa.

Elianard deve ter notado seu olhar ausente.

— O que é que eles ensinam aos seres humanos nas escolas?

— Um monte de coisas. — Ela se esforçou para não ficar na defensiva.

— Pode me dar alguns exemplos, por favor?

— História, matemática, geometria e ciências.

O elfo deu uma risadinha sarcástica.

— Ciências. Os cientistas humanos pensam que sabem muito sobre a Terra, mas não é verdade. Acreditam que nada pode ser real se não comprovarem sua existência. Um pesquisador lhe diria que o Pânico não existe. — Ele apontou para Keelie e arqueou a sobrancelha. — Mas você sabe que existe, sim, não é mesmo, Keliel? Como humana, talvez não saiba bem o que ocorre, mas sente os seus efeitos.

— O que é o Pânico, exatamente? E você não deveria me ensinar a lidar com ele? — Ela pegou o livro, que o elfo deixara numa mesa. — Aposto como não há nada nas suas tradições sobre ele.

Lorde Elianard arrancou o Livro das Tradições das mãos dela e o abriu em uma passagem escrita em letra cursiva. Leu em voz alta:

— "Como aumentar a Resistência ao Pânico. Caso este o afete, aumente sua resistência a ele expondo-se ao Pânico por períodos cada vez mais prolongados. Se o fizer em dias seguidos, seu corpo desenvolverá uma barreira mágica contra o temor criado pelo feitiço."

Expor-se. Ela pensou em si mesma nua entre as tias. Não queria que elas a vissem pelada.

— Dã. Eu já *estou* aqui na floresta e venho me expondo ao Pânico dia e noite. — Ela pegou o quartzo-rosa no bolso. — Isso é o que funciona para mim.

Lorde Elianard deu um sorriso afetado.

— Magia terrena. Sem o quartzo ou a tectita, você vai ficar vulnerável a ele, mas, em breve, sua própria magia a protegerá. Não dependa de objetos para aumentar seu poder. Mesmo se o objetivo for um bem maior, você acabará pagando um preço alto.

— Como você bem sabe — comentou ela. Embora não tivesse mencionado o unicórnio, a tensão no ar era palpável.

O elfo a ignorou, virou o Livro das Tradições e apontou para um símbolo na parte de trás — um círculo concêntrico, de contornos ondulosos, com um fruto de carvalho entrelaçado de espinhos pendurado na ponta. Keelie o fitou. Era o mesmo símbolo do amuleto de Elianard, que naquele momento estava escondido no quarto dela, e também o reflexo de um que ela vira recentemente.

Keelie lembrou onde: no livro da avó.

— Olhe de perto — mandou Lorde Elianard, empurrando o livro na direção dela.

O símbolo pareceu se mover, atraindo-a, e ela ergueu a mão e esticou os dedos para tocá-lo. Sentiu um frio emanar dele e aumentar até fazer com que as unhas dela doessem. Ela tirou a mão e esfregou os dedos.

Knot pulou no colo de Keelie, rompendo o transe com um ronronado alto e massageando-a com as patas. O símbolo voltou a se tornar apenas uma ilustração do livro. O que havia naquela espiral e no fruto de carvalho que a enfeitiçava? Ela estendeu a mão para tocar no símbolo outra vez. Knot meteu as garras em sua perna. A jovem sobressaltou-se.

— Sentiu o poder dele? Até mesmo um desenho em um livro evoca a magia de seu âmago e a fortalece — ressaltou Elianard. — Eu acho...

O bichano ronronou tão alto que Keelie não conseguiu ouvir o que o elfo dizia. O símbolo pareceu crescer, e ela se deixou levar pela vontade de tocar no fruto de carvalho. Mais uma vez, sua mão se esticou para tocá-lo. O que aconteceria se traçasse os contornos daquelas curvas com os dedos?

Algo tocou seu braço, e Keelie se levantou de repente, sobressaltada. Knot caiu no chão.

— Está tudo bem? — O pai estava ao seu lado. A filha sentiu um alívio enorme quando ele segurou seu braço, dando-lhe o apoio extra de que ela precisava.

Knot miou para Keelie como se estivesse lhe dando uma bronca por tê-lo deixado cair e, em seguida, saiu andando, com os pelos do rabo eriçados. Não estava feliz. Tinha que zelar pela imagem de gato legal, e alguém ou algo acabaria tendo de pagar por aquilo. Alguma *feithid daoine* desprevenida se tornaria seu alvo, mas Keelie não se preocupou — as insetos-fadas sempre davam o troco. Com certeza Knot voltaria para casa cor-de-rosa ou sem pelos ou, ainda, com um cheiro esquisito.

Lorde Elianard ficou de pé devagar e disse:

— Eu estava aconselhando Keelie a se expor ao Pânico sem contar com a magia protetora do quartzo-rosa. Ela precisa estimular sua resistência natural, agora que vive entre nós. Não pode contar com pedras e cristais para manter o Pânico distante. — Ele ofereceu o livro.

Zeke o pegou.

O coração de Keelie começou a bater acelerado, enquanto ela se perguntava o que aconteceria quando visse o símbolo de novo. Era sinistramente hipnotizante e muito incitante. Os dedos dela ainda formigavam de vontade de tocá-lo. Zeke virou o livro e acariciou a capa lisa.

O símbolo não estava lá.

O pai tocou no carvalho entalhado na capa e, em seguida, anuiu para Elianard.

— Acho que deve tentar, Keelie.

— De jeito nenhum vou passear pela Floresta do Pânico sem o meu quartzo-rosa nem a tectita. — A jovem já se resignara a viver ali, mas ficar sem proteção alguma seria o mesmo que atirá-la num lago e mandá-la nadar. Ela não ia fazer isso.

A avó Keliatiel apareceu atrás do filho.

— Bons-dias, Pastor das Árvores, Mestre das Tradições. E Keelie. Como foram as lições esta manhã?

— Estou surpreso pelos seres humanos terem vivido tanto quanto viveram — comentou Lorde Elianard, fungando ruidosamente pelo nariz.

Keelie esperava que fosse o início de um resfriado.

— Eu não a esperava aqui, mãe — disse Zeke, embora não parecesse surpreso em vê-la. — Vim falar com Lorde Elianard e Keelie.

Sua avó assentiu de um jeito majestoso. Era muito bonita, apesar da idade e dos cabelos brancos. Pena que por dentro não fosse tão legal. Com certeza nada que se aproximasse de uma daquelas avós que gostavam de abraçar-e-assar-biscoitinhos.

— Pois bem, vim informar nossa Keliel que Lorde Niriel concordou generosamente em ensiná-la a montar a cavalo e lutar com espada.

— Vai me dar lições de esgrima? — quis saber a neta. Tinha tido aulas de esgrima na Escola Baywood, durante um semestre, mas parara quando Laurie achara melhor que começassem a correr em trilhas, pois assim usariam shorts e mostrariam as pernas.

— Não, esgrima usa florete e espadim — explicou Zeke. — Niriel vai lhe mostrar como usar espadas de lâminas largas.

— Parece perigoso. — Os justadores do Festival usavam espadas, e costumavam lutar uns contra os outros depois de quebrar e descartar as lanças. Embora tudo fosse coreografado, tinha-se a impressão de que era um combate mortal.

— Você aprenderá a usar uma espada — salientou a avó, olhando-a com fúria. — Faz parte da nossa história e da nossa cultura, e espero que conheça todos os aspectos desta sociedade.

Elianard se levantou.

— Perdão, mas estão me aguardando na casa de Lorde Hamriel. Eles me convidaram para participar de um chá em comemoração ao noivado da filha. — Seu tom de voz se mostrava tenso, como se lhe custasse ser educado ao dizer aquilo em voz alta.

Keelie fez uma careta. Ela se perguntava o que ele realmente achava do noivado do ex-namorado da filha, mas evitou enveredar por aquele caminho. Estava se esforçando muito para não pensar na traição de Sean e Risa de novo, mas ouvir aquilo de Elianard equivalera a ter uma espada de lâmina larga enfiada no coração.

Keliatiel olhou para a neta. A jovem julgou ter visto uma expressão preocupada perpassar pelo rosto dela, mas se esvair rápido. Zeke estava tocando outra vez a filha, oferecendo-lhe apoio. Keelie lutou contra as lágrimas e imaginou Knot aparecendo de repente na cerimônia de noivado, provocando a maior confusão.

Não ajudou.

Mais tarde, na casa da avó, Keelie se deixou cair numa cadeira à mesa de jantar enquanto Keliatiel servia chá em canecas de cerâmica, esmaltadas em azul, muito parecidas com as que Ellen, a ceramista, fizera no Festival da Renascença de Montanha Alta. O aroma do chá de hortelã era revigorante e delicioso.

O pai lhe passou um prato com uma fatia de pão de abóbora. A filha o aceitou, mas ignorou o alimento depois de colocá-lo perto do chá, que esfriava.

Lá fora, Ariel já devia estar se inquietando, mas Keelie só poderia tirá-la dali depois da aula de luta com espada.

Zeke fez um gesto com a cabeça, e ela sabia o que significava. Sente-se direito.

Foi o que ela fez, embora não se sentisse tão uma elfo e majestosa. Tomou um gole de chá e, em seguida, puxou o caderno de desenho e o lápis do pai, e começou a desenhar no canto de uma das páginas com ilustrações. O símbolo ficara gravado em sua mente. Talvez se o desenhasse conseguisse tirá-lo da cabeça.

A avó juntou as próprias mãos no colo.

— Sei que acha que Sean a traiu, mas deve entender que ele se viu diante de uma escolha difícil. Sabiamente, ele optou pelo bem do próprio povo, deixando seus desejos de lado.

Keelie continuou a desenhar. Já ouvira aquele tipo de atitude falsa antes.

Zeke serviu mais chá de hortelã na caneca dela. A filha se endireitou.

— Sabe, Keelie — prosseguiu a avó —, os elfos têm um jeito diferente de pensar. Nossos costumes se relacionam diretamente com a história. Há muito tempo, os casamentos reais da Europa se baseavam nas alianças mais convenientes para os países, a fim de manter a paz e assegurar o melhor para a sociedade. — Ela gesticulou com suavidade. — Elianard disse que você estudou história no colégio.

A neta continuou a desenhar o símbolo, concentrando-se no fruto envolto em espinhos pendurado na ponta da espiral. Sentiu a magia fluir dentro de si.

O pai pigarreou.

— Keelie, Sean só ficou sabendo desse noivado quando chegou aqui. Foi algo que Niriel acertou com o pai de Risa. Eles acham que os dois talvez possam...

"Ter um filho, um filho elfo, um elfo puro-sangue." Os olhos da avó brilharam de contentamento diante da perspectiva de um elfo de raça pura. Sean fora reduzido a reprodutor.

Do canto dos olhos, Keelie observou o pai inclinar a cabeça e apoiá-la na mão. Pelo menos ele se deu conta do impacto que a palavra "puro-sangue" causara em Keelie. A filha se concentrou de novo no desenho. O pai se casara com uma humana — o que deve ter sido uma reviravolta nos planos da velha. A própria presença de Keelie era um insulto para os elfos em toda parte.

A jovem não parou de desenhar, e o símbolo começou a exercer um efeito meditativo e reconfortante. Devia estar brava com a avó, mas, naquele momento, sentia-se distante, alheia ao que ocorria ao seu redor.

Sem perceber, Keliatiel continuou:

— Claro que Keelie tem noções de procriação. Pelo que sei, as garotas humanas ficam sabendo disso muito cedo.

— Acho que as elfos *puro-sangue* só aprendem sobre sexo depois dos 200. — A jovem começara a sombrear os espinhos do fruto.

A avó ficou boquiaberta, como se ouvir a neta dizer "puro-sangue" pela primeira vez a tivesse levado a se dar conta do impacto da palavra para o filho e a filha mestiça dele.

— Keelie, se a situação fosse diferente, Sean estaria aqui com você. Mas, na atual conjuntura, os elfos precisam seguir as normas, os rituais e os costumes da nossa cultura, que definem quem somos e mantêm a magia em equilíbrio. — O pai franziu o cenho ao ver o que ela desenhava.

A jovem ouvia apenas "blá, diferente, blá, Sean, blá, normas, normas, normas".

— E, além disso, você só tem 15 anos na idade dos seres humanos — acrescentou Zeke.

A-hã, e Sean tinha o quê? Oitenta? Keelie franziu a testa. Não queria estar ali. Não queria tratar daquele assunto, muito menos com sua avó e seus preconceitos contra seres humanos.

— Interessante — começou a dizer a garota —, quando Elianard estava me ensinando as tradições hoje, ele me mostrou este símbolo num livro. É o oposto do que está no livro da sua biblioteca, vó.

O que significa? — Ela virou o caderno de desenho para que eles pudessem ver o que esboçara.

Keliatiel derrubou a caneca, que quebrou no chão, espalhando chá de hortelã em suas saias. Então, ela se levantou e começou a se enxugar com o guardanapo, olhando de soslaio para o desenho nesse ínterim.

Alguém bateu à porta. O pai pegou com gentileza o caderno de desenho de Keelie e o fechou.

— Vamos conversar sobre isso mais tarde.

— É Niriel — disse a avó. — Veio levar Keelie para a aula.

A neta rodopiou o dedo no ar.

— U-hu, mal posso esperar! Acham que ele sabe o que significa esse símbolo?

— Não — retrucou Keliatiel. Em seguida, respirou fundo. — Não mencione aquele livro para ninguém.

— Você é quem manda. — A jovem canalizou seu lado de garota californiana que adorava shopping para criar uma barreira protetora contra as palavras da avó, pensando o tempo todo que tinha de descobrir do que se tratava aquele livro.

— Vou abrir a porta, mãe. Fique aqui e descanse.

A avó fez menção de se inclinar para pegar os cacos da caneca, mas acabou caindo para trás, sentada na cadeira.

— Eu pego. — Keelie recolheu os cacos e limpou o chá derramado com a toalha de cozinha que a avó lhe entregara. Seu desenho provocara uma tremenda comoção. O que será que era e por que eles não queriam falar a respeito dele?

Fora perturbador ver a avó fraquejar e precisar de ajuda, mas ela provavelmente estava fingindo, pensou a neta. Fingia estar doente para fazer com que todos cumprissem suas ordens.

— Lorde Niriel está esperando por você lá fora. — Zeke fez um gesto com a cabeça e, em seguida, agachou-se ao lado da cadeira da mãe. — Você está bem?

Keelie saiu, enojada. Lorde Niriel não estava à porta. Ela podia ouvir os gritos de Ariel. O falcão-fêmea parecia transtornado. A garota contornou rápido a casa.

Olhou ao redor depressa. Lorde Niriel estava parado no caminho perto das gaiolas, observando a ave, com uma espada embainhada no cinto e segurando outra, igualmente embainhada. Keelie não o queria perto de Ariel — sabia que ele participara do plano de Elianard de usar a magia do unicórnio de Wildewood para reforçar o Pânico, embora não pudesse provar. Além disso, como fora ideia dele fazer o filho se casar com Risa, ele era o culpado pelo coração partido de Keelie.

Ariel gritou e bateu as asas.

— Uma pena ver uma ave tão bonita e majestosa engaiolada. Talvez fosse melhor acabar com a vida dela que deixá-la aí no escuro, ouvindo o vento uivar entre as árvores — comentou Lorde Niriel.

— Eu acho que há esperança para Ariel. Vou fazer com que se recupere e, até que alguém prove que estou errada, ela continuará a viver. — Keelie não contou que as árvores ajudavam o falcão a voar. Era seu segredo.

Lorde Niriel fez uma reverência.

— Certo, mas nem todos costumam ser esperançosos. Há os que anteveem a escuridão se assomar até mesmo nos dias mais belos. — Ele se virou para o pai de Keelie, que tinha saído pela porta dos fundos para dar uma espiada nela. — Não acha, Zeke?

— Concordo com a minha filha. A esperança sobrepuja a escuridão.

— E é exatamente por isso que Sean e Risa ficaram noivos. O filho que tiverem será a esperança dos elfos, a geração seguinte. E, pelo que sei, não é a única a estar chateada, Keelie. Vejo que Elia também não está aceitando bem.

Kellie não dava a mínima para o que Elia sentia. Embora a elfo tivesse sido amável recentemente, não significava que se tornariam amigas. A outra na certa estava conspirando para conseguir Sean de volta e, se Keelie se deixasse levar por seu charme, acabaria sozinha e envergonhada.

Sua avó queria que aprendesse tudo sobre os elfos — mas de uma coisa a neta já sabia: que não se podia confiar em alguns deles. Ela vinha aprendendo muito, e tudo era negativo.

5

— E então, está pronta para a sua aula? Não vamos muito longe, só até a ferraria. — Lorde Niriel fez um gesto rumo às construções altas que abrigavam as forjas dos ferreiros e o estábulo.

— Não sei se deveria ir, Keelie. — O pai se mostrou preocupado. — Você não precisa fazer isso hoje. Já teve muitos contratempos.

— Eu estou bem. — Indignada consigo mesma, Keelie se dirigiu à trilha.

Lorde Niriel arqueou a sobrancelha para Zeke quando ela passou por ele.

— Problemas?

— Não — respondeu o pai de Keelie.

A filha se sentiu grata ao pai, e um sentimento protetor com relação a ele brotou dentro de si. Não queria constrangê-lo na frente de Lorde Niriel. Não queria que Sean e Risa ficassem sabendo que ela não conseguia enfrentar uma aula. Seguiria em frente aos trancos e barrancos e aprenderia, embora só desejasse voltar à floresta com Ariel.

— Vamos lá — disse Keelie.

Lorde Niriel a alcançou, e os dois foram andando juntos até a ferraria.

— Como foi a sua aula sobre as tradições? — Sua voz era suave e profunda. Ele não apenas tinha o aspecto de uma celebridade, como também falava como uma; mas Keelie não confiava nele.

— Foi legal. — Tão legal quanto um festival de ronco.

Os sons metálicos de marteladas em aço ressoaram da ferraria acompanhados de gritos e risos. Era provável que Sean estivesse ali. Algumas semanas atrás Keelie teria ficado toda serelepe, louca para vê-lo.

— Como sabe, a ferraria é o local em que os jovens forjam o metal, cada um fazendo sua própria espada e armadura de justador. Nós vamos ficar aqui.

Os dois se sentaram numa raiz de árvore enorme, e Lorde Niriel começou a passar um sermão longo e tedioso sobre os vários tipos de metais usados em uma espada. Keelie sentiu os olhos irem pesando cada vez mais, conforme ele dava continuidade ao discurso monótono, porém despertou por completo quando ele disse:

— E agora, Keelie Heartwood, começará sua primeira lição.

Ele se levantou e tirou uma espada prateada reluzente, tão longa quanto o braço dela, da bainha que carregava.

— Tome.

O elfo atirou a bainha no chão perto deles.

Keelie se levantou com cuidado e estendeu a mão, perguntando-se se a espada a atingiria, como nos filmes. Ou talvez centenas de homens armados se lançariam em sua direção, gritando, da floresta. Mas os dedos dela simplesmente se fecharam em torno do punho marrom e cálido. Fora feito com um pedaço de couro e entrelaçado centenas de vezes com um fio de seda, formando uma superfície rígida e firme.

Ela ergueu a ponta da espada e, em seguida, deixou-a cair. A sensação era estranha, mas empolgante. De súbito, desejou aprender a usá-la. Deu a volta para ficar de frente para Lorde Niriel, que se afastou depressa.

A garota riu.

— Sinto muito, não ia machucá-lo.

— Há regras, Keliel, para o manuseio de uma arma "viva".

Keelie examinou a lâmina. Sabia que ele se referia ao fato de a espada estar à mostra, desembainhada, mas a garota tinha a sensação de a espada estar mesmo com vida.

— Estou pronta, Lorde Niriel.

Mas não para o ataque ágil do elfo, cuja espada já estava no pescoço dela, exposta, fria e rígida, um segundo depois. Como ele conseguira se mover tão rápido?

A jovem sentiu a lâmina afiada um pouco mais e, em seguida, o elfo a soltou. Keelie caiu à frente, a própria arma inútil pendendo nos dedos débeis.

— Sempre deve estar preparada para um ataque, Keliel. Precisa empunhar alto a espada, não deixá-la pender como um lírio murcho, e posicionar bem os pés para estar preparada para se mover e reagir, sem parar para pensar nem se atrapalhar.

Ela o observou dar um salto para trás e, em seguida, posicionar-se com as pernas meio dobradas, os olhos concentrados nela, um sorriso predatório nos lábios. A jovem umedeceu os lábios secos. Ele passara de elfo bem-apessoado e legal para animal perigoso.

— Acho que não vou conseguir fazer isso.

Lorde Niriel se ergueu mais e descartou a graciosidade animal como se fosse um manto.

— Ora vamos, onde está a jovem corajosa que liderou o ataque em Wildewood e resgatou Lorde Einhorn? Ela não estava com medo.

— Ela tampouco precisou usar uma espada. — As palavras dele, na verdade, lhe deram mais força. A garota ergueu a espada, que era pesada e difícil de manusear. Agora via com outros olhos os espadachins que vira no festival. Eles faziam tudo parecer tão fácil, mas aquilo era como carregar uma faca de manteiga gigante. Afiada.

Durante uma hora, Lorde Niriel lhe deu aula. Eles se moviam para a frente e para trás, e ela sempre mantinha a espada erguida, sem deixar que pendesse. Quando pararam, as coxas, o braço direito e os ombros de Keelie latejavam.

— Quando vou poder atacar algo? — quis saber a jovem, apoiando-se, ofegante, em uma árvore (carvalho, um broto).

— Ah, agora viramos sanguinários. — O elfo deu um largo sorriso. — Pode praticar lutando com um boneco, mas ainda não. Eu não quero que frature um osso ou distenda um músculo. Vamos aos poucos. — Ele inclinou a cabeça. — Não achei que a filha de Zekeliel teria as qualidades de um lutador, mas você é ágil e aprende os movimentos com rapidez, para uma...— ele fez uma pausa.

— Para uma garota? — perguntou ela. — Ou para uma Orelha Redonda?

Ele revirou os olhos.

— Eu ia dizer "para alguém da cidade".

— Ah. — Constrangida por tê-lo chamado de racista e sexista, ela examinou o punho da espada, lembrando-se da lição sobre suas partes. O pomo era aquele troço redondo no fim e equilibrava o lado longo, a lâmina. O cabo, a parte que ela segurava, era feito de madeira de lei, com reforço de aço na parte central. — Esta é uma espada de lâmina larga?

— É. Não conta com um guarda-mão para proteger sua mão e a lâmina é forte, com dois gumes que vão até o punho. Esta é leve, própria para exercícios. Quando você tiver aprendido mais, se quiser continuar, vou lhe deixar usar uma mais pesada.

Mais pesada que aquela? Já era um sufoco mantê-la a poucos centímetros do chão!

— Está cansada, não está? Nós vamos guardar as espadas e praticar de novo daqui a alguns dias. Talvez queira passar um unguento no ombro hoje.

— Obrigada, vou ver se o meu pai tem algum. Posso ficar com a espada hoje?

Lorde Niriel arqueou a sobrancelha. Talvez achasse que ela fosse matar o filho dele. Ou acabar com ele mesmo. O elfo deu de ombros.

— Claro que pode. Limpe-a de noite, antes de se deitar, e não deixe que molhe nem que enferruje.

— Obrigada. — Keelie respirou fundo. — Foi divertido. — Pronto. Falar aquilo doera mais que o ombro dela.

O elfo anuiu, sério.

— Você precisa aprender os nossos costumes, Keliel, mas essas lições não precisam ser uma tortura, sabe? Esse é um grande passo. Seu pai vai ficar satisfeito.

Ela percebeu que ele não mencionou sua avó.

Mais tarde, naquele dia, Keelie estava sentada no alto da montanha, observando a obra lá embaixo, na estrada. Ariel deu um grito no alto, como se avisasse a todos os passarinhos que estava com fome. A descoberta de que o falcão podia voar, "vendo" o mundo por meio da visão das árvores, diminuíra o estresse e o sentimento de culpa da garota.

— Você nunca vai conseguir caçar nada desse jeito — disse Keelie para Ariel, esfregando o ombro. Seu braço ainda doía por causa da luta com espada.

Keelie se recostou na árvore mais próxima (pinheiro do Canadá) e sorriu para as pessoas diminutas na obra. Ela os imaginava como pessoinhas vivendo em um palco de marionetes, embora fossem seres humanos de tamanho normal e estivessem bem longe de sua vida na floresta, com os elfos.

A vindima ocorreria dali a apenas algumas semanas. A jovem mal podia esperar para ver Sir Davey de novo. Esse festival da colheita não seria nada parecido com o da Renascença, mas seria divertido perambular pela cidade a caráter. Keelie estava louca para talhar uma abóbora.

Com a mão direita, ela alisou um pedaço do solo, empurrando para o lado folhas e gravetos e, em seguida, começou a desenhar com o dedo na terra. Uma espiral, que começou pequena e foi aumentando. Uma coceguinha no braço chamou sua atenção. Era uma *bhata*, que tinha descido da casca da árvore. Ela foi andando devagar até o círculo aberto por Keelie e pareceu examinar o desenho.

Keelie esperou, examinando a criaturinha, perguntando-se se era a que a acompanhara desde Nova York. Chamava as *bhata* de fadas de graveto, porque pareciam um amontoado de galhinhos, musgo e sementes. Sir Davey explicara que eram espíritos do ar, que usavam pedacinhos da floresta como corpo. Knot gostava de desmontá-los. Mas eles sempre se reconstituíam e, então, punham-se a perseguir o felino, espetando-o e pinicando-o com os gravetos. Keelie já vira uma *bhata* montar em Knot como um caubói.

A garota estendeu o dedo e tocou num dos varetinhos que servia de perna para aquela ali. A *bhata* nem pareceu se dar conta, de tão concentrada que estava no símbolo.

Ariel gritou no alto, tirando Keelie do transe.

— Eu quase me auto-hipnotizei olhando para um desses símbolos — comentou ela, em voz alta.

A *bhata* se virou e tirou do rosto um pedaço de musgo, como se fosse um topete incômodo.

— Só estou comentando. Pode chamar de aviso entre amigas. — Ela se inclinou para a frente para apagar o desenho, mas a *bhata*, movendo-se com incrível rapidez, impediu-a, espetando um graveto entre os seus dedos.

— Ai. — Keelie puxou a mão e fitou o ponto vermelho na área macia entre os dedos. Um pingo de sangue apareceu. — Você me machucou.

A *bhata* deu as costas e voltou a olhar fixamente para o círculo concêntrico na terra. A garota a ignorou e pressionou a ferida, perguntando-se quanto sangue sairia. Gravetinho maluco.

— Está machucada. Você se cortou?

Keelie ergueu os olhos, sobressaltada. O rapaz que ela vira dormindo na noite anterior estava perto dela, observando-a com cautela.

— Oi. Não ouvi você chegar. Acabei de me cortar um pouquinho. — Ele era rápido e silencioso. A garota posicionou o corpo de maneira que o rapaz não visse a *bhata*. Não havia muitos seres humanos que podiam vê-las, mas Keelie vinha agindo cada vez mais como Pastora das Árvores. — Você mora aqui perto?

Ele balançou a cabeça, sem desgrudar os olhos do rosto dela. Ou será que olhava para a mão da garota? Ela a cobriu com a bainha de seu suéter exageradamente grande.

— Eu vi você outro dia. Dormindo debaixo de uma árvore morta. — Keelie fez um gesto em direção a ela. — Você estava bem?

O rapaz pigarreou e contraiu de leve o rosto.

— Hã, sim. Estou bem.

Keelie não teve a impressão de que estava. Ele mantinha os braços rígidos ao lado do corpo, os punhos cerrados.

Ariel gritou de novo. A jovem olhou para cima, com o intuito de se certificar de que o falcão estava por perto. A ave entrara numa corrente térmica e circulava alto, acima da cidade.

O rapaz olhou na mesma direção.

— Sua ave parece estar a salvo. — Ele voltou a observar a mão dela, mas, em seguida, ergueu a cabeça e se concentrou no rosto de Keelie. Deu um sorrisinho e se aproximou. — Acho que a gente precisa se apresentar, já que anda se encontrando na floresta. Eu me chamo Jake. E você?

— Keelie. — Ela se perguntou se deveria recuar. Jake era um rapaz estranho.

Knot surgiu de trás de umas samambaias que cresciam perto da rocha. Keelie ficou imaginando há quanto tempo estaria lá. Ele se lançou de forma brusca ao lado dos pés de Keelie e começou a lamber a própria perna.

O rapaz assentiu.

— Um prazer conhecê-la, Keelie. E *você*, mora por aqui? — Ele fez um gesto em direção à cidade.

Embora Jake fosse uma graça, a garota não achou que era muito seguro lhe contar onde vivia. Mas, então, Knot foi saracoteando até o garoto e esfregou a cabeça no jeans que ele usava. Talvez o gato estivesse lhe dando o sinal *ele é legal*.

— Moro, sim. Vivo ali com o meu pai e a minha avó. — Ela fez um gesto com a cabeça, indicando o vilarejo elfo. Não faria mal Jake ter em mente que a família dela estava por perto.

Knot esfregava a cabeça para cima e para baixo na perna de Jake, com grande entusiasmo. O rapaz sorriu um pouco.

— E, então, você está fazendo uma excursão? Acampando? — quis saber a jovem.

Ele olhou para trás, como se tivesse deixado o equipamento à vista.

— Não precisa se preocupar — apressou-se em dizer Keelie. — Não vou contar para ninguém que está aqui. Alguém está vindo buscar você?

— Não. — Jake a observou por um instante, e sua expressão mudou, como se houvesse tomado uma decisão. — Não estou fazendo excursão — admitiu. — Vim me esconder aqui.

Knot estava sentado ao lado dele, naquele momento. Ergueu a cabeça como se para examiná-lo rapidamente.

— Esconder? — Keelie lutou contra a vontade de recuar. — Tipo, da polícia, ou fugiu de casa?

— Eu me meti no que não devia. Nada relacionado a drogas, não. Só precisava de um lugar para ficar, pensar com mais clareza antes de tomar umas decisões importantes na minha vida. Ficar longe das pessoas, na floresta, me ajuda a me concentrar.

Keelie entendia muito bem isso de pensar com mais clareza. Ela também precisava se afastar das pessoas. No entanto, nunca se sentia sozinha quando estava perto das árvores.

Ariel gritou do alto de um amieiro ali perto. Keelie observou conforme as garras do falcão abriram-se para agarrar o galho. A ave se equilibrou em meio à brisa suave que passava pelas folhas.

— Ela tem sorte de ter você para cuidar dela — comentou Jake.

Quando Keelie se virou, Knot estava sentado em cima do pé de Jake. O gato ronronava, superalto. Aquilo era novidade.

Aliviada, a garota relaxou. Acreditou em Jake.

— Você está todo molhado. Eu tenho que voltar, mas vou trazer umas roupas secas, um cobertor e comida para você. O meu pai fez um guisado de lentilhas. Não é tão ruim quanto parece.

— Eu tenho bastante comida, mas roupa cairia bem à beça. — Ele sorriu; em seguida, olhou para cima, fitando a área em que samambaias beiravam o riacho.

Keelie olhou naquela direção e ficou surpresa ao ver Elia sair de trás de uma árvore. A elfo devia tê-la seguido até ali. Keelie se virou para tranquilizar Jake, mas ele tinha ido embora. Knot permaneceu no mesmo lugar, pestanejando para a jovem, o bigode movimentando-se.

Jake devia fazer atletismo no ensino médio.

Keelie olhou ao redor de novo, mas as únicas coisas à vista eram a espada e a luva que ela usava para carregar Ariel no braço. Knot tinha desaparecido, também.

— Quem era aquele? — Elia fitava o bosque denso que ladeava o cume.

Aborrecida, Keelie nem respondeu à pergunta. Pegou os piós de Ariel, que estavam debaixo da luva de couro reforçado.

— Bem, não vai me contar? Ele parecia humano, mas tinha algo de diferente. — A elfo deu a impressão de estar pensativa. — Eu me pergunto como ele consegue aguentar o Pânico. Os outros vão precisar saber que um ser humano conseguiu chegar até aqui. Todo mundo vai ficar bastante assustado. Preciso contar para o meu pai.

— Por favor, não conte. Ele se chama Jake e não vai machucar ninguém. Fugiu de casa e veio se esconder aqui.

Elia a fitou.

— Não seja idiota. O Pânico é a única coisa que evita que os seres humanos acabem com essa floresta da mesma forma como destroem tudo o que tocam. — Ela fez um gesto em direção à obra. — Isso é sério, Keelie. Veja como eles estão perto. Se nós perdermos o Pânico, nada vai impedir que construam na frente das nossas terras. Não vamos conseguir mantê-los longe.

Elia tinha razão. E Keelie não deixou de notar que a elfo conversava com ela normalmente, sem aquele ar arrogante de princesa-elfo. Aquele não era o momento para trazer à tona o papel dela no ataque ao unicórnio de Wildewood, mas aquela conversa deveria acontecer — e em breve.

— É verdade. Mas dê alguns dias ao Jake antes de contar para o seu pai, está bem? Eu gostaria que ele tivesse uma oportunidade.

— Não sei. Não sei de mais nada agora. — Ela se sentou em um tronco caído. Espalhou as saias ao seu redor, ainda se preocupando em fazer pose, mesmo quando só Keelie e as árvores podiam vê-la. — Vou pensar no assunto. Por que está defendendo esse tal Jake?

— Porque ele parece estar muito perdido. — Não foi a intenção da jovem falar de um jeito tão melancólico, mas Elia notou na hora.

— Você se identifica com ele. Não porque é humano, mas porque está sozinho num lugar hostil.

— Está parecendo uma velha dando conselhos. Ou já se formou em psicologia? — Keelie se lembrou de todos os diplomas do pai.

— Você se esquece de que, em termos humanos, sou uma mulher idosa. — Elia deu um sorrisinho ao ver a expressão de Keelie. — E Sean é ainda mais velho que eu. Você deve ter adivinhado que não gostei de saber que ele e Risa estão noivos.

— Eu percebi, sim. Mas o que não entendo é: por que Risa? Por que não você?

Os ombros de Elia penderam, e ela já não manteve a postura ereta.

— Teve algo a ver com o fato de a mãe da Risa ser uma grande reprodutora. A garota tem três irmãos; são quatro filhos, o que é uma grande quantidade para famílias elfos. — Ela levou a mão ao peito. — Eu sou filha única.

Uma Elia já basta neste planeta, pensou Keelie.

— O rapaz parece interessante. — A elfo deu uma olhada nas árvores em que Jake desaparecera. — Você pode me apresentar para ele?

— Acabei de conhecer Jake, vi que dormia na floresta ontem. Aí deparei com ele hoje de novo. Acho que deve morar na cidade.

Elia anuiu como se houvesse entendido, mas deu a impressão de estar desapontada.

— É da cidade. Achei que fosse um viajante.

— Bem, nem sei se é totalmente humano. Uma coisa é certa: o Pânico não o incomoda. Sua intensidade pode estar diminuindo, mas ainda é muito forte — Keelie apertou o quartzo-rosa, para se reconfortar.

As duas ficaram sentadas em um silêncio amigável. Knot esfregou a cabeça na perna de Keelie. Ela o observou, com cautela.

— Como foi sua aula sobre as tradições dos elfos? — quis saber Elia.

— Foi um desafio para nós dois.

Knot subiu no colo de Keelie e se enrolou todo, formando uma bola e metendo a cabeça no peito. Aquilo era assustador — um Knot carinhoso e uma Elia simpática. Havia alguma coisa errada naquele cenário.

Como se sentisse a desconfiança da jovem, o bichano estendeu a pata e meteu as garras na perna dela.

— Ai!

— O que foi? — perguntou a elfo.

— Nada não.

Elia olhou para Knot e torceu o nariz.

— Antes você do que eu.

Keelie tirou as garras do gato de sua calça. Ele ronronou.

Ariel gritou, em seguida passou do amieiro para um pinheiro. A jovem sentiu a personalidade amável e compassiva da árvore imponente. A ave estaria segura em seus galhos.

— Pelo visto, seu falcão está indo bem.

Keelie fuzilou a elfo com os olhos.

— Quanta ousadia. Foi você que a cegou. Por que não rompe o feitiço?

Elia inclinou a cabeça e soltou um suspiro.

— Não posso. Se eu tentar, receio que se voltará contra mim.

— Vai se voltar contra você? Como assim?

— Se eu retirar o feitiço de Ariel, então ele terá que ir para algum lugar.

Keelie não entendeu.

— Para cada feitiço lançado, há uma reação igual. Se eu retirar essa maldição, ela voltará para mim. E eu vou ficar cega.

— E não tem como simplesmente quebrá-la? — Keelie não se chocara. O pai chegara a lhe dizer isso, assim que Elia cegara Ariel usando magia acima de seu nível de habilidade. Ninguém conseguira romper o feitiço.

— Meu pai tem procurado em todos os livros das tradições. Não encontramos respostas.

— Quer dizer que Elianard anda tentando descobrir um jeito de romper o feitiço? — Era difícil de acreditar.

Um zumbido alto veio de debaixo de umas samambaias, sob um amieiro.

Elia assentiu e se virou. Sua voz se suavizou.

— Eu achei a maldição num livro sobre magia negra. O meu pai sempre me avisou para não usá-lo, mas eu queria magoar você. Fazer com que fosse embora. — Ela balançou a cabeça de um lado para o outro, a expressão séria. — Lembre-se disso, Keelie: as regras importam, sim.

O zumbido ficou mais alto, e as samambaias oscilaram, por causa do que acontecia ali. Uma *bhata* subiu no tronco do amieiro.

Knot também balançava o rabo de um lado para o outro. Saltou do colo de Keelie e correu até a vegetação rasteira sob o amieiro. O zumbido parou e foi substituído por um grito.

O gato reapareceu com um inseto-fada na boca. A fada golpeou o bichano com as pernas de trás. Ele chiou. O inseto-fada parou de se mover. Knot percorreu a trilha, o rabo bem empinado. Ao que tudo indicava, o resultado fora desastroso para aquele inseto-fada.

— Sabe, se você der a oportunidade para o meu pai, vai aprender muito sobre elfos e magia — disse Elia.

— Não sei. — A ideia de ser boazinha com Elianard não lhe apetecia.

— Vamos fazer um trato. Eu não vou contar nada para ninguém a respeito do Jake durante uns dias, se você prometer dar uma chance para o meu pai. Ele é um Mestre das Tradições maravilhoso. Ninguém sabe mais que ele sobre a história, a cultura e as lendas do nosso povo. Pode ajudá-la com a sua magia, também. Vá às aulas pelo menos até a vindima.

Keelie não sabia se conseguiria aguentar Elianard por tanto tempo, mas, se com isso Jake teria mais tempo, tentaria.

— Combinado! Mas você promete não contar nada sobre o Jake.

Elia sorriu.

— Ótimo. Ele pode lhe falar dos velhos tempos.

— Já ouvi muito sobre isso hoje de manhã.

A elfo esticou os braços, absorvendo toda a floresta.

— Os velhos tempos se referem à época em que os elfos chegaram aqui e se instalaram nesta região. Há trezentos anos sua avó trouxe os filhos pequenos para viver na floresta, quando eram pequenininhos.

Keelie olhou fixamente para Elia.

— Trezentos anos? — Seu pai dizia ter essa idade. Os Estados Unidos nem existiam naquela época. As colônias mal tinham se formado. Será que todos queriam se divertir à sua custa?

Então, ela se deu conta do que a elfo dissera: a avó Keliatiel trouxera seus *filhos* pequenos para viver na floresta.

O que acontecera com o outro?

6

Com o tio misterioso em mente, Keelie estava ao mesmo tempo inquieta e bem-humorada quando Elia voltou caminhando com ela até o vilarejo. Era estranho ter sua ex-adversária como amiga. Não que achasse que aquela sua amabilidade repentina fosse sincera. A elfo devia estar tramando algo — e talvez Keelie demorasse um pouco para descobrir o quê.

Não duvidaria de que tivesse algo a ver com Sean.

O espírito da água no riacho chamou Keelie, que começou a andar mais devagar, observando o ponto entre as samambaias viçosas à margem. Ela ouviu o som de água espirrando e uma risadinha, mas não viu nada.

— O que é que você está olhando? — perguntou Elia por sobre o ombro.

— O espírito da água. A gente tem se cumprimentado todos os dias. Eu só quis dizer oi.

Elia se mostrou intrigada.

— Ele falou com você?

— A-hã. Eu saltei por cima dele outro dia, quando estava correndo atrás de Ariel, e ele teve muita sorte de eu não ter escorregado e pisado em cima dele.

A elfo fez uma careta.

— Vou para o outro lado. O meu pai está na ferraria. A gente se vê amanhã.

— Está bem. E não se esqueça...

Elia revirou os olhos.

— Do nosso segredo. Já sei. Você se preocupa demais. — Ela alisou as saias de conto de fadas e foi embora.

Keelie foi depressa para casa, a cabeça rodopiando com o que acabara de descobrir. Dois irmãos. O pai nunca mencionara que ela possuía um tio. O que teria acontecido com ele?

Ela pensou em diversas situações, ensaiando mentalmente como perguntaria ao pai sobre o irmão desaparecido, mas Zeke não estava em casa quando ela chegou.

A jovem foi direto ao quarto dele, pegar umas roupas velhas para Jake. Os aposentos do pai tinham pé direito alto e vigas de madeira expostas. Havia colchas de retalhos coloridas, com apliques, nas paredes revestidas de madeira escura e, na cama dele, outra colcha, feita de modo a dar a impressão de que uma brisa espalhara folhas de outono por toda a sua extensão. Linda.

O armário estava organizado e continha principalmente camisas jeans e trajes cerimoniais, com mangas compridas, enfeitadas com bordados intrincados. Keelie procurou, mas não encontrou nada ali que Jake pudesse usar.

Havia camisetas e jeans dobrados na cômoda, incluindo roupas térmicas, de manga comprida. Bingo. Keelie pegou uns jeans, uns casacos, umas blusas térmicas e duas meias de algodão grosso.

Jake precisava de um sobretudo, também, mas ela não tinha visto um. A jovem puxou os robes para o lado no fundo do armário, sentindo-se uma verdadeira detetive, esperando encontrar roupas de inverno atrás da barra com cabides.

Keelie congelou. Deparou com um retrato feito com madeira entalhada, em baixo-relevo — a imagem de uma mulher serena, com cabelos volumosos e cacheados e um sorriso nos lábios cheios. A jovem a fitou e, então, percorreu com os dedos a curva familiar da boca. Era a mãe dela.

Quem quer que tivesse feito aquilo era um artista. O pai era muito habilidoso no que dizia respeito a móveis, mas nunca fizera nada parecido com aquilo. Keelie contornou com os dedos a maçã do rosto suave da mãe e meteu-os na parte oca dos cachos similares a fitas.

Mãe. O artista que talhara aquilo a conhecia muito bem. Keelie sentiu uma pontada de dor ao pensar que se esquecera da aparência dela. Na verdade, só dos detalhes, que haviam sido captados ali. A essência de sua mãe, em madeira.

Ninguém conhecia Keelie daquele jeito. Ela não era amada ali, exceto pelo pai.

Um barulho no corredor fez com que a jovem recolocasse os cabides no lugar e fechasse a porta do armário. Então, Keelie levou as roupas dobradas ao peito e correu até a porta.

— Keelie, você está aqui?

Era seu pai. Se respondesse, ele saberia que ela estivera em seu quarto, o único no térreo. A garota observou as roupas dobradas que segurava. Não teria como explicá-las sem lhe contar sobre Jake.

Ela esperou que ele subisse, ainda chamando-a, e, em seguida, foi disfarçadamente até o corredor e jogou as roupas no fundo do armário ali localizado.

Então, respirou fundo, esforçou-se para sorrir e subiu correndo.

— Está me procurando, pai?

A cabeça de Zeke apareceu na porta do quarto dela.

— Estava. Como foram as aulas?

— Interessantes. A de luta de espada com Lorde Niriel foi a minha favorita. — Isso não chegava a ser mentira.

Ele arqueou a sobrancelha.

— É mesmo?

— A-hã. E Lorde Niriel até me deixou trazer a espada para casa, para que eu pudesse praticar. — Ela esfregou o braço direito. — O que eu vou fazer assim que conseguir me mexer de novo.

Zeke riu.

— Eu nunca fui muito fã de espadas. E agora vou ter que supervisionar a fabricação delas — acrescentou ele, com amargura.

— É, não entendo isso, pai. — Keelie se sentou na cama e fez um gesto para que ele se juntasse a ela.

O pai se sentou ao pé da cama e sorriu ao ver os brincos de Alora, que cintilavam. O broto estava em repouso, numa espécie de cochilo arboral, o que significava que não os interromperia.

— Pai, a vovó está realmente doente? Ela não me parece estar.

Zeke se apoiou no esteio da cama e cruzou os braços.

— Não doente do jeito que eu fiquei em Nova York. Sua avó não está com febre, mas não está tão forte quanto era alguns anos atrás e enfraquece a cada dia que passa. Sua força se relaciona diretamente com a da floresta. Conforme o Pânico desaparece, ela também.

— Mas quando você teve a gripe de elfo, foi porque Wildewood estava doente, assim como Einhorn.

Uma imagem vívida surgiu à mente de Keelie: Elia ajudando o pai, Elianard, ao usar a harpa mágica para drenar a força vital do unicórnio Einhorn. Era por isso que ela não confiava na nova Elia prestativa. Pelo menos a harpa tinha sido destruída.

O pai contemplava a vista da janela, pensativo.

— Nós estamos ligados às árvores. O destino delas é o nosso. Está cada vez mais difícil protegê-las, Keelie. Eu sabia que um dia chegaria a minha vez.

— Trezentos anos, certo?

Ele sorriu.

— Isso mesmo. Um aprendizado longo o bastante.

— E por que o seu irmão não ajuda?

O sorriso do pai se esvaiu e os olhos verdes adquiriram um matiz cinza e frio.

— Quem andou conversando com você sobre isso?

A filha comprimiu os lábios, arrependendo-se da pergunta precipitada. Elia guardava um segredo para ela, e Kellie não ousaria contar os detalhes da conversa para o pai.

— Acabei de ficar sabendo. Quando Keliatiel veio para esta floresta, trouxe os dois filhos pequenos. Dois. Então, você e alguém mais.

O olhar gelado do pai perdurou por mais alguns segundos e, então, ele suspirou.

— Eu tive um irmão, sim, Dariel. Ele morreu há muito tempo. Não fale dele para a sua avó. Ela ainda sente muito.

— O que aconteceu com ele?

— Que diferença faz? Foi há muito tempo, quando este país ainda era jovem.

Keelie tentou imaginar como seria viver por centenas de anos.

— Você se lembra da Guerra Civil?

— Lembro. Não nos afetou muito, aqui. A Corrida do Ouro foi pior. Muitos vieram para o Oeste, e as pessoas que viviam perto de nós sofreram muito.

— Os ameríndios, não é?

— A-hã. Eles foram expulsos, e nós evocamos o Pânico para manter os outros longe. Foi a primeira vez que se recorreu a ele nesta região. — Zeke se calou, recordando-se.

— Nesta região — repetiu a filha. — Elianard me contou da imigração. De onde vocês vieram?

O pai sorriu de novo.

— Você não leu contos de fadas?

Keelie inclinou a cabeça.

— Serve "Sob o Monte"?

— História errada. Na verdade, viemos de muitas terras, mas Keliatiel nasceu nas florestas dos Pirineus, como o meu irmão. Eu nasci aqui.

— E o seu pai?

— Ele se uniu às árvores há trezentos anos. Seu nome era Zaros. Você é muito parecida com ele.

Ela repetiu o nome do avô.

— Zaros. Por que ninguém fala dele?

O pai deu de ombros.

— Já faz muito tempo que desvaneceu. Era bastante velho. Nós vivemos para o agora. Os elfos lembram, bem como as árvores, porém os que seguem os antigos costumes não pranteiam.

Então era o lado humano dela que a levava a sentir saudades do abraço da mãe e a desejar receber suas ligações reclamando das tarefas que a filha deixara de fazer.

— Eu fico feliz por podermos contar um com o outro, pai.

Zeke se aproximou dela e lhe deu um abraço apertado.

— Também fico, Keelie. E, se algo acontecesse com você, eu ficaria de luto pelo resto da vida.

— Eu também, pai. — Já escurecera, mas ela ainda precisava voltar para a floresta.

Zeke olhou ao redor do quarto, como se procurasse algo.

— Está sentindo algo estranho aqui? Parece uma energia obscura.

Keelie esforçou-se para não olhar para o armário, onde o amuleto de Elianard estava escondido debaixo de umas toalhas dobradas.

— Não, pai. Talvez seja Alora.

Zeke se levantou.

— Não, com certeza não.

Embora se sentisse triste por estar mantendo segredo, Keelie não conseguiu revelar a presença do amuleto. Por algum motivo, desde que Einhorn o entregara para ela, sentira a necessidade de mantê-lo escondido.

— A que horas é o jantar?

— Às oito. Você vai sair?

— Só queria dar uma olhada em Ariel, e tal.

Zeke apertou o ombro da filha e se levantou.

— Não se atrase. — Ele fechou a porta do quarto ao sair.

Com a cabeça girando por causa de tudo o que ficara sabendo, Keelie ficou sentada por alguns momentos e, em seguida, levantou-se, ansiosa para levar as roupas de uma vez por todas para Jake. Na certa, ele estava morrendo de frio, esperando por ela.

— As tias contaram que o irmão de Zeke morreu há muitos anéis de crescimento atrás — comentou de súbito o broto. O tilintar das bijuterias ecoou no quarto, conforme ela movia os galhinhos.

— E o que mais elas disseram?

— Quero que me regue.

— Tenho certeza que não pediram que as regasse.

— Eu estou morrendo de sede.

Keelie soltou um suspiro e se levantou. O regador estava perto da porta, cheio até a metade. Ela começou a jogar água na terra em torno do tronco fino de Alora e, em seguida, parou. Precisava esconder melhor o amuleto, e havia lugar melhor que debaixo do broto? Keelie o pegou sob as toalhas. Colocou o amuleto e estremeceu quando o fruto gelado e espinhoso tocou seu peito.

A jovem pegou o vaso de Alora, abraçando-o, e levantou-o; então, caminhou com cuidado pelo corredor, apoiando-se na parede quando se cansava.

— O que é que está fazendo, Keelie? Nós vamos fazer compras? Laurie conversou comigo sobre isso. Preciso de uns brilhos novos para os meus galhos.

Como o broto não conhecia a palavra para os ornamentos que usava, recorreu ao efeito que queria, movendo os galhinhos cheios de bijuterias.

Keelie deu uma risadinha irônica.

— A gente não vai fazer compras, mas você vai receber um superbrilho já, já, e esse será o nosso segredo.

Ela carregou o vaso de Alora até o lado de fora, para além da oficina do pai. O broto não parou de falar. Quando a jovem por fim o colocou no chão, já estava com vontade de atirá-lo sobre a cerca viva mais próxima.

Dentro da oficina, Keelie encontrou um vaso de cerâmica grande, que o pai já deixara de reserva para permitir o crescimento de Alora. Já estava parcialmente cheio com terra fértil. Keelie o levou até o lado de fora, então tirou o amuleto e jogou-o dentro, empurrando-o mais para baixo com os dedos.

Alora observou, em silêncio. A jovem se virou para ela.

— Quero que você cuide deste colar — sussurrou Keelie, feliz pelo broto poder ouvir e ela não precisar enviar a mensagem telepaticamente, evitando que outras árvores entreouvissem o que dissera.

— É lindo — murmurou Alora. — Mas muito gelado.

— Deve ser a magia. Vou replantar você.

A onda de felicidade do broto era evidente: ele ficou feliz com o vaso *e* o colar novos. Keelie inclinou o vaso de Alora e deu umas batidinhas ao redor, para soltar a terra; em seguida, pegou o broto na parte inferior do tronco e puxou um pouco. Ela saiu com facilidade. A jovem então levou a arvorezinha inclinada até o vaso maior, mal deixando as raízes tocarem na terra.

Alora riu.

— Isso faz cócegas. Vá depressa, Keelie. Os meus dedos estão gelados.

— Você não tem dedos, tem radículas.

O broto soltou um resmungo.

Keelie encheu a mão de terra e foi jogando-a aos poucos em torno das raízes de Alora; a operação se repetiu até que o broto ficasse bem-apoiado. Então, a jovem pegou o vaso antigo e o virou em cima do novo, para que toda a terra caísse. Prendeu Alora confortavelmente em sua nova casa.

— Não se esqueça, ninguém pode saber que tem um colar debaixo de você.

— Está bem, mas tenho que receber um presente em troca do silêncio.

Um suborno. Duas vezes no mesmo dia.

— O que é que você quer?

— Mais brilhos. Mais brilhos que apareçam bem.

— Vou conseguir algo para você.

Alora cantarolou feliz. Keelie a deixou ali enquanto ia lavar as mãos. Sorriu para o pai na cozinha.

— Coloquei Alora num vaso maior. O outro estava ficando pequeno.

— Ótimo, Keelie. Fico feliz em ver como está cuidando bem do presente da Grande Árvore. — Ele cortava cebolas, e seus olhos se mostravam marejados. A filha pegou a toalha de cozinha que usara para secar as mãos e enxugou os olhos dele.

— Cebolas são terríveis, não é? Mas minha avó Jo sempre dizia que, quanto mais fortes elas fossem, melhor o sabor.

Zeke sorriu.

— Eu me lembro disso. — Ele começou a arrancar as folhinhas de um ramo de tomilho, deixando-as cair na cebola picada.

Keelie pegou as roupas no closet do corredor e saiu pela porta da frente, para evitar deparar com o pai de novo. Enviou um pensamento às árvores.

Oh, guardiãs da Floresta do Pânico, mostrem para mim onde está o garoto humano.

A resposta que recebeu foi confusa e incerta. A jovem tentou outra vez.

O garoto chamado Jake. Eu estava com ele.

Não vemos ninguém, exceto você e o elfo, trinaram as tias.

Será que o rapaz tinha voltado para casa? E ela se preocupando aquele tempo todo, por nada.

Eu vejo o rapaz. Era Alora.

Dá um tempo, disse Keelie. *Desse jeito, não vai ganhar mais brilho.*

Mas eu estou vendo o rapaz, sim, insistiu ela. *Ele é uma nuvem escura, e era uma nuvem escura quando você falou com ele junto com Elia.*

Uma nuvem escura? A jovem deu de ombros. Talvez ele tivesse alguma geringonça mágica, que lhe permitisse aguentar o Pânico e o tornasse invisível para as árvores.

Mostre para mim onde ele está, Alora.

Leve-me com você.

Keelie contraiu o maxilar. Tinha que voltar para casa antes do jantar, ou o pai desconfiaria de algo. Ela contornou a casa e, com as roupas na frente do peito, pegou o vaso novo e mais pesado, e foi cambaleando até o carrinho que o pai usava para carregar lenha. Colocou Alora com dificuldade no riquixá improvisado e o empurrou rumo à floresta escura, com o broto a guiá-la.

Quase chegara ao riacho, quando Alora anunciou:

— Lá está ele.

Keelie semicerrou os olhos por causa do breu e viu uma nuvem escura em turbilhão quase rastejar perto do solo, como uma serpente sombria, rumando em sua direção. A nuvem foi desacelerando até parar por completo, e Jake saiu dela, a névoa aderindo à sua pele como um pano úmido.

Aquele não era um comportamento humano. A vida de Keelie estava ficando complicada.

7

Keelie pulou para trás do carrinho, o coração batendo em disparada contra suas costelas, enquanto sua mente tentava entender o que acabara de ver. Observar Jake se materializar do nada tinha que encabeçar a lista de coisas estranhas que testemunhara nos últimos meses. Ela não sabia se saía correndo ou ficava ali. Respirou fundo e sentiu o aroma reconfortante das sempre-vivas ao redor, tentando se acalmar. Algo cálido e peludo se esfregou em seu tornozelo. A jovem olhou para baixo e, quando viu Knot, relaxou um pouco, sentindo-se mais segura.

Uma bruma rodopiava em torno dos pés de Jake. Era como se ele tivesse uma máquina de fazer fumaça escondida nas botas gastas. Gotas grandes de água respingavam das árvores, formando pocinhas no solo. Ela fitou o rapaz. Os olhos dele eram de um tom verde-claro, como os de um elfo, mas as veias em seus olhos sobressaíam em tom rubro, cor de sangue. Sua pele se mostrava tão branca quanto a neve no alto dos picos mais altos da montanha Cascade.

A névoa o circundava como uma cobra vaporosa, e um de seus anéis se estendeu em direção a Keelie, que recuou. Atrás dela, um graveto partiu ruidosamente. Uma onda de pânico a dominou e ela quase tropeçou e se estabacou no carrinho.

— Não me derrube — pediu Alora, com tom de voz assustado.

As palmas das mãos de Keelie estavam úmidas de suor. Gotículas de condensação tinham se formado nas folhas do broto. A jovem fechou os olhos e se conectou com a magia arboral, tentando encontrar uma resposta com as árvores. Mas não houve nenhuma. Então, ela visualizou a vegetação ao seu redor, e uma onda de energia fluiu dela para Alora. O vaso de cerâmica reluziu com uma luz dourada. Não era quente, mas brilhante. Opa! Keelie sentiu que o amuleto estava reagindo à sua magia arboral. Só podia esperar que o que fizera não causasse problemas. A fragrância reconfortante de solo argiloso espalhou-se no ar, que cintilava com pontinhos prateados e dourados.

Keelie podia ver as *bhata* ao redor deles e, pelo canto dos olhos, observou também os olhos imensos do espírito da água, contemplando-os com curiosidade do leito do riacho.

— Não tenha medo, Keelie — disse Jake. Parecia que a voz dele estava distante e não completamente ali, como se fragmentos dele ainda se juntassem. A névoa o circundou, e faíscas que lembravam fitas prateadas contornaram o rapaz. Ele fechou os olhos e, quando as centelhas desapareceram, ele pareceu um garoto normal, tal como Keelie o vira quando dormia na floresta.

— Acho que nós dois somos mais que meros humanos. E, então, quem vai explicar primeiro? — perguntou ela.

Silêncio.

Knot se sentou no pé de Keelie, uma bola de pelos pesada. O ronronado do gato preenchia o silêncio da floresta, acompanhado dos ocasionais *plic-plocs* provocados pela água que gotejava das árvores.

— Os cavalheiros em geral vão primeiro — incentivou a jovem.

— E quem disse que sou um?

— Bem, então o que é?

— O que *você* é?

Ela suspirou.

— A gente pode manter esse joguinho por muito tempo, mas, se quiser chegar a algum lugar, alguém vai ter que desembuchar primeiro.

A face de Alora surgiu na casca do tronco, e ela disse:

— Eu começo. Sou Alora, a Princesa do Grande Carvalho de Wildewood.

Jake fez uma reverência, com elegância.

— É um prazer e uma honra conhecê-la, Princesa Alora.

Chocada, Keelie olhou para o broto e, em seguida, para Jake. Somente pastores de árvores podiam ouvi-las falar, mesmo quando o faziam em voz alta.

Alora levou os galhinhos à face e deu uma risadinha, os brilhos dela reluzindo apesar da sombra escura provocada pelas árvores. Keelie notou que seu rosto parecia mais humano — o nariz pronunciado, os olhos mais expressivos e a boca mais arredondada, como os lábios das pessoas.

A jovem olhou de Alora para Jake.

— Você pode mesmo ver o broto? E ouvi-lo?

Jake assentiu e meteu as mãos nos bolsos. Parecia um adolescente normal — apenas um que conversava com árvores, como ela. Keelie olhou de soslaio para as orelhas dele, perguntando-se se tinham ficado pontudas de repente, mas a cabeça dele continuava indistinta em alguns pontos. A jovem esfregou os olhos e se virou para Alora. Quando voltassem para casa, daria uma bronca nela por ter se revelado para alguém que não conhecia. Chegara a hora de ter uma boa conversa sobre o perigo representado por estranhos.

Alora se inclinou para trás e ergueu um galho cheio de folhas, como se fosse contar um segredo para a melhor amiga. Sussurrou para Keelie:

— Ele é legal. Não se preocupe, podemos confiar nele.

Jake deu um largo sorriso.

Keelie não retribuiu o gesto. Analisou-o. Continuava pálido, os cabelos encaracolados assanhados. Sua imagem ainda se mostrava turva. Como a magia arboral não ajudara, ela tocou no quartzo-rosa, perto do cinto, e se concentrou na magia terrena que ele evocava. A indistinção desapareceu, revelando orelhas pontudas.

— Você é um elfo.

Ele franziu o cenho.

— Não muito, agora. — Jake olhou para Keelie e, em seguida, para Knot. — Uma vez, há muito tempo, mas...

— Mas... O quê? — Ela o encorajou a prosseguir. Queria saber o que acontecera a ele e se havia possibilidade de serem parentes.

Knot miou. Jake se ajoelhou para afagar a cabeça dele. Para a surpresa da jovem, o bichano não chiou nem o golpeou; simplesmente ronronou. Continuava sentado no pé dela, que já ficava dormente.

O rapaz assentiu.

— Se você acha que é melhor.

O gato miou. Então, pelo visto, podia se comunicar com Jake, mas não com Keelie. Não que ela quisesse falar *miau*, de qualquer forma. Talvez devesse chutá-lo, mas gostava de tê-lo ali.

Ainda acomodado no pé da jovem, o bichano pôs a pata na mão do rapaz. Jake ficou de pé.

— Vou lhe contar minha história, Keliel Katharine Heartwood.

Ela ficou pasma.

— Como sabe o meu nome completo? — Não era justo, o rapaz tinha informações sobre ela, mas Keelie não fazia a menor ideia da verdadeira identidade dele nem do que era. Olhou para o gato. — Você contou.

— Eu vinha observando você, conforme percorria a floresta atrás do falcão. Ouvi os elfos falando da filha de Orelha Redonda de Zeke Heartwood.

Embora não tenha demonstrado, Keelie sentiu uma pontada de dor no peito. Apesar de tudo o que fizera pelos elfos, continuavam a chamá-la de Orelha Redonda. Apesar de ter prometido ao pai que tentaria se entrosar com eles, não sabia se algum dia a considerariam como uma deles. A jovem se endireitou, preparando-se mentalmente para outros insultos que ele talvez tivesse ouvido os elfos dizerem.

— O que você é? — perguntou Keelie. Se Jake fosse metade humano, ela esperava que seu destino não fosse virar névoa e perder o bronzeado, porque estava mais determinada que nunca a manter seu lado humano.

O rapaz abriu os braços e ficou ali, de pé, como um contador de histórias de um parque de diversões. Alora se inclinou para a frente, dando a entender que escutaria uma ótima história.

— Já fui elfo uma vez — começou o rapaz —, mas nasci com muita sede de percorrer o mundo, e viajei. Quando voltei, descobri que madeireiras iam construir uma estrada de ferro na Floresta do Pânico. Os elfos estavam doentes, e o Pânico, desaparecendo. Um feiticeiro, que tinha descoberto o segredo do Pânico, fez um trato com um magnata de ferrovias: ia acabar com o Pânico, para que os seres humanos pudessem entrar.

— Não acredito — gritou Alora. Ela levou os galhos à boca.

Jake assentiu.

— O feiticeiro disse que encontraria uma forma de entrar na floresta e impedir que os trabalhadores sentissem medo. Eles queriam trazer ferro, o que teria matado as fadas, junto com a floresta. As árvores acabariam envenenadas pelo carvão. Meu povo, ligado à floresta, ficaria perdido e desamparado na Terra. Nós tínhamos vindo da Europa e assentado aqui. Aonde mais podíamos ir? Ficar com os nossos parentes no Canadá? Todo elfo entra em sintonia com o lugar em que sua alma vive, em harmonia com a floresta. Esta é a nossa floresta.

Keelie anuiu. O pai lhe contara isso. Alora se inclinou para mais perto dela, e seus galhinhos arranharam o rosto da jovem.

— Com licença, por favor?

— Opa, foi mal. — Alora falava de um jeito parecido com Laurie.

— Não havia muita escolha — prosseguiu Jake. — Eu precisava impedir aquilo.

A jovem nem podia imaginar uma estrada de ferro passando por ali. Estremeceu por causa do medo que sentiu pelas árvores.

— Eu conhecia as nossas tradições e sabia que, durante a Idade Média, um elfo alquimista tinha interceptado a magia negra dos seres encantados para impedir que um exército tomasse as nossas terras. Ele conseguiu fazer isso, mas, depois de usar as forças das trevas, acabou se transformando.

Ela o observou.

— Transformando, como? — Keelie apostava que tinha virado um Barrete Vermelho; não havia nada mais sombrio que aquele sujeitinho.

— Ele virou um vampiro. Uma criatura da noite, distorcida pela magia negra, apesar do sacrifício voluntário que fez para salvar o seu povo.

Keelie se encolheu.

— Um vampiro?

Jake foi para o seu lado num piscar de olhos. Colocou a mão gelada no ombro dela.

— Você é tão quentinha.

Ela olhou para ele, e ficaram se encarando; aqueles olhos de um tom verde-claro, mas com contorno vermelho. Uma sensação estranha percorreu o corpo de Keelie. Assustada, ela desconfiou do calor que o olhar dele lhe transmitira. Algo naquele desconhecido tocava em seu coração e a fazia se sentir bem por dentro, mas o que lhe contara fora assustador. Magia negra. Ela abaixou o ombro para tirar a mão dele e se afastou até sentir a aspereza da casca do carvalho atrás de si.

— Foi você que salvou a Floresta do Pânico e evitou a estrada de ferro naquela época.

— Isso mesmo.

— Usou magia negra e, então, virou um vampiro, como o alquimista.

— Acertou. E os elfos me expulsaram por causa disso.

Keelie sentiu pena só de imaginá-lo, desabrigado e errante, longe da floresta com a qual continuava conectado.

Jake se virou e observou Alora.

— Deixe que eu a leve para você. — O rapaz estendeu o braço rumo ao broto. Keelie se colocou entre ele e o carrinho, desconfiando de suas intenções. Talvez a magia negra do amuleto escondido debaixo das raízes de Alora o estivesse atraindo.

— Pode confiar nele — disse o broto, com firmeza.

Jake inclinou a cabeça.

— A Princesa Alora da Floresta de Wildewood estará segura comigo.

Alora podia estar, mas Keelie, não; ainda mais quando tinha acabado de se dar conta de que gostava dele, embora estivesse amaldiçoado. Ele evitara a construção de estradas de ferro na floresta e sabia como lidar com magia negra. Keelie pensou no desenho no livro da avó e se perguntou se haveria uma cura para a maldição de Ariel ali — se ela resolvesse usar o amuleto. Talvez Jake pudesse lhe mostrar como fazer. Só um pouquinho de magia negra não teria as mesmas consequências sombrias.

Os olhos de Jake escureceram.

— Nunca se esqueça, Keelie, embora achemos que o uso de magia negra se justifique, há um preço a ser pago por esse conhecimento e essas ações.

Será que ele lera a mente dela? Observava-a como um predador observa a presa.

— Se você conseguiu salvar o Pânico — conseguiu perguntar ela —, por que os elfos o trataram tão mal? Entenderam seu sacrifício, não entenderam? — A história dos dois tinha paralelos, mas ela estremeceu ao se lembrar de seu próprio encontro com a magia negra.

— Pela segurança dos demais elfos e da floresta. — Jake continuou perto dela. — Está com frio? Ou com medo de mim, agora?

Keelie ergueu o queixo.

— Não. Se Knot e Alora confiam em você, eu também posso confiar. — Arriscava-se ao confiar nas opiniões de um gato malandro e um broto recém-nascido.

— Você é um ser raro entre os elfos, os seres humanos e até as fadas, Keelie Heartwood. A maioria das pessoas teria medo de mim.

— Acho que é porque já vi anões, elfos e espíritos da água. Mas, se usar um Barrete Vermelho, vou sair correndo.

Jake sorriu.

— Vou empurrar o carrinho de Alora para você, até nos aproximarmos do vilarejo.

De certa forma, era como um cara se oferecendo para carregar seus livros, só que, no caso de Keelie, tratava-se de uma árvore.

Ela não conseguiu recusar, embora suspeitasse de que ele sentiria a presença do amuleto. Disfarçadamente, tirou o quartzo-rosa que estava sob a presilha calça e se inclinou para afundá-lo na terra, sussurrando as palavras da magia protetora que Sir Davey lhe ensinara.

Em cima da pedrinha, Alora dava risadinhas.

— Isso dá cócegas.

Keelie se endireitou e, assim que seu dedo perdeu contato com terra protegida pela magia, sentiu o Pânico dominá-la. Obrigou-se a se endireitar, ciente de que a vontade de sair correndo e gritando não passava de ilusão.

Eles caminharam devagar, Jake conversando sobre elfos, enquanto Keelie se concentrava em agir normalmente. O burburinho distante da vida no vilarejo começou a aumentar. A música, as conversas e as batidas do martelo do ferreiro — tudo significava que dali a pouco ela não se sentiria tão mal.

Uma parte diminuta e sã da mente de Keelie pensou que os dois agiam como se fossem amigos, até Jake perguntar sobre Elia.

— Ela é a filha de Elianard, e nós duas já nos desentendemos antes — revelou ela, contraindo o maxilar. — Ele é o meu professor de tradições dos elfos. — Keelie fez um gesto abrindo e fechando aspas em "tradições dos elfos". — Não deve confiar nela. Parece legal agora, mas já fez umas coisas terríveis.

— Não é tão ruim assim. Vejo beleza no coração dela. — Jake pareceu meio sonhador. — E vejo também que ama muito o pai. É leal.

Keelie resfolegou.

O rapaz parou de caminhar, e, assim que ele largou as alças do carrinho, ela meteu a mão na terra de Alora, em busca do quartzo-rosa.

— O que você está fazendo?

— Pegando a minha chave. — Quando os dedos dela se fecharam em torno da pedra suave, ela quase chorou de alívio. Uma sensação de paz e tranquilidade dominou sua mente, substituindo o temor acachapante. A jovem se virou para o rapaz. — Acho que Elia viu você, mas disse que deixaria passar alguns dias antes de contar para os outros elfos. Então precisa ir para algum lugar, ou precisaremos descobrir uma forma de convencê-los a deixar que fique na floresta.

Jake balançou a cabeça e deu um passo para trás.

— Eles nunca vão revogar o meu exílio. E, se contar para os outros sobre mim, tudo vai dar errado para você.

— Isso é uma ameaça?

— É a verdade.

— Eu vou defender você — disse Alora. O broto pareceu bem mais alto, agora que lançava olhares arbóreos e sonhadores para Jake. Ele não notou, o que não surpreendeu Keelie. Típico dos rapazes.

— Bem que eu queria que fizesse diferença. — Ele olhou para os próprios pés.

A voz do pai dela ressoou em meio às árvores.

— Keelie? — Ao que tudo indicava, não estava feliz.

Ela suspirou.

— É o meu pai. Quando vou ver você de novo?

Quando a jovem se virou, ele já havia partido.

8

— Keelie, por onde é que você andava? — perguntou o pai.

— Eu estava...

Alora pigarreou.

— Ela me levou para dar uma volta.

— Isso mesmo, o broto queria um pouco de ar fresco. — A jovem se perguntou por que a arvorezinha a acobertava, depois de ter reclamado tanto. Talvez porque ela e Jake pareceram ter uma espécie de vínculo amoroso. — Não teve problema eu ter levado o carrinho, teve?

O pai arqueou a sobrancelha.

— Levou a árvore para passear? — Zeke examinou Alora, como se a tivesse visto pela primeira vez em muito tempo. — Você cresceu muito desde esta manhã. — Ele se abaixou para checar as folhas.

Keelie torceu para que ele não sentisse a presença do amuleto. Que esconderijo ruim ela escolhera!

O broto, envaidecido, inclinou-se para a frente no vaso, levando o carrinho a se mover adiante.

— É o ar daqui. Faz maravilhas para mim.

— E eu? — perguntou Keelie.

— Ah, sim, e você. — Alora girou o tronco para ficar de frente para Zeke. — Ela ajudou também, apesar de ter reclamado muito.

A jovem semicerrou os olhos.

— A próxima vez que tiver uma tempestade, vou colocar você do lado de fora.

Alora pôs os galhos no ponto em que estaria seu quadril, se tivesse um.

— Você não ousaria! Vou contar para as tias.

— Hora do jantar. Vamos comer com a sua avó — informou o pai. — Quer ir também, Alora?

— E o que as árvores comem? Uma frondosa salada verde?

Fazia já algum tempo que Keelie andava louca para se livrar de Alora; também precisava encontrar um novo esconderijo para o amuleto, antes que algum detector interno de magia dos elfos disparasse e os alertasse.

— Eu não preciso comer nada. E seria ótimo poder participar de uma conversa civilizada, para variar um pouco — prosseguiu o broto. Em seguida, ela cruzou os galhos na frente do que seria seu peito, se tivesse um, desviou o rosto de Keelie e deixou escapar um suspiro.

— Tudo bem, não olhe para mim. Não estou perdendo nada.

O pai se inclinou para a frente, fazendo menção de pegar o vaso.

— Posso carregar a princesa para você, Keelie?

A filha estava prestes a dizer "claro", mas um formigamento gelado perpassou em seus dedos. O amuleto.

— Não precisa, pai. Não quero que ela pense que pode usar seu charme para conseguir o que quer na vida.

Surpreso, Zeke pigarreou. Ele usara seu charme elfo numa certa vereadora da cidade, em Wildewood.

— Não vamos deixar a sua avó esperando.

No jantar, o pai se sentou à extremidade de uma longa mesa (de carvalho da Floresta de Sherwood), que parecia ter vindo de um salão de castelo. A avó acomodou-se no lado oposto. Keelie ficou na frente de Alora, que brincava com as bijuterias. Todos comeram em meio a um silêncio constrangedor. É, eles sabiam mesmo como se divertir ali na Floresta do Pânico. Keelie concluiu que monges medievais, que tinham feito voto de silêncio, seriam um grupo mais alegre que aqueles elfos sombrios.

Ela pensou em Jake. Não era justo que tivesse que viver como vampiro porque usara magia negra para salvar o Pânico. Tinha que haver uma cura para ele. Elianard tentara drenar a magia de Einhorn, mas nem por isso foi marginalizado pelos elfos — a menos que Zeke não lhe tivesse contado que ele sofrera algum castigo, de algum modo.

E, se ela descobrisse uma forma de salvar o Pânico, talvez os elfos por fim a aceitassem. Quem sabe até a avó passasse a aprovar sua presença, o que faria deles uma família feliz, sem toda aquela tensão.

— Como foi sua aula com Niriel? — perguntou Keliatiel.

— Boa — respondeu Keelie. Não estava a fim de conversar sobre Lorde Niriel e a luta de espada. Queria saber mais sobre a época em que o Pânico desapareceu.

O pai saboreava sua comida e contemplava a vista da janela, atrás de Alora. A avó cortava tomates com delicadeza, usando uma faca de prata ornamentada com folhas e videiras.

— Vocês dois estavam presentes quando o feiticeiro colocou um encanto na floresta e fez o Pânico desaparecer, na época em que queriam fazer uma estrada de ferro passando por aqui?

Keliatiel derrubou a faca, que retiniu no prato.

Zeke abaixou o garfo.

— Como soube disso?

Keelie precisou pensar rápido.

— Elia e eu andamos conversando.

— Por que estava falando com ela? — O pai a fitou como se ela tivesse começado a falar francês.

A avó comentou, em tom de aprovação:

— Acho ótimo Keelie ter feito amizade com Elia; será uma boa influência para ela.

— Não tenho tanta certeza disso, mãe. Tome cuidado com Elia, Keelie. Sobre o que vocês conversaram? — quis saber o pai.

— Sean.

Uma expressão de surpresa perpassou no rosto da avó.

— Oh. — Zeke se mostrou intrigado.

Keelie resolveu deixar a pergunta de lado. O jantar prosseguiu em meio ao silêncio incômodo.

Knot entrou saracoteando na sala. Com rabo empinado, passou empertigado por Zeke e caminhou com afetação até Keliatiel. Um ronronado alto ressoou debaixo da mesa.

A avó se retesou.

— Zeke, esse seu bicho está esfregando a cabeça na minha perna.

O ronronado aumentou ainda mais.

Keelie mordiscou o lábio para não sorrir. Nem rir.

— Mãe, ele gosta da senhora.

E, de novo, Knot ronronou às alturas.

— Zeke! — Keliatiel recuou a cadeira, pronta para dar um salto para trás.

Ondas de ronronado faziam a mesa vibrar.

— Knot. Pare já com isso! — ordenou o pai, em um tom de voz firme, do tipo *estou falando sério*. Keelie já ouvira isso muitas vezes.

Alora arregalou os olhos.

Knot saiu de debaixo da mesa. Seus pelos laranja se eriçaram como uma bola de pelos selvagem. Keelie sabia que, se fosse acariciá-lo, levaria uma carga elétrica, por causa da estática. Os olhos dele estavam totalmente dilatados, com um diminuto contorno verde. OK, tinha algo estranho ali.

— Zeke, não tem algo a dizer a Keelie sobre uma certa situação? — sugeriu a avó.

— Mãe, não quero tratar disso agora. Deixe que eu escolho o momento certo.

— Zekeliel. Este é o momento ideal. Não aguento mais que ele fique se intrometendo e, sem ele por perto, eles não vão ficar a par do que está acontecendo. Chegou a hora de você educar a sua filha como elfo e não ser humano. — Ela gesticulou com a mão. — E como qualquer outra coisa .

Keelie queria saber quem estava se intrometendo no quê. Por que sua avó não quis manter o assunto em segredo? Ela se perguntou se Keliatiel e o pai sabiam de algo sobre o rapaz da floresta. Será que Jake lhe contara tudo?

A filha olhou para o pai, em seguida para a avó, e de novo para ele. Um muro denso de tensão se erguera entre os dois conforme se encaravam com raiva.

— Estou cansada, Zeke, e você me prometeu que conversaria com Keelie sobre isso. E agora ela está querendo saber da estrada de ferro; e se ela descobrir...

Detestando que falassem dela como se não estivesse à mesa com eles, Keelie estava prestes a gritar quando Alora balançou a cabeça. A jovem fitou o broto. Uma crosta de gelo se formara no vaso, e a arvorezinha crescia naquele mesmo instante, bem ali, na frente da avó e do pai de Keelie. A terra se agitava em torno da base do tronco conforme ela alargava e crescia. Se eles descobrissem o amuleto, seria péssimo para a jovem. Felizmente, os dois continuavam a se encarar.

— Está bem, então. Vou fazer a sua vontade, mãe. — A voz de Zeke parecia frustrada, e rugas de preocupação se formaram no canto de sua boca, como se ele tivesse engolido algo ruim. O pai uniu as pontas dos dedos e apoiou a testa na mão, como se organizasse os pensamentos antes de falar. Então, ergueu o rosto na direção da filha. — Keelie.

— Sim? — Ela o observou. De súbito, sentiu pena dele; estava tão sério. Muitas responsabilidades haviam sido jogadas em suas costas desde que chegara. Keelie sentia falta dele. Era como se houvesse duas versões: Pai do Festival e Pai do Pânico. Ela escolheria o do Festival num piscar de olhos. Ele sorriu para a filha e, por alguns instantes, voltou a ser como antes. Mas, então, como uma miragem tremeluzente do deserto, o pai relaxado e amigo desapareceu, sendo substituído pelo elfo sério.

— Keelie, sua avó... — O pai olhou de soslaio para a mãe, como se para confirmar que era o que ela realmente queria.

Keliatiel anuiu, dizendo:

— Você concordou também, depois de todas as confusões que ele causou para Keelie.

— Sua avó e eu andamos conversando sobre Knot. Achamos que ele não deve continuar a ser seu guardião.

— Como? — Uma onda de choque percorreu o corpo da jovem, que teve a sensação de que seu queixo tinha ido parar no chão.

— Você ouviu o seu pai. Não achamos que essa... — a avó apontou para Knot — criatura deva ser seu guardião.

— Não posso acreditar que esteja dizendo isso — salientou Keelie.

— Você me ouviu bem.

— Ouvi, mas não acredito no que estou ouvindo. — O choque dela se transformou em surpresa.

O gato estreitou os olhos e abanou o rabo como uma naja furiosa, pronta para atacar. Mostrou as garras e olhou zangado para Keliatiel, que retribuiu o olhar. Ele bufou.

Por um momento, Keelie poderia jurar ter ouvido Knot dizer, em voz humana "Você não ousaria."

Zeke e Keliatiel o encararam.

Knot miou.

A avó se recuperou rápido da surpresa e bateu o indicador na mesa.

— Está vendo, eles estão se metendo na vida de Keelie. Têm os próprios planos.

O pai desviou os olhos de Knot e fitou a filha.

— Precisa me escutar, pois não quero que se meta em situações perigosas, como fez no caso do Barrete Vermelho e do unicórnio. Há riscos na Floresta do Pânico.

— Eu estou bem na floresta. Knot me acompanha por toda a parte. Se eu me meter em confusão, ele estará lá para urinar em qualquer coisa ou qualquer um que cause problemas. Venho me dando conta de que ser uma Pastora das Árvores causa umas complicações fora do normal, mas Knot sempre me ajudou quando precisei.

Zeke continuou muito sério e inflexível, parecendo cada vez mais com a própria mãe:

— Ele tem um conflito de interesses quando se trata dos seus próprios interesses, Keelie.

Dãã! Keelie podia ter dito isso ao pai cinco minutos depois de ter conhecido o gato. No entanto, a bola de pelos sádica sempre estivera por perto quando a jovem precisara, e ela não teria outro guardião de jeito nenhum. Knot fora o guardião de sua mãe e continuaria a ser o seu. Uma lealdade intensa para com o felino cresceu dentro dela.

— Knot vai continuar a ser o meu guardião — afirmou ela, de forma categórica.

— Não fale com os mais velhos dessa forma, mocinha. Ser metade humana não é desculpa para esse tipo de comportamento desrespeitoso — retrucou a avó.

Keelie empurrou a cadeira para trás e se levantou, sem olhar para ela. Fitou o pai.

— Não dou a mínima para o que a vó Keliatiel diz de Knot. Não me importa se ela não gosta dele. O gato vai continuar comigo.

O ruído de batidinhas no vidro da janela ressoou na sala. Keelie ergueu os olhos e viu os rostinhos ramosos das *bhata* pressionados contra cada uma das janelas da casa. De algum modo a tinham ouvido e respondiam.

— Zeke, o que está acontecendo? — A avó se mostrou nervosa.

— Acho que elas estão mandando uma mensagem para nós.

Knot subiu na mesa, caminhou até Zeke e deu-lhe uma patada no rosto. Um arranhão vermelho se formou na face dele. Impassível, o pai de Keelie semicerrou os olhos ao fitar o gato, que retribuiu o olhar.

Então, as janelas se abriram como se por mãos invisíveis, e umas cem *bhata* pequeninas, montadas em esquilos, entraram na sala. O piso de madeira se transformou numa massa de pelos e gravetos em movimento. Só faltava a Branca de Neve. Keelie deveria ter ficado nervosa com os esquilos, mas não ficou.

A avó Keliatiel levou a mão à boca e conteve um grito. Seria de pensar que, morando na floresta, não teria ataques de nervos por causa de esquilos, mas, pelo visto, não era esse o caso. Pela reação dela aos animais do bosque, Keelie concluiu que aquela situação podia ser considerada inusitada na Floresta do Pânico.

Um esquilo passou pelo pé de Keelie. O pelo do animal era arrepiado e lanoso. Ela deu um salto para trás. OK, aquilo já era contato demais para o seu gosto.

Uma *bhata* com folhas de azevinho como cabelo subiu no vaso de Alora e começou a escavar a terra. O broto gritou para a fada de graveto e golpeou-a com os galhos.

— Faça com que pare, Keelie.

A jovem contornou rápido a mesa, pegou a *bhata* pelo pezinho de graveto, segurou-a de cabeça para baixo e apontou o dedo para ela.

— Pare!

A *bhata* piscou seus olhos bem arredondados e castanho-claros, da cor suave de amendoim, para Keelie. A jovem endireitou-a e colocou-a na mesa.

— Vá! — Keelie apontou na direção da janela aberta. A fada de graveto fez uma reverência e desceu a mesa rumo ao chão, deixando um rastro de frutinhas de azevinho ao passar. Ao menos ela esperava que fossem frutinhas.

Os esquilos e as *bhata* cercaram Zeke. Os olhos de Knot continuavam dilatados, fazendo com que ele parecesse um gato possuído, como os de filmes de terror.

O pai fez uma reverência para ele. Disse:

— Entendo. Tudo ficará bem com Keelie. — Em seguida, ele se virou para a filha. — Knot continuará a ser seu guardião.

— Eu sabia. Eu sabia. Estamos agindo tarde demais. Tudo isso começou com Katharine e com a mãe dela, antes. De todas as mundanas, Zeke, você foi logo escolher a que tinha... — Keliatiel olhou para Keelie e parou de falar.

— O que é que começou com a minha mãe e com a minha avó Josephine? — quis saber a neta.

A avó Keliatiel meneou a cabeça.

— Nada que você precise saber. O estrago já foi feito.

— Mãe, já chega — pediu o pai, com voz grave.

Keelie e Alora se entreolharam. A avó Keliatiel se sentou na cadeira outra vez.

A jovem observou, pasma, as *bhata* e os esquilos partirem pelas janelas.

O pelo de Knot reluzia um tom de abóbora, como se ele estivesse pronto para o Dia das Bruxas. Ele caminhou pela mesa, pausadamente, rumo a Keelie, e pôs a pata neon na mão dela. Ela sentiu que a sola estava gelada. Sorriu para o bichano.

Ele bufou.

— Não pense que isso muda algo — comentou a jovem.

O gato ronronou.

Então, saltou da mesa da cozinha e percorreu o corredor rumo ao banheiro. Ela o ouviu remexer na caixa de areia.

Alora agitou as folhas. *Que gato!*

A avó estava com expressão desgostosa.

Keelie não sabia qual era a relação das *bhata* com Knot, ou o que a mãe de sua mãe tinha a ver com aquela história. Sabia que seu pai e Sir Davey conversavam com o gato, embora nunca tivessem admitido nem lhe contado o que ele era. Ela andava fazendo as perguntas erradas.

Na manhã seguinte, Keelie foi até a área verde do vilarejo praticar o que aprendera com a espada de lâmina larga. Moveu-a formando um arco alto sobre a cabeça, tentando ignorar os músculos doloridos. Ficou surpresa com a força de seu braço naquele dia. Embora não quisesse aprender com Lorde Niriel, gostava da ideia de usar uma espada para atacar os inimigos. Devia ter um efeito catártico, mesmo que seu inimigo fosse apenas um espantalho. E quanto mais praticasse, menos dor muscular teria.

Keelie esperava que o exercício a ajudasse a liberar a raiva que sentia da avó e do pai. No café da manhã, ela quis conversar sobre o que tinha acontecido à noite, mas o pai se recusou. Como sempre, se fechou e esperou que ela compreendesse tudo por osmose. Já a avó estava furiosa: perdera a discussão e a neta ganhara.

A jovem movimentou a espada para a frente. Knot continuaria sendo seu guardião. Ele a observava do carrinho. Ela estava de olho nele, embora fingisse não o fitar. O gato parecia um felino laranja normal, exceto pelo tamanho.

O felino se virou e piscou para Keelie. Parecia dizer: *Peguei você me admirando.*

— Até parece. — A jovem apontou a espada para ele.

Knot ronronou. Gato pirado. Ela abaixou a espada.

O bichano, que abanava o rabo de um lado para o outro, levantou a pata e começou a lambê-la.

A jovem queria ter aula naquele dia. Sentia-a pronta para combater.

— Keelie.

Ela congelou ao ouvir a voz de Sean. Apoiou a ponta da espada na grama e segurou o punho como se estivesse apoiada. Não estava a fim de conversar com ele. Não depois daquela traição. Não depois daquela traição com Risa. Mas tampouco quis dar a volta e sair. Keelie não podia encará-lo. Seu coração batia com força no peito.

— Não me ignore, Keelie.

Ela se virou, ficando de frente para ele com a espada erguida e apontada para seu coração. Doía vê-lo, ciente de como o beijara e morrera de saudades dele em Wildewood. Um pedacinho dela ainda gostava dele, mas doía pensar como ele descartara seus sentimentos com tanta facilidade.

A jovem afastou a espada e apoiou a ponta.

— Acho que o momento certo para a gente ter uma conversinha já passou. — Talvez ela fosse mais parecida com o pai do que pensava.

Sean se aproximou, a mágoa irrompendo em seus olhos.

— Eu já falei que o casamento com Risa foi ideia do meu pai. Precisamos ter filhos com as características dos nossos pais. Tenho que fazer o que é melhor para o meu povo.

Meu povo. Até mesmo Sean — um cara que a tinha tratado como igual — achava que ela era diferente.

Sentindo a raiva dominá-la, Keelie tirou a ponta da espada do chão. Magia verde espalhou-se sobre a jovem, conforme ela sentia o encantamento fluir por seu corpo. Keelie já estava farta de ouvir a mesma ladainha dos elfos — o pai lhe dizendo que tinha que ser mais elfo, a avó lhe dizendo o que devia fazer. Sabia, por dentro, que nunca satisfaria as expectativas deles — porque sempre seria humana. Agarrou com força o punho da espada.

— Vá embora, Sean. — Ela apontou a espada para ele de novo.

De repente, uma rajada de magia verde reluziu da mão de Keelie, indo até a lâmina da espada. O aço faiscou e crepitou, deixando escapar o cheiro intenso e agridoce de metal quente. À medida que a magia envolvia rápido a espada, a lâmina de aço ia se transformando em madeira.

Sean deu um passo para trás, boquiaberto.

— Como...?

Keelie abriu a mão e a ponta da espada fincou no gramado, mantendo a arma na vertical, o punho balançando. Anéis de fumaça saíam da terra e contornavam a lâmina, e a jovem sentiu a vibração da magia verde ao seu redor e, estranhamente, também abaixo do corpo.

Sean ficou olhando fixamente para a espada, como se tentasse entender o que acabara de acontecer. A arma estava imóvel naquele momento, o tom prateado do punho de metal contrastando com a madeira cinza na lâmina.

Um zumbido alto surgiu em torno deles. As *feithid daoine*. Centenas e mais centenas de insetos-fadas apareceram voando do nada e cercaram o rapaz. Ele as golpeava.

Diversas *bhata* desceram de uma árvore ali perto e rumaram até a espada. Keelie entendeu. Estendeu a mão com cautela e agarrou o punho.

— Não toque nela — gritou Sean.

Mas Keelie arrancou a espada da terra e ergueu-a acima da cabeça. As *bhata* desceram em massa dos galhos da árvore, enxameando o braço da jovem e a espada; em seguida, levaram a espada, descendo e desaparecendo em meio às folhas arborais. Um pedacinho prateado cintilou em meio ao verde e, em seguida, sumiu.

— O meu pai me disse que as fadas são incontroláveis e fazem o que bem entendem, sem se preocupar com as consequências. Não deveria ter permitido que levassem aquela espada.

— Achei que era a atitude certa. — Ela franziu o cenho. — E quem é você para me dizer o que fazer? Por que começou a se importar, de repente? — A jovem deu um passo na direção dele, apontando o dedo como fizera com a espada, momentos antes. — Quer conversar com alguém que se preocupa? Vá lá atrás da sua suposta noiva!

Um zumbido furioso vindo do alto ficou, de súbito, ainda mais forte e um enxame de *feithid daoine* baixou sobre eles. Keelie cobriu a cabeça com os braços, mas as insetos-fadas passaram zunindo por ela, rumando ao seu alvo: Sean.

Ele gritou e saiu correndo, os cabelos dourados como nos desenhos animados, cercados por um tornado, de fadas similares a insetos chilreando e batendo as asas. Instantes depois, as insetos-fadas desapareceram, tão rápido quanto tinham aparecido.

Sean estava parado do outro lado da clareira, ao que tudo indicava, ileso, embora em seus cabelos se vissem centenas de tranças minúsculas e intricadas, com laços floridos nas pontas.

O rapaz tocou seus cabelos com cuidado.

— O que foi que aconteceu?

— As *feithid daoine*. Acho que gostam de mim e pensaram que você ia me machucar. — Embora estivesse feliz por ele não ter se ferido, ela se esforçou para não rir do penteado de porco-espinho dele.

— Eu vi você... — Sean se mostrou intrigado, os dedos ainda torcendo as trancinhas, como se não tivesse se dado conta do que acontecera. — Juro que vi a espada virar madeira.

— Tem certeza?

Ele balançou a cabeça, aturdido.

Keelie conteve uma risada.

— Esse visual ficou ótimo em você. Com certeza Risa vai adorar desfazer todas essas trancinhas.

Sean saiu trôpego, um elfo confuso.

Ela olhou para o alto das árvores, mas as folhas estavam imóveis. Então, abriu-se para a magia arboral, com cuidado, receando que algo mais virasse madeira. As árvores se mostravam atentas, mas não havia comunicação nem sinal de confusão. Somente a palpitação no solo, como se um motor gigantesco fizesse a floresta funcionar.

Keelie precisava telefonar para Sir Davey e lhe contar o que acontecera. Como aço podia virar madeira? Não poderia perguntar ao pai porque a avó descobriria. Ao que tudo indicava, Keliatiel ouvia tudo o que se dizia na Floresta do Pânico.

A jovem tinha certeza de que os elfos podiam sentir a presença do amuleto e sua magia negra. Se eles vissem a espada, seria acusada de usá-la. Precisava de ajuda, e não a encontraria naquela floresta.

9

Keelie andava de um lado para o outro do quarto, os punhos cerrados ao lado do corpo.

— Se Sean contar algo ao pai sobre a espada e Lorde Niriel perguntar para o meu pai, vou me meter numa tremenda confusão. Não faço a menor ideia de como fiz aquilo, mas talvez o amuleto esteja começando a afetar minha magia.

Keelie se virou para o broto, esperando uma resposta, e, então, notou que a terra no vaso de Alora se mostrava revolta em torno do tronco fino dela. A jovem se inclinou e ajeitou a terra, fazendo uma careta quando algo caiu no chão.

A face da princesa apareceu no tronco.

— Ninguém nunca transformou aço em madeira. As tias estão dizendo que você é a primeira Pastora das Árvores a fazer algo assim. Até mesmo a primeira elfo.

— Meu pai vai querer saber por quê. Todos vão. O que está acontecendo comigo, Alora? — Keelie foi até sua cama e sua colcha de algodão verde.

Knot dormia ali, as patas voltadas para o ar. Um guardião e tanto. Ela o fitou, pensando em Jake, na espada e no comportamento estranho de todas as fadas. Percebeu que tinha mordido a unha do polegar e estendeu a mão para observar suas unhas rosadas e as cutículas enormes. Nunca as mordera antes, e não começaria naquele momento.

Começou a andar de um lado para o outro de novo. Precisava encontrar uma solução.

Tinha que ligar para Sir Davey. Ele a ajudaria — tinha conhecimento dessas coisas. Mas todos os telefones do vilarejo elfo eram conectados à rede arboral e, se ela ligasse, o pai ficaria sabendo. Keelie tinha que ir até a cidade. Lembrou-se de ter visto um orelhão numa lanchonete perto da loja de tatuagem e piercing.

— Pare! Está fazendo a seiva revirar na minha cabeça!

— Você não tem cabeça, e sim um tronco.

— Esse troço de ficar indo de um lado para o outro, com seus galhos de andar. Pare.

— Meus galhos de andar? — Keelie olhou para baixo. — Está falando das minhas pernas?

— Você está me enlouquecendo, e as minhas raízes estão geladas. Parece até que tem gelo dentro de mim.

Geladas? Keelie notou, de súbito, que as folhas de Alora tinham começado a encurvar nas pontas.

— Sinto muito, Keelie. Eu não estou me sentindo bem. — A face tosca na casca se mostrava cabisbaixa. — Aquele brilho mágico é ruim.

O amuleto não podia ficar ali. A jovem deveria tê-lo tirado antes, mas se distraíra com a espada. Uma crise de cada vez.

Algo bateu na janela. Keelie se sobressaltou, o coração batendo acelerado. Relaxou quando viu diversas *bhata* olhando para ela.

Ter o povo-graveto por perto parecia normal, àquela altura — o que demonstrava a que ponto chegara nos últimos meses. Ela recobrou o fôlego quando o trinco de bronze clicou e a janela abriu sozinha. As *bhata* entraram e, em seguida, deram um salto, indo parar na cama de Keelie. Knot abriu um dos olhos e flexionou as patas como se massageasse o ar.

Keelie reconheceu a *bhata* maior, com folhas de azevinho. Não tinha tantas frutinhas naquele arranjo folhoso, como na noite anterior.

Ou eram corajosas ou bobas, porque ficaram perto de Knot enquanto ele se punha de lado. O gato se sentou e, então, estendeu a pata e golpeou uma *bhata* magricela, lançando-a para fora da cama.

— Já chega. — Keelie apontou o dedo para o gato. — Pode ser o meu guardião, mas não vai ficar intimidando as fadinhas enquanto eu estiver por perto. — A jovem colocou a *bhata* de novo na cama. A fada esfregava a cabeça.

Knot bocejou.

Keelie se perguntou por que as *bhata* estavam ali. A líder apontou para a cama. Talvez quisesse algo. A garota foi até ela, ajoelhou-se e se inclinou até ficar face a face com a fada.

— Mostre para mim.

Ela desceu e foi até Keelie, que ficou imóvel e sentiu os bracinhos de graveto traçarem os contornos da lateral de seu rosto. O ronronado de Knot ressoou nos ouvidos da jovem. Ela olhou para cima. Ele estava na beirada da cama, observando com seus olhos verde-claros e decididos.

Keelie sabia que as fadas de graveto estavam ali para ajudá-la. Fechou os olhos e uma visão de matiz sépia surgiu em sua mente. as *bhata* carregavam a espada de madeira nos ombros e a levavam às profundezas de um labirinto escuro da floresta. Então, a jovem viu uma caverna imensa e escondida dos olhos de humanos e dos elfos. Sentiu uma magia profunda.

Abriu os olhos. Fitou Knot, em busca da confirmação de que tomara a decisão certa ao permitir que as fadas de graveto levassem a espada. Com certeza a tinham escondido num lugar seguro, que o pai e a avó não conseguiriam captar.

O gato ronronou e golpeou outra *bhata*, lançando-a para fora da cama. Nenhuma resposta ali.

A líder das *bhata* fez a maior reverência que seu corpinho de gravetos permitia e as outras, que tinham se reunido em torno de Alora, cutucando sua terra, voltaram para o peitoril da janela. O broto ficara estranhamente silencioso.

Com movimentos rápidos, as fadas de graveto saltaram da janela e desapareceram na copa das árvores ao redor da casa.

Keelie se perguntou se deveria ter pedido que elas escondessem o amuleto também, mas, no fundo, sabia que ela própria teria que cuidar disso. Era muito importante e muito perigoso mantê-lo na casa, onde o pai e a avó podiam senti-lo. Além do mais, estava fazendo com que Alora adoecesse.

— Alora, você está bem?

Os galhinhos do broto tremeram.

— Não.

— Não se preocupe, vou tirar aquele brilho ruim.

Keelie se virou para contar para Knot, mas ele não estava mais lá. Viu-o aguardando à porta e foi abri-la. Num instante ela lidava com segredos ancestrais e magia poderosa, no outro, virava porteira de gato. O bichano deu-lhe uma patada na perna antes de sair.

— Monstrinho mal-agradecido.

Ela ainda conseguiu escutar seu ronronado, conforme ele saía caminhando. Sorriu. Pelo menos tudo andava bem entre os dois.

Chegara a hora de encontrar um lugar melhor para esconder o amuleto. Keelie pegou um par de brincos de prata incrustado de diminutas ametistas de sua caixa de joias (cedro reciclado de uma floresta asiática exótica) praticamente vazia e os balançou diante de Alora.

— Ah, que lindos! Esses brilhos são para mim? — Os raminhos finos do broto voltaram-se para eles. A jovem sorriu. Incrível como a promessa de joias provocara sua súbita recuperação.

— Serão seus se você jurar não contar para ninguém sobre o brilho ruim. Vou tirá-lo do seu vaso.

— Não vou dizer uma palavra. Para ninguém.

— Tampouco pode enviar pensamentos a respeito dele. Nem mesmo para Jake.

O broto ficou calado por um momento.

— Jake é seu amigo, mas acha que você tem medo dele.

— E tem razão. Ele é mesmo meio assustador, Alora. — Keelie colocou os brincos em dois galhos do broto e, em seguida, ajoelhou-se para pegar o amuleto, enquanto ele sacudia as folhas para fazer os ornamentos oscilarem e tinirem.

O amuleto estava lá no fundo das raízes de Alora, e Keelie precisou afastá-las com delicadeza para pegar o fruto de carvalho prateado, envolto em espinhos; em seguida, ajeitou com cuidado a terra em torno delas. Quando acabou, viu que o broto tinha caído num sono tranquilo.

Ela levou o amuleto até o banheiro e o lavou, perguntando-se por que ele não oxidara, mesmo depois de dias enterrado. Passou o cordão pelo pescoço e colocou o amuleto prateado pesado dentro da blusa, sua já familiar temperatura gelada reconfortante. Ninguém o veria ali. A jovem pôs o capuz e saiu em silêncio pelo corredor.

Que bom que o pai e a avó estavam no vilarejo para uma reunião vespertina do Conselho. Ela poderia esconder o amuleto na floresta. Não tinha como se arriscar a deixá-lo na casa por mais tempo — havia muitos detalhes a respeito dele de que não sabia. E se ele evocasse Elianard, que já o usou uma vez?

Keelie planejava enterrá-lo perto do local da obra do outro lado do cume, onde o maquinário de escavação de ferro e aço poderia encobrir sua magia. Os elfos nem pensariam em procurá-lo ali, nem mesmo Elia. Ela não confiava nessa garota elfo. Por sinal, nos últimos tempos, não confiava em ninguém.

No trailer enfeitado do pai, encontrou uma lanterna. Acendeu-a. Uma luz tênue brilhou na terra. As pilhas estavam fracas, mas serviriam, caso ela ainda estivesse na floresta após escurecer.

Keelie subiu a trilha à margem da montanha. Quando chegou ao cume, viu o maquinário de escavação lá embaixo, na clareira, na extremidade da floresta. Aquela área parecia ficar superlonge e, em meio à mata densa, não havia um caminho aberto rumo à base.

Um galhinho partiu atrás dela, que se virou, procurando por algum anel de fumaça em movimento que indicasse a presença de Jake. A única coisa fora do comum ali foi uma bolha laranja na superfície, que se esgueirava de árvore em árvore. Knot a seguia, quer por curiosidade felina quer por estar levando a sério suas obrigações de guardião.

Keelie andou um pouco mais, procurando algum caminho para descer a montanha. Mais adiante, havia o som de água correndo; a jovem parou ao ter uma ideia. O riacho poderia ser um bom esconderijo, e ficava mais perto. Ela se virou e desceu apressada rumo ao barulho da água.

Ali no alto, o riacho era dividido ao meio por um imenso penedo, uma ilha de pedra no meio de um baixio em que as águas corriam ligeiras. Um cipreste solitário crescia no penedo, as raízes entrelaçando e circundando a pedra. Sem dúvida alguma, um ótimo lugar para esconder o amuleto.

Keelie desceu a margem íngreme e, em seguida, pisou numa pedra achatada, tentando encontrar uma forma de cruzar o riacho rumo ao penedo sem se molhar muito. Alguém deu uma pancada alta na água atrás dela. A jovem se virou e viu o pequeno espírito da água que avistara mais cedo e com quem travara contato.

A fada da água do Festival da Renascença de Montanha Alta parecia um peixe-gato, mas aquela ali era diferente. Tinha olhos escuros imensos, boca larga e um rabo de truta, que brilhava de modo iridescente. Cabelos similares a fios de lã flutuavam na água.

— Oi — disse Keelie. — Pode me dizer qual é a melhor forma de chegar até aquele penedo?

O espírito da água se aproximou, nadando, e estendeu a mão com membranas entre os dedos para se apoiar na pedra em que ela estava.

— Você consegue me ver? — perguntou a espírito da água, dando uma olhada nas duas margens do riacho, para se certificar de que não havia ninguém mais por perto.

— Claro que sim! — Keelie se ajoelhou na pedra, pensando que era uma grosseria ficar tão longe do espiritozinho. A água gelada penetrou no seu jeans. — Os outros elfos não te veem?

O espírito da água se ergueu, aproximando-se mais, a parte superior do corpo saindo da água. A-hã, sem dúvida era uma mulher.

— Não. Eles quase nunca vêm até aqui e, quando o fazem, vou logo rio acima, porque gostam de urinar na água. — Ela fez uma careta, a boca larga voltando-se para baixo, e, em seguida, moveu a cabeça de um lado para o outro, examinando Keelie com os olhos afastados, de tom roxo-escuro. — Você é diferente deles.

— Diferente? Como? — A jovem se perguntou se o espírito conseguira detectar seu lado humano.

Um ronronado alto ecoou atrás de Keelie, e Knot se esfregou em suas costas, daí se inclinou com força o bastante nela para fazê-la perder o equilíbrio. Pega de surpresa, ela tentou se endireitar, mas já era tarde demais. Caiu com estardalhaço. A água batia apenas em seu joelho, mas estava geladíssima, e a jovem, que ficara ensopada, respirava fundo, como se isso fosse aquecê-la.

O espírito da água nadou até ela e pôs a mãozinha viscosa no seu braço.

— Você está bem?

Keelie anuiu depressa, mais por estar tremendo que por concordar.

— Vou sobreviver. — Ela se virou para fuzilar Knot com os olhos.

O espírito da água arregalou os olhos quando viu o gato.

— Você!

O bichano ergueu a pata direita, expondo as garras como um delinquente com canivete e olhando com fúria para a criatura.

— Knot, eu vou matar você! — Keelie se levantou, a água escorrendo da calça ensopada. Perdeu o fôlego quando o vento soprou na sua pele gelada. Talvez fosse melhor ficar ali dentro por mais tempo. Quase começara a atingir uma temperatura agradável.

O gato abaixou a pata e bufou para a fada da água, que riu melodicamente, de um jeito que lembrava um móbile musical.

— Eu o conheço — disse a fada. — Deve gostar de você, porque nunca age dessa forma carinhosa com ninguém.

— E por acaso empurrar alguém na água é uma demonstração de afeto?

O espírito da água assentiu.

— Ele fez isso com a outra garota dele. Já lambeu os seus olhos?

— Não. — Com a outra garota? — Quando foi que ele fez isso com outra jovem?

O espírito da água deu um salto mortal para trás, batendo o rabo na água. Keelie achou que tinha ido embora, mas ela ressurgiu.

— Não sei exatamente quando. Há três neves.

— Três neves? — A jovem ficou desapontada. Pensou que talvez estivesse se referindo à sua mãe. Então, quem seria a tal garota que aquele gato danado contrariara? Talvez o pai soubesse.

Knot estava lavando o rabo, como se achasse Keelie e o espírito da água entediantes. A jovem sentia frio, sua roupa de baixo estava encharcada. Precisava esconder o amuleto perto do penedo.

— Eu tenho que esconder uma coisa, mas não quero que os outros elfos descubram. Posso escondê-lo no seu riacho? — Ela apontou para o penedo. — Queria enterrá-lo ali embaixo.

O gato saltou de pedra em pedra até chegar à pequena ilha, ao lado do cipreste. Sustentou o olhar de Keelie, dando-lhe a entender que aprovava o local.

— Ah, pode sim — respondeu o espírito da água, parecendo satisfeito por Keelie ter pedido sua ajuda.

A jovem tirou o cordão do amuleto e o entregou para ela. Apesar de estar ensopada, sentiu um pouco mais de calor.

O espírito da água pegou o amuleto com as mãozinhas de membranas e, então, desapareceu rápido sob a água.

Sem o amuleto, Keelie sentiu mais as árvores ao seu redor. Conseguiu conectar-se com o cipreste.

Não conte para ninguém o que viu, árvore, ordenou ela.

Eu me chamo Orim e mantenho este penedo aqui há oitenta anéis Não venha me dizer o que fazer, Pastorinha das Árvores.

Knot afiou as unhas no tronco do cipreste.

Ai, isso dói. Faça essa fada má parar, e não contarei a ninguém seu segredo.

Keelie fez o sinal de aprovação com o polegar para o gato, que parou e começou a lamber a pata.

Minutos depois, o espírito da água voltou.

— Pronto. O amuleto está numa rachadura do penedo, sob a superfície do rio.

A jovem inclinou a cabeça.

— Muito obrigada.

O espírito da água sorriu.

— Uma honra ajudá-la, irmã.

Irmã? Ela devia estar se sentindo muito sozinha para alegar ter um parentesco com Keelie. Teria que voltar para visitá-la com mais frequência, sobretudo se os elfos não podiam vê-la.

A jovem saiu do riacho e voltou para a trilha, caminhando mais devagar por causa da calça jeans molhada. As sombras vespertinas aumentavam, e a floresta se mostrava bastante imóvel. Ela olhou ao redor, tentando descobrir por que estava com a sensação de que havia algo errado. Uma névoa arrastou-se lentamente pelo solo, tapando o chão da floresta.

Será que era Jake?

Pastora das Árvores, impeça-o. O pedido angustiado veio de uma árvore ali perto, mas Keelie não soube dizer de qual. Outras árvores também começaram a pedir ajuda.

Impedir quem? Onde você está?

O temor delas anuviava as imagens que lhe enviavam.

A jovem notou um movimento à sua esquerda e, em seguida, um brilho prateado fosco surgiu de uma sempre-viva. Por um momento a árvore reluziu como luz de neon. Então, começou a desaparecer, como se alguém estivesse arrancando sua luminosidade.

Ajude-me, pediu telepaticamente a sempre-viva. A névoa aumentava.

Keelie fechou os olhos e se concentrou. A magia verde preencheu seu corpo.

Pai. Ela o viu, sentado a uma mesa longa, as faces de outros elfos ao seu redor.

Keelie? Ele franziu o cenho. A filha quase nunca iniciava comunicações telepáticas entre os dois.

Tem algo drenando a força vital de uma das árvores. Vou pará-lo, mas talvez precise da sua ajuda. Ela lhe enviou uma imagem mental da área, esperando que ele reconhecesse aquela parte da floresta.

Filha, fique longe dele. Já estou indo para aí.

Não posso me manter afastada, pai. A árvore está desaparecendo. Tenho que ir até ela.

Keelie encerrou a comunicação mental com Zeke.

Quando ela reabriu os olhos, pôde ver com a visão arboral — visualizou as faces das árvores, como fizera em Wildewood. Elas estavam amedrontadas, embora algumas parecessem bravas.

A névoa cobriu a floresta, erguendo-se do solo, tornando difícil a visualização, até mesmo com a visão arboral. Keelie não sabia como impediria o predador, mas daria um jeito.

Andava sem fazer barulho, concentrada no brilho da sempre-viva, apesar de estar sumindo. Encorajou a árvore.

Já estou indo.

Ela ficou sabendo pelas outras árvores que se tratava de Ernem, que desaparecia depressa, e em breve faria parte do Grande Sylvus. Keelie se apressou. Por fim, conseguiu visualizar uma imagem esfumaçada, misturada com as sombras das árvores, que absorvia a energia da sempre-viva.

— Pare, Jake. Deixe-a em paz!

A imagem esfumaçada e turva se virou para ela. O coração da jovem batia com força, acelerado. Keelie não viu uma imagem tangível, mas discerniu uma forma humana no interior da bruma. Parecia maior que Jake. Será que havia dois vampiros na floresta?

Não restava mais tempo para ela ponderar sobre o que era aquilo. A imagem esfumaçada girou, em forma similar a de um morcego, no ar sobre si e, em seguida, começou a voar rumo à jovem.

10

Apavorada com aquela sombra precipitando-se em sua direção, Keelie correu, o som de água passando depressa chegando aos seus ouvidos. Ela estava perto do riacho de novo. Não viu o espírito, que devia estar, sensatamente, escondido. Knot também tinha sumido — um guardião e tanto ele era.

As tias a chamaram, as vozes profundas e ancestrais. *Passe depressa pela água, Pastora das Árvores. O mal não a seguirá.*

A escuridão tocou em suas costas, e Keelie desceu a margem do riacho a toda velocidade e se jogou no ar, voando por alguns instantes, como Ariel, antes de ir parar no penedo. Ela agarrou o tronco de Orim e ficou ali.

A mente do pai procurou a sua.

Keelie?

Eu estou bem, pai. Aqui no riacho.

Não saia daí. Já estou a caminho.

As *bhata* moviam-se depressa nas copas das árvores, os galhinhos emprestados estalando como pauzinhos de comida chinesa. Keelie se levantou, sem soltar o tronco de Orim. Fez uma careta devido à dor que sentiu nos joelhos, mas enviou pensamentos reconfortantes para a árvore, que se mostrava assustada com toda aquela comoção. Nesse instante, um movimento na outra margem do riacho chamou sua atenção, e ela ficou olhando para lá.

Era Jake, de pé diante de um cervo grande. O animal se encontrava numa espécie de transe. Uma onda de energia prateada fluía do cervo para o rapaz. Os olhos dele estavam fechados e seu corpo reluzia com a luz argentada que o preenchia. Ele estava drenando a força vital do cervo.

— Pare com isso! — Keelie saltou até o riacho, pegou um galho solto e o ergueu como se fosse uma espada, pensando apenas em salvar o animal. Levantou o galho acima dos ombros, pronta para atacar, e atravessou pela água, que fazia ruído nos tênis já ensopados dela. — Que cara de pau você tem, tentando fazer isso de novo.

Jake abriu os olhos. Então arregalou-os, surpreso, ao ver que ela subia a margem aos seus pés.

A voz do pai preencheu sua mente.

Já estou chegando.

— Pare *agora*. Solte o cervo. — Keelie fez um gesto em direção ao animal. — Você está matando o bicho.

— Não estou, não. — O rapaz fez um gesto com as mãos, como se para romper uma corrente invisível. O cervo pestanejou e recobrou os sentidos. Bateu as patas no chão e saiu saltitando.

Aliviada ao ver que o animal parecia estar bem, ela se virou e olhou furiosa para Jake.

— O que é que você estava fazendo com aquele cervo? A mesma coisa que fez com a árvore? Por que me atacou? — Keelie ergueu o galho, pronta para se defender se ele a atacasse.

— Do que que você está falando? Eu não estava fazendo mal ao cervo. O que foi que a atacou?

A jovem terminou de escalar a margem e avançou para cima dele.

— Já chega de brincadeira. Vai responder às minhas perguntas. Eu vi você na floresta, drenando a energia de uma árvore, matando-a. Por que faria isso?

Os olhos dele escureceram, adquirindo um tom negro fosco.

— Você viu alguém drenando a força vital de uma árvore? É impossível.

— É possível, sim, e aconteceu. Pensei que você fosse diferente. Não aprendeu nada? Claro que os elfos vão expulsá-lo se o encontrarem aqui. É um monstro. — Ela segurava o galho como se fosse um taco de beisebol.

O rapaz recuou.

— Eu não preciso de sangue, só de energia. Só pego o suficiente para me manter, jamais drenaria toda a força vital de uma criatura. — Ele sustentou seu olhar. — Tem que acreditar em mim, Keelie. Não sou mau. E não faço isso com árvores.

Ela não acreditou nele, mas Knot estava dando voltas nas pernas do rapaz. Devia surgir uma nota de advertência: *Não* use seu gato como parâmetro para tomar decisões.

— Onde é que você andava? — A jovem fuzilou a bola de pelos com os olhos. — Acabou me abandonando.

Knot se sentou e pôs-se a fitá-la, pestanejando — o jeito felino de dizer *você está bem, pare de reclamar.*

Ela sentiu uma energia verde tomar seu corpo quando o pai se conectou com ela telepaticamente.

Keelie? Cadê você? Não está perto da árvore.

Estou bem, pai. Fiquei com medo e saí correndo. Vim para o trecho da floresta perto do riacho.

Fique aí. Não se mexa. Estou indo. A filha sentiu o abraço mental enviado pelo pai. Como ele costumava fazer.

A jovem olhou para o rapaz. Não sabia por que não queria revelar sua presença para os elfos, ainda mais se ele representasse um perigo para a floresta.

— Não sei o que está acontecendo, mas a gente precisa conversar. Como Knot parece confiar em você, vou fazer o mesmo, por enquanto. — Ela fez um gesto na direção que o cervo tomara. — Vai ter que me explicar o que anda ocorrendo aqui, nesta floresta. Mas, agora, precisa ir embora. O meu pai está a caminho, provavelmente com outros.

Jake relaxou a postura tensa.

— Obrigado — sussurrou. — Vou contar tudo para você. — Ele foi embora em velocidade sobrenatural.

Instantes depois, Zeke chegou. Foi até a filha e a abraçou de imediato, quase sufocando-a.

Então, soltou-a e tirou uma mecha de cabelos da frente de seus olhos.

— Graças ao Grande Sylvus você está segura.

Keelie sorriu para ele. Era como ter o pai do Festival da Renascença de volta.

— O que aconteceu? — Os olhos de Zeke perscrutaram seu rosto.

A filha engoliu em seco. Não podia lhe contar sobre Jake — prometera que lhe daria uma chance de se explicar. Não gostava de guardar segredos, mas tinha pena do rapaz. No início daquele verão, acusara o pai de não lhe contar os segredos dos elfos e, naquele momento, era ela que os guardava (claro que, a princípio, ela também não tinha dito nada para ele sobre o unicórnio de Wildewood). Quando tivesse tempo, teria que pensar por que não lhe contava tudo.

Os galhos balançaram conforme um vento começou a soprar pelas árvores. Keelie ouviu sussurros e murmúrios ásperos — as árvores conversavam umas com as outras. As folhas verdes das madeiras de lei se viraram, mostrando seu lado inferior, como gostavam de fazer quando se aproximava uma tempestade.

O pai fechou os olhos. Conversava com as árvores, mantendo a filha fora da conversa. Quando os reabriu, os olhos verde-claros brilharam. Ele a fitou, chocado.

— Não pode ser.

Keelie estremeceu. Então ele ficara sabendo de Jake. Era sua chance de explicar, mas não conseguia fazê-lo.

Vozes profundas masculinas reverberaram ali perto. Ela reconheceu a de Lorde Niriel e, então, ouviu alguém gritar:

— Milorde, aqui.

Zeke tocou no braço da filha.

— Não diga nada, deixe que eu responda às perguntas.

Ela anuiu. Não via o menor problema em fazer isso.

A face do pai estava tensa e cansada. Ele manteve a filha perto de si, a mão segurando seu braço com firmeza. A jovem observou enquanto ele examinava a floresta. Talvez ele achasse que a tal criatura de névoa fosse voltar.

Keelie ouviu o estrépito dos cavalos antes de vê-los. Toda a Companhia de Justadores dos Ramos de Prata apareceu montada, as espadas desembainhadas, pronta para lutar, liderada por Lorde Niriel. Sean, cujos cabelos ainda pareciam meio desgrenhados por causa do encontro recente com as *bhata*, estava ao lado do pai.

A jovem torcia que ele tivesse dias com cabelos assanhados pelo resto da vida, por ter partido seu coração. Ele não a olhou, mas Lorde Niriel fitou-a como se ela fosse uma camponesa imprestável, e ele, um senhor feudal prestes a castigar a vassala malcomportada. O elfo deteve o cavalo perto deles. O animal enorme resfolegou e ergueu a cabeça.

— Algo maligno assola a floresta, o Pânico se esvai e sua filha está metida nisso tudo — disse Lorde Niriel, com frieza. — Explique por que está aqui na floresta.

— Podia lhe perguntar o mesmo, Niriel. Por que toda a guarda dos elfos está patrulhando a floresta? — Zeke se mostrava majestoso nos trajes de elfo, páreo para Lorde Niriel ou qualquer outro da Companhia de Justadores.

O elfo líder fez um gesto com a mão enluvada. Um dos justadores se aproximou a cavalo. Keelie o reconheceu do Festival da Renascença de Wildewood, onde ele escoltara a elfo que fazia o papel de Lady Marian. O justador entregou um saco de estopa para Lorde Niriel, que franziu a testa e torceu o nariz ao meter a mão lá dentro e tirar um coelho morto, cheio de mofo. O bicho fedia e parecia vazio, como se tivessem lhe tirado o ar.

Lorde Niriel o jogou aos pés de Zeke. A cabeça do bicho desgrudou e rolou para o lado. Um pó escapuliu do corpo, aumentando o cheiro pútrido.

— Temos um vampiro na floresta e, quando o encontrarmos, seu destino será decidido rapidamente. Vamos destruir sua alma amaldiçoada.

Keelie teve a sensação de que um punhal gelado apertava seu coração. *Jake.* Ela olhou para o coelho. Ele lhe dissera que não drenava por completo a energia dos animais, mas coelhos eram tão pequenos. Talvez não quisesse matá-lo.

— O Conselho aprovou essa caçada? — A voz do pai se mostrava tranquila.

As veias de Lorde Niriel destacavam-se em seu pescoço.

— Etilafael convocou uma reunião para esta tarde. Tenho certeza de que em breve ela e Keliatiel se darão conta do perigo que corremos e julgarão apropriado que nós, justadores, estendamos a proteção a todas as nossas terras, como ocorria no passado. Não só estamos diante de um mal ancestral, como também o prefeito Orelha Redonda da cidade cancelou a vindima e permitiu o uso recreativo das terras ao lado das nossas.

— Eu não fiquei sabendo desse acordo — comentou o pai, franzindo o cenho.

Lorde Niriel se inclinou para a frente na sela.

— Os Orelhas Redondas têm permissão agora de trazer as máquinas até a área do parque... — Ele estalou os dedos, como se o gesto fosse evocar as palavras perdidas. — ATVs, ou 4x4, como ouvi um Orelha Redonda chamá-los. Nas nossas terras.

— O Pânico os manterá longe. — Zeke continuava a falar com aparente tranquilidade, mas Keelie notou que a mão esquerda dele apertava um pedaço de madeira. Estava tenso.

— Ele não está funcionando direito — ressaltou Lorde Niriel. — Vou propor ao Conselho que usemos o livro.

Keelie se perguntou se Niriel se referia ao livro que vira na casa da avó. Olhou depressa para o ponto em que o espírito da água colocara o amuleto. O espírito deu uma pancada no riacho, mas nenhum elfo viu. Todos se concentravam em Zeke e Lorde Niriel. Pobre espírito.

— O jeito antigo de agir não vai dar certo. Haveria repercussões tanto por parte dos seres humanos quanto de outros, se usássemos a magia proibida. — O tom de voz do pai ficou mais hostil, conforme ele lutava para manter o controle.

A jovem nunca o ouvira se referir aos "seres humanos" com aquela rispidez. Ela ficou chocada. Será que tinha se esquecido de que ela era metade humana?

Pelo visto, Lorde Niriel não esquecera, pois seu olhar fora de Keelie para Zeke.

— É verdade, concordo, mas, considerando que se importa tanto com eles, o que sugere, Pastor das Árvores? Mandará que sua filha Orelha Redonda lhes peça que parem de invadir as nossas terras de forma destrutiva? E as árvores, como vai protegê-las? Porque, lembre-se das minhas palavras, assim que permitirem o acesso de seres humanos, os lenhadores virão a seguir.

Zeke puxou Keelie para perto e abraçou-a protetoramente.

— Esses apelidos não me afetam, pai.

Antes que ele pudesse responder, ondas de temor reverberaram no ar. Vieram das árvores, e a primeira delas foi seguida por uma mais forte, que chegou a aquecer o quartzo-rosa no bolso de Keelie.

As árvores balançaram como se um vento forte passasse. Em sua mente, a garota ouviu gritos de pânico por parte delas.

Pastor das Árvores, proteja-nos.

Os apelos delas pressionaram a jovem. Os justadores olharam para a copa verde, no alto, como se pudessem ouvir as árvores. Os cavalos relincharam e bateram as patas no solo. Sean sussurrou de forma reconfortante, para acalmar o cavalo.

Lorde Niriel sorriu com malícia.

— É sua obrigação como pastor atender aos seus apelos. — Ele encarou Zeke.

O pai ergueu a mão direita, a palma voltada para fora, e moveu-a rápido para a direita, num movimento cortante. Uma luz verde o envolveu, e Keelie sentiu a clorofila preencher seu corpo. A jovem viu as faces assustadas das árvores, os olhos cheios de ansiedade e apreensão.

A mensagem telepática estridente de Zeke percorreu a floresta.

Vou protegê-las.

As tias, os carvalhos mais antigos da região, entraram na conversa, em uníssono.

Acalmem-se. Ouçam o Pastor das Árvores.

— Não vejo você usar seu poder com frequência, Zekeliel. Sou obrigado a me perguntar por que não o utiliza mais nesses tempos de infortúnio. Sua filha também. Meu filho me contou umas histórias interessantes sobre as habilidades dela no âmbito da magia.

Keelie sentiu um aperto no peito. Será que Sean lhe relatara a cena da espada de madeira?

— Todos têm uma história para contar sobre as habilidades de minha filha no âmbito da magia. — O pai deu um sorriso tenso. — Ela é Pastora, e as árvores a aceitaram desde o início, porque as ajudou quando precisaram.

— E agora ela pode provar do que é capaz para nós, neste momento de necessidade? — Lorde Niriel olhou para os demais cavaleiros armados.

— Quer a ajuda dela, e ainda assim a chama de Orelha Redonda. Ela não precisa provar nada para os elfos. — O outro fez menção de interrompê-lo, mas Zeke não deixou. — E que momento de necessidade é esse, Niriel? Da parte das árvores? Dos elfos? — O pai abaixou a cabeça e olhou com dureza para o pai de Sean. — De sua parte?

Lorde Niriel semicerrou os olhos.

— Falo por esta floresta. Nossa casa. Vou convocar uma reunião para sugerir que usemos a magia do livro para proteger o que é nosso.

— Então, vamos tratar disso no Conselho, não aqui em plena floresta, onde todos podem nos ouvir. — Zeke encostou o pé na carcaça do coelho. — A magia da minha filha não está aberta à discussão nem para você nem para o Conselho. Já chega de conversa. Tenho que tratar de assuntos relacionados ao pastoreio.

Lorde Niriel inclinou a cabeça, com elegância.

— Até mais, então. — Ele comprimiu o cavalo com as pernas, deu a volta e fez um gesto para que os justadores o seguissem. Sean olhou para Keelie e, então, foi atrás do pai.

Zeke puxou Keelie, que o seguiu, enquanto trilhavam o caminho rumo à sempre-viva doente. A jovem nunca vira o pai falar de forma tão enérgica com outro elfo. Tudo bem que ele chegara a enfrentar a própria mãe na outra noite, quando ela lhe mandara tirar a guarda de Knot. E que já confrontara Elianard inúmeras vezes. Mas, daquela vez, o pai irradiara poder.

Keelie se lembrou de que não vira Lorde Elianard naquele dia. Não que quisesse, mas normalmente ele estaria apoiando Lorde Niriel, exigindo o uso do livro. Talvez ele não gostasse de montar a cavalo.

Ela caminhou ao lado do pai em silêncio. Ficou surpresa por suas habilidades mágicas não terem passado despercebidas para os elfos dali. No Festival da Renascença de Montanha Alta, participara do Lorem Arboral para a Rainha Álamo; já no Festival da Renascença de Wildewood, a maioria dos elfos adoecera, e ela realmente usara sua magia. Daquele jeito bem típico dos elfos, ao que tudo indicava eles encontravam formas de usar seus poderes sem que a jovem percebesse. Não gostou da ideia.

Zeke e Keelie encontraram rápido a árvore, que estava para lá de assustada. A jovem evocou a magia arboral, sentiu uma energia verde fluir pelo corpo e viu o rosto dela. Magro, de nariz longo e com rugas de preocupação marcando a testa de casca, o pobre coitado do Ernem estava apreensivo, olhando nervosamente de um lado para o outro, como se receasse ter novos problemas.

O pai contornou a árvore, examinando-a como um médico faria com um paciente.

— Seja o que for que o drenou, vai voltar — comentou ele para a filha. Em seguida, disse em linguajar arboral, telepaticamente: *Não tema, Ernem. Vamos protegê-lo.*

Os galhos de Ernem estremeceram.

Foi terrível, Pastor das Árvores.

Vou deixar uma magia protetora ao seu redor. Durma.

A árvore nervosa fechou os olhos. Os galhos de Ernem penderam, e ele caiu no sono.

— Como é que a gente lança uma magia protetora numa árvore?

— Misturamos magia terrena, que protege as raízes dela na terra, e canalizamos a luz solar, para criar um escudo em torno da árvore.

— Canalizar luz solar parece perigoso. Seria bom eu pegar um protetor FPS 45, uns óculos escuros e um chapéu? — A mãe sempre lhe dissera que tinha que tomar cuidado com os raios ultravioleta. Isso afora o fato de que não tinha a menor ideia do que fazer.

O pai se apoiou na árvore adormecida, que, naquele momento, roncava alto no linguajar arboral. Keelie ficou feliz por não ter que ficar muito naquela parte da floresta, porque acabaria tendo problemas com Ernem, se tivesse que escutá-lo roncar daquele jeito.

— Preciso que use o seu quartzo-rosa. Coloque no solo a mão em que ele estiver, como fez com a usina. Abra o canal, que vou controlá-lo.

— Não sei se vou conseguir fazer isso. — Em Wildewood, quando usara o cristal no solo, desencadeara uma imensa onda de energia, suficiente para salvar uma floresta inteira e neutralizar uma usina hidrelétrica.

Ele fez um gesto com a cabeça e sorriu.

— Claro que consegue. Só que, desta vez, vou usar a luz do sol para transformar a energia em torno da árvore em escudo protetor. Dará um tempo para que Ernem se recupere.

Keelie tirou o quartzo-rosa do bolso e se sentou de pernas cruzadas no chão. Colocou a mão aberta em cima do cristal, sobre o solo. Sentiu o zumbido da energia da terra sob a palma.

Zeke colocou a mão esquerda no tronco da árvore. Então, ergueu a mão direita e começou a emanar uma luz verde. Um raio de sol inclinado girou em torno dele, conforme se infiltrava na energia verde que ele emanava. Dali a pouco os raios de sol amarelos e a magia verde rodopiaram e se enroscaram em torno dele e de Ernem.

O quartzo-rosa sob a mão de Keelie pulsava e esquentava. Ela sentiu o poder emergindo da terra e passando pelo cristal. Keelie olhou preocupada para o pai. O que deveria fazer com aquele poder?

O pai anuiu, ela sentiu-o evocar aquele poder, até que, como milk-shake tomado de canudo, um feixe grosso de força emanou do quartzo-rosa até Zeke, unindo-se à luz solar e à magia verde.

A filha observou, impressionada, o pai tecer os três fluxos de energia, formando uma rede firme, que foi presa ao solo em torno deles e, depois, sumiu de vista. A jovem sentiu-a agarrar com firmeza as raízes de Ernem.

O quartzo-rosa esquentou ainda mais. Quando começou a queimar, Keelie o soltou e, assim, libertou-se da magia terrena. O Pânico a dominou com uma rapidez sufocante. Ela tateou em busca da pedra e suspirou aliviada quando a encontrou. Fez uma observação mental de que deveria conseguir outra, para ter um respaldo.

O pai continuava a usar seus poderes, e, naquele momento, a magia verde e uma luz dourada giravam no sentido anti-horário, em uma única espiral de energia, centralizada pelo quartzo-rosa.

Keelie fez menção de se levantar, mas o pai balançou a cabeça.

— Fique.

Saindo de baixo das raízes de Ernem, um véu verde se ergueu, salpicado de centelhas amarelas, que reluziam como diminutos sóis. O véu foi subindo cada vez mais, envolvendo a árvore, Zeke e Keelie.

— Uau!

O pai sorriu, voltando a agir da forma relaxada e descontraída de sempre.

— Nós trabalhamos bem juntos, filha. Ernem vai ficar bem e protegido. — Ele deu umas batidinhas reconfortantes no tronco.

Escurecera enquanto eles trabalhavam, e Keelie segurou o quartzo-rosa à sua frente, para que ele iluminasse com seu brilho a área em torno deles.

— Isso meio que recarregou a bateria dele.

Zeke riu.

— De certa forma, foi o que aconteceu mesmo.

— Como conseguiu canalizar a energia que eu evoquei? — Curar Ernem e protegê-lo levou-a a querer atuar mais na floresta com o pai.

— É preciso prática, mas não acho que será difícil para você aprender. Tem mais jeito que qualquer um com que eu já trabalhei, incluindo meu próprio pai.

Antes que tivesse a chance de fazer mais perguntas sobre o avô, Zeke deixou de agir de forma relaxada e ficou tenso de novo. Ah, que ótimo, voltou a agir como o Pai do Pânico. A visão de pai e filha atuando em harmonia se esvaiu.

— Está na hora de irmos para casa e de você me contar exatamente o que viu. Acho que está escondendo algo de mim.

— Está bem, pai. Mas não na frente da vovó.

— Por que não? Ela é a Dama da Floresta.

— Porque... — Keelie se calou.

A jovem não via como escapar daquela situação, mas teria que encontrar uma forma de salvar Jake — embora soubesse que o castigo seria severo.

11

De volta à casa, o pai chamou Keliatiel. Ela não respondeu.

Keelie observou o espaço vazio sobre a lareira. O retrato entalhado da mãe ficaria bom ali. Ela cruzou os braços na frente do peito. Não entendia por que estava pensando nela naquele momento, em que o pai estava prestes a exigir explicações sobre o vampiro. Não sabia o que fazer.

Zeke voltou para a sala.

— Sua avó me informou que o Conselho se reunirá de novo esta noite. Uma reunião de caráter emergencial. — Ele apontou para Knot. — Fique de olho nela.

O gato bufou e saiu andando.

— Faça o favor de não me responder desse jeito — gritou Zeke para o bichano. — Enquanto for o guardião dela, tem que me obedecer. — Ele se virou para a filha, agitado. — Knot sempre ficava do lado da sua mãe, também. — Fez um gesto em direção à cadeira. — Precisamos conversar. — O pai usava calça sob o robe, mas mantinha o mesmo ar majestoso desde o momento em que enfrentara Lorde Niriel na floresta. Era como se seu pai estivesse se transformando bem na frente dela, virando um elfo do Conselho.

A filha continuou de pé.

— Como assim, Knot sempre ficou do lado da mamãe?

Zeke passou os dedos pelos cabelos.

— Keelie, não tenho tempo de explicar. Preciso ir à reunião também, mas tenho que saber o que você viu.

Ela ficava brava quando ele achava que simplesmente poderia não falar da mãe dela. Que podia esconder tudo, como escondera o retrato entalhado dela no armário, no andar de cima. Não, Keelie não ia mais aceitar isso. Chegara a hora de o pai falar. Se ele esperava que ela lhe contasse o que sabia sobre Jake, bem, teria que iniciar a conversa.

— Quero conversar sobre a mamãe.

— Não agora. Preciso saber o que sabe. Viu uma entidade sugando a força vital da árvore. Pode explicar tudo o que viu?

— Ernem não contou?

— Contou. Disse que era um vampiro. Mas quero conhecer sua versão também, Keelie. Ernem se mostrou meio irrequieto e não viu muito devido ao pânico.

— Eu senti essa mesma vibração dele.

— Conte para mim o que viu, daí vamos ver o que podemos fazer. Há muita coisa de que não sabe, Keelie.

— Sim, porque você não conversa comigo... porque não me explica nada. — Ela sentiu raiva e dor arderem em seu coração, como aço fundido quente. — Você ficou treze anos sem me procurar. Deixou que a mamãe me levasse sem lutar para ficar comigo. Aí me arrasta até a Floresta do Pânico e me faz viver com uma avó que deixa bem claro que detesta seres humanos. Fica indo para as reuniões do Conselho com outros elfos. Do que é que falam, hein? De como lidar com sua filha Orelha Redonda?

O pai empalideceu, e suas orelhas ficaram vermelhas. Ele fez uma expressão de dor, mas Keelie se sentiu satisfeita por finalmente lhe revelar como se sentia. Chegara a hora de eles lidarem com questões importantes.

Zeke abria e fechava as mãos, cerrando o punho.

— Sua mãe optou por levá-la embora, achando que assim a protegeria. Mas nós mantivemos contato, à nossa maneira. — Ele falou mais alto. — Katy me deixou, mas honrei a vontade dela. — O pai olhou para além da filha, como se visse a imagem da esposa ali na sala. — Se a sua mãe tivesse ficado, eu teria optado por envelhecer como ela. Assim, quando ela morresse, eu desvaneceria.

Surpresa ao ver o pai falando, Keelie ficou pasma com o fato dele ter se disposto a desvanecer quando a esposa morresse. Ela teria ficado completamente sozinha.

Ele se virou para ela, o semblante ao mesmo tempo aborrecido e magoado.

— Sua mãe me deixou, Keelie, e tirou você da minha vida. Quis que eu prometesse não ir atrás de você, mas eu mandava presentes, e, ela, fotos suas.

Sua mãe não era nenhum ogro — se ao menos estivesse ali para contar sua versão da história. Keelie queria protegê-la, mas, sem saber a verdade, não sabia como agir. A mãe levara inúmeros segredos com ela quando partira.

— E, mesmo que eu quisesse ir atrás de você, não poderia, pois você estava sob a proteção dos Iluminados.

Keelie ficou confusa. Foi assim que as árvores tinham chamado sua amiga Raven em Wildewood.

— O que são eles, exatamente?

— Os Iluminados são seres encantados, ou fadas, superiores.

— Como as *bhata* e as *feithid daoine*?

— Isso, só que mais. — Zeke olhou para o teto, como se requisitasse ajuda do universo. — Há diversos tipos de fadas boas, da mesma forma que há várias espécies de fadas más. Os Iluminados fazem parte da alta corte.

— Tipo rei e rainha fada? — A jovem se lembrou dos contos de fadas de Arthur Rackham.

— Isso mesmo. — Zeke contraiu a boca, deixando-a reta. — E não são muito legais. — Ao que tudo indicava, afirmava isso por experiência pessoal.

— E é por isso que quero me livrar do gato. É um espião. — A avó surgiu à porta. Seus olhos estavam brilhantes, e a cabeça, erguida, com indignação.

— Mãe, acho que já se meteu na minha vida o bastante. Vou fazer o que achar melhor nesta situação. Como recebi a mensagem de que Knot deve ficar, ele vai ficar. Se a senhora não tivesse se metido, talvez Katy tivesse me deixado participar da vida da minha filha.

Chocada, Keelie se virou e encarou a avó. Parecia revoltada, porém mais por estar magoada, como se as palavras do pai tivessem perfurado seu coração.

— Eu não sabia que ela levaria a menina embora — defendeu-se a avó. — Não podia deixar que você desvanecesse. Já havia perdido um filho. Não aguentaria perder outro.

O pai a fitou com fúria.

— Perdi a minha filha porque a senhora não suportaria me deixar partir.

A avó Keliatiel foi se aproximando do filho, com os braços estendidos.

— Eu insisti que Katharine deixasse Keelie comigo. Disse-lhe que criaria a menina. Ela era metade elfo e teria poderes mágicos. Mas Katharine disse que se certificaria de que a menina nunca descobrisse que era elfo, que só conheceria o mundo humano. Mas ela não nos informou que tinha parentes na Corte dos Iluminados.

Corte dos Iluminados? Imagine! A avó estava era inventando histórias para justificar o próprio comportamento. Keelie pôde até imaginar a cena, à medida que a avó narrava a história: a mãe fazendo as malas, dizendo para Zeke não ir atrás delas e indo embora com a filhinha. A mãe fizera exatamente o que ameaçara fazer. Era provável que essa parte de fato tivesse ocorrido, mas não a do parentesco com as fadas.

Uma batida na porta os assustou.

O pai se levantou.

— Temos que ir para a reunião.

A avó se sentou com cuidado.

— Não sei se vou poder ir.

— Precisa, mãe. Niriel tentará convencê-la a usar o livro.

Keliatiel ficou calada, por alguns instantes.

— Ele não ousaria.

— Niriel mencionou-o na floresta. Levou junto toda a Companhia de Justadores dos Ramos de Prata, armada.

— Ele ousa convocar a guarda? O livro fica em minha casa. — A avó fechou os punhos, enfurecida; em seguida, abriu-os. — Estou cansada demais para lidar com isso, mas preciso ir até lá para defender a razão.

Keelie se perguntou se deveria mencionar o amuleto, mas acabou optando por não fazer isso. Eles estavam falando do livro e não sabiam nada sobre o amuleto.

O pai caminhou até a mãe e estendeu a mão.

— Vamos. Pode descansar quando voltarmos.

Ele a puxou com suavidade e ofereceu apoio. Ela cruzou seu braço no dele e amparou-se no filho, parecendo envelhecida e abatida. Embora nunca tivesse sido legal com a neta, a jovem sentiu pena de vê-la daquele jeito.

Zeke parou à porta.

— Você vai ficar aqui, sem ir a lugar nenhum, por favor.

Keelie não se moveu. Eles tinham acabado de ter uma tremenda discussão, e iam deixá-la. Elfos!

O pai deve ter sentido o que ela pensara.

— Nós vamos conversar depois.

Não se tratava exatamente da resolução buscada por Keelie, depois daquela baita discussão, mas a garota tinha muito em que pensar, e ficar afastada da avó Keliatiel era justamente do que precisava. Não deveria sentir pena da mulher que levara a nora a partir. Não que sua mãe não tivesse tido seu papel no próprio êxodo do mundo dos elfos.

A jovem apoiou a testa na palma da mão, como se pudesse empurrar os pensamentos de volta para a mente. Tinha a sensação de que eles transbordavam de sua cabeça. Se comesse algo, talvez pudesse raciocinar melhor.

Estava terminando uma tigela de sopa de legumes quando ouviu Ariel bater as asas contra o arame da gaiola. Estava na hora de lhe dar comida. O pai mandara a filha ficar ali, mas, embora a área das gaiolas ficasse lá fora, tecnicamente fazia parte da casa. Seria cruel deixar o falcão passar fome.

Keelie pegou um rato na geladeira, onde o deixara descongelando de manhã. Sorriu. A avó fazia cara de nojo toda vez que ela servia o roedor. A mãe teria saído correndo na direção oposta. A jovem sorriu com tristeza ao imaginar a reação dela.

Foi com uma lanterna até a gaiola. Os raios da lua quase cheia reluziam na casa.

Os olhos esbranquiçados de Ariel se mostravam mais nebulosos naquela noite. Atrás da jovem, no lado escuro da casa, um galho estalou. Assustada, ela lançou a luz da lanterna naquela direção. Seu coração bateu acelerado, enquanto vasculhava a área. Nada.

— Oi, Ariel. Vai comer um fast-food de rato hoje.

Anéis de fumaça fluíram ao redor das gaiolas. Keelie ficou imóvel quando estava prestes a lançar o rato.

A névoa formou um redemoinho e começou a se solidificar.

— O que é que...? — Ela estava prestes a correr, a adrenalina espalhando-se em seu corpo.

A névoa dispersou e Jake apareceu, com um sorriso maroto no rosto.

— Pena que é rato congelado; do contrário, eu já teria um lanchinho. A energia dos de Seattle é meio viscosa, por causa da poluição que os corpos deles absorvem.

— Não quero nem saber. O que está fazendo aqui? E não pode simplesmente caminhar?

— Assim é mais rápido.

— Se os elfos o encontrarem, vai se meter em confusão.

Ele fez um gesto de indiferença.

— Eles estão todos reunidos, exceto aquela elfo Elia e o pai. O encontro vai durar horas. Talvez seu pai só volte amanhã à tarde.

Keelie o fitou.

— Como sabe tanto?

— Passo o tempo por aqui. Observo. — Jake estendeu a mão, pálida, com dedos longilíneos. Por um instante, nada aconteceu, e Keelie se perguntou se tinha que fazer algo, mas então uma bruma escura começou a sair da pele dele, como um borrifo fino de tinta. A bruma foi aumentando, até ela não poder mais ver a mão dele, que, em seguida, abaixou o braço. A névoa se moveu, mostrando que o braço dele não estava mais ali, transformado em bruma negra.

Keelie ficou com a boca seca.

— Você consegue fazer isso com o seu corpo inteiro? — Sua voz saiu fina e irregular. Continuava a segurar o rato, que pesava em sua mão.

— Consigo. Venho praticando há muito tempo. — Ele a fitou, e seus olhos mostravam-se iguais a antes, ou seja, eram os dele, não de um monstro. A respiração de Keelie foi voltando ao normal, juntamente com a pulsação. Ela achara que ele usava a névoa para se esconder, mas, na verdade, podia se transformar em bruma.

Esperava que ele não a tivesse observado tomar banho.

— Encontrei rastros daquela criatura que perseguiu você na floresta. Podemos conversar?

— Quero dar comida para Ariel primeiro. Daí, podemos conversar, porque tenho mesmo que lhe fazer umas perguntinhas. — Keelie foi até a gaiola, e o falcão atacou com avidez o rato, pondo-se a bicá-lo. Ela saiu antes que Ariel começasse a estraçalhar demais seu jantar.

A jovem contornou a lateral da casa e viu Jake na varanda, sentado numa cadeira de balanço feita por Zeke. Sorriu, tentando agir como se tudo estivesse normal, e se sentou no balanço (cedro da Nova Inglaterra).

As estrelas cintilavam no céu noturno, visível em diminutos retalhos em meio à copa das árvores. Keelie viu o contorno prateado da face do rapaz à luz do luar.

Ele alisou o braço suave da cadeira de balanço.

— Seu pai tem muito talento para trabalhar com madeira — comentou, com melancolia.

— Eu sei. As pessoas adoram os produtos dele nos Festivais da Renascença. — Keelie acariciou o braço do balanço.

— Você sente falta de ficar com outros seres humanos? — quis saber o rapaz.

A jovem deu de ombros.

— A-hã. Sinto falta das minhas amigas. Foi como deixar outra família para trás. — Keelie fez um gesto, abarcando a casa e a floresta. — Então a gente veio para a Floresta do Pânico. Lar Doce Lar.

— Não é tão ruim assim. Tem muita coisa acontecendo agora.

— Sempre tem. Desde que cheguei ao Festival da Renascença de Montanha Alta, enfrento uma aventura doida após a outra.

— Não deixam de ser aventuras.

— Posso muito bem viver sem toda essa confusão, obrigada.

— Você é mimada, Keliel Heartwood — comentou de súbito. Um tom vermelho perpassou seus olhos. — Tem um lar. Sua casa vai aonde você vai. Passou do amor da mãe para o do seu pai. Pense antes de falar. Pense no que outros podem ter perdido.

Keelie sentiu um aperto no coração.

— Foi mesmo terrível ficar exilado?

Jake se virou para ela.

— Por quase sete das suas vidas, perambulei pela terra, expulso da minha floresta e da minha família. Faz ideia do impacto disso para um elfo?

A jovem pensou nas árvores, sussurrando seu nome enquanto dormia. Pensou no pai lhe preparando mingau de aveia, nas cores vivas dos Festivais da Renascença e nos matizes diferentes e profundos de verde das florestas que vira.

— Estou começando a fazer. — Keelie pôs a mão no braço dele. — Sinto muito.

Jake sorriu para ela, sem o tom vermelho nos olhos.

— Você disse que tinha que me fazer umas perguntinhas. Quais? Vou responder da melhor maneira possível.

— Se você é um vampiro, por que não se parece com o Drácula? Ou com Edward Cullen?

— Tudo depende da forma como ocorre a transformação. Os vampiros se metamorfoseiam depois de uma mordida de outro. Minha mudança aconteceu após o uso de magia negra, que provocou danos, para que a transformação ocorresse. Digamos apenas que há consequências quando se usa esse tipo de magia.

— Mas e se a pessoa usar só um pouquinho dela, por uma boa causa?

Jake meneou a cabeça.

— Não importa se a intenção for boa. A magia tem regras. É como a física. Não dá para evitar a gravidade.

A mente de Keelie rodopiou.

— Quando você salvou a Floresta do Pânico, usou o livro de magia?

— Tentei, mas ele não funcionou como eu imaginava.

— O que aconteceu? — Keelie precisava evitar o que quer que ele tivesse feito e não tivesse dado certo.

Jake balançou a cabeça.

— As coisas não transcorreram conforme planejado, e resolvi tentar algo diferente. Aliás, achei mais coelhos mortos na floresta e um cervo também. Tem outro vampiro lá. Precisamos descobrir quem é. Se continuar matando, sua sede de sangue vai aumentar, e ele vai se tornar um Nosferatu completo.

— Então há dois de vocês percorrendo a Floresta do Pânico. — Más notícias.

— O outro precisa de ajuda, Keelie.

— Eu também. — Elia estava parada na frente da varanda. Seu vestido estava rasgado, e seu rosto, arranhado.

— O que foi que aconteceu com você? — quis saber Keelie.

— Eu estava perto da obra, tropecei e caí numa roseira-brava.

Jake se levantou de um salto e levou Elia até a cadeira de balanço. A elfo aceitou a ajuda com humildade.

Perto da obra? Não parecia algo típico dela.

— Vi as fadas ao seu redor. Eu sei que a protegem — disse Elia para Keelie. Ela se inclinou para a frente, trêmula, e passou os dedos pelos cachos dourados emaranhados, fazendo raminhos e folhas caírem no chão da varanda. — Você precisa entrar em contato com elas e perguntar se podem curá-lo. Ele não quis machucar ninguém. Só queria salvar a floresta. A nossa casa.

— Curar quem? Salvar o quê? — Ela estava totalmente confusa.

Elia ergueu o rosto e olhou para Jake:

— Você fez a mesma coisa, uma vez. Tem que haver uma forma de curá-lo.

Jake balançou a cabeça e olhou para a garota com compaixão.

— Sinto muito. Há formas de lidar com isso, mas ele se tornou vítima da maldição lançada quando tentou matar um unicórnio.

— Do que é que estão falando? — Keelie se levantou, sem querer ficar de fora da conversa. E não tinha certeza de que gostava da forma como Jake olhava para Elia: como se ela tivesse acabado de atingi-lo com um taco de beisebol.

Os olhos da elfo estavam marejados.

— Você precisa ajudá-lo, Keelie. Sabe como é perder um dos pais. Não posso perdê-lo. É o meu pai. Estou implorando que ajude.

Keelie deu um passo para trás.

— Espere aí. Estamos falando de Elianard?

A elfo anuiu, arrasada.

— O meu pai está se transformando em vampiro.

12

Então Elianard era o vampiro. Keelie devia ter adivinhado. Mas não podia acreditar que Elia lhe pedia que o salvasse, mesmo sendo o pai dela. Ela agarrou o braço do balanço para se equilibrar.

— Não sei como posso ajudar. — Keelie olhou para Jake, que a observou sem expressão. — Acho melhor vocês dois irem embora. A minha avó e o meu pai vão voltar logo.

Elia assentiu. Enxugou os olhos, deu uma fungada e olhou de soslaio para o rapaz, para checar se ele estava olhando. Keelie sentiu a raiva crescer. Fingindo de novo! Será que algum dia poderia acreditar naquela elfo?

Jake se sentou ao lado de Keelie e olhou para Elia antes de aproximar o rosto da primeira.

— Ela precisa da sua ajuda. Você é uma Pastora das Árvores, mas isso vai além de ajudar a floresta. Faça o que é certo.

O tom de voz dele se mostrava suave, porém envelhecido, como se ele tivesse séculos de sabedoria. Se ela fechasse os olhos, o rapaz soaria como o pai.

Ariel gritou e bateu as asas contra a gaiola. Girava a cabeça de um lado para o outro, como se pudesse voltar a ver, se continuasse tentando. Aquilo partiu o coração de Keelie. Elia rira quando amaldiçoara o falcão. Ela se metera em uma tremenda confusão ao usar magia que não podia desfazer, embora o castigo, seja lá qual tivesse sido, não houvesse ajudado Ariel a ver de novo.

— O mago que a examinou no centro de recuperação não conseguiu romper a maldição lançada em Ariel. Foi Elia quem a cegou para sempre. E ajudou Elianard a tentar matar o unicórnio. Ela não merece a minha ajuda. — Keelie se levantou, mas Jake segurou seu braço.

— Todo mundo comete erros, e seria um equívoco não ajudar Elia.

Keelie olhou zangada para ele.

— Você sabia que o pai dela ameaçou matar o meu pai?

Elia caiu no pranto, na certa sentindo que o rapaz começava a entender o lado de Keelie.

— Sinto muito — disse a elfo. — Eu realmente queria poder voltar atrás e agir de outra forma em Wildewood. E também queria nunca ter amaldiçoado o falcão. Errei. Você é mais poderosa do que se pensou, para uma Orelha Redonda. — Tarde demais, ela se deu conta do erro.

Keelie puxou o braço para soltá-lo.

— Até mesmo agora eles ainda me tratam como se fosse inferior, apesar de esperarem que eu salve a vida deles quando se metem em problemas. Talvez desta vez eu não queira ajudar. — Ela deu dois passos rumo à porta da frente.

— Keelie — começou Jake, em tom enfático —, deixar de ajudar alguém é tão ruim quanto amaldiçoar. Pode levá-la ao caminho da escuridão.

A jovem parou com a mão na maçaneta, sem olhar para trás, mas sentindo que o rapaz a fitava.

— Se Elia descobrir uma forma de romper o feitiço que lançou em Ariel, então posso considerar a possibilidade de ajudar Elianard.

Com isso, subiu depressa a escada, de dois em dois degraus. Precisava conversar com alguém que não fosse elfo. Nem vampiro.

Alguém sensato. E como Jake ousava ficar do lado de Elia? Os dois ficaram se entreolhando como se estivessem apaixonados, ou algo assim. Repulsivo.

Sir Davey poderia ajudá-la. Talvez conseguisse se comunicar com ele pelo celular do pai interligado às árvores.

Alora a observava. O broto cruzou os galhos na frente do tronco, e Keelie imaginou-o batendo com impaciência as raízes no fundo do vaso.

— As tias me contaram o que aconteceu com Ernem. Posso senti-lo. Está dormindo tranquilamente agora.

Keelie anuiu.

— Então sabe que a gente se encontrou com Lorde Niriel e os justadores, e que o meu pai e a minha avó estão numa reunião de emergência.

— Sei. Talvez seja melhor escutar Jake.

— Por quê?

— Ele tem bom coração, como você.

— Está dizendo que eu deveria ajudar Elia.

A face de Alora apareceu diante da casca do tronco.

— Na floresta, se uma árvore está enferma, a doença pode passar de folha em folha, até matar toda a mata. Se ao salvar uma se contém a doença, então se salva a floresta inteira.

— Obrigada pela lição de filosofia arbórea. Tenho que conversar com Sir Davey. — O broto podia até ter razão, mas ela não queria ajudar Elianard. Tinha havido muitos aborrecimentos entre os dois. Keelie desceu e procurou o celular do pai na cozinha, mas não o encontrou. Talvez o tivesse colocado no quarto.

Encontrou o retrato de madeira entalhada da mãe encostado na parede. Ele devia tê-lo tirado do armário após a conversa que levaram. Novas pontadas de dor levaram a jovem a sentir o coração apertado. Foi até o retrato e passou os dedos pela face da mãe.

— O que é que eu devo fazer?

A mãe fugira dos elfos, o que significou perder Zeke. Keelie não queria fazer isso. Não queria sair da vida do pai. Mas, se desejasse fazer parte da vida dele, teria que fazer parte dos elfos. Ainda tinha aquela vontade de fugir de volta para a Califórnia — se pudesse, voltaria para a antiga vida, com a mãe. Só que ela estava morta agora, e Keelie não sabia se poderia fazer isso, porque significaria viver sem o pai. Sentou-se.

Uma coisa ela podia fazer. Não deixaria a lembrança da mãe ser escondida de novo no armário. Pegou o retrato e o abraçou.

— Venha, mãe. — Levou-o para baixo e colocou-o em cima do consolo da lareira. Na frente e no meio. O ponto central da residência dos Heartwood. Se a avó reclamasse, Keelie colocaria os pingos nos is. — Amo você, mãe.

Ela estava exausta. Bocejou. Se tirasse uma soneca, não ficaria tão cansada quando o pai e a avó voltassem da reunião, se é que regressariam naquela noite. Keelie concluiu que precisaria contar tudo o que sabia sobre Jake. O pai a ajudaria a encontrar uma solução para a situação dele.

Quanto a ajudar Elianard, ela não tinha certeza. Curara uma coruja e recuperara Einhorn, o unicórnio, mas não sabia se ou como poderia ajudar o elfo. Entretanto, não poderia condená-lo a passar a sua existência na escuridão apenas porque não gostava dele.

Keelie se deitou no sofá, apoiando a cabeça numa almofada macia. Algo pesado pousou em sua barriga, tirando-lhe o fôlego. Ela abriu os olhos. Knot ronronava à medida que metia as patinhas dianteiras sob si. A jovem bocejou de novo.

— Queria que você pudesse falar comigo. Queria poder conversar com Laurie.

O ronronado dele aumentou conforme a jovem pegava no sono.

Keelie estava no refeitório da Escola Baywood, comendo nuggets de peixe. Eca! E nuggets de peixe processado, para completar. Laurie se encontrava sentada à mesa, na sua frente, os brincos de prata com formato de árvore oscilando. Ashlee colocava as ervilhas na borda do prato quando ergueu os olhos, pasma com algo que viu ao lado de Keelie.

Um ronronado alto vibrava em torno da jovem. Ela virou a cabeça e quase caiu da cadeira ao ver um gato peludo imenso, cor de laranja, com uma bandeja de plástico, parado ali. O bichano usava chapéu de mosqueteiro, uma espada presa ao cinto e botas folgadas nas patas traseiras.

Ele fez um gesto com a cabeça peluda, indicando o lugar vazio ao lado de Keelie.

— Posso miau sentar aquiu?— perguntou, com um forte sotaque escocês. Falou de um jeito parecido com o de um Sean Connery felino.

A garota assentiu.

— Knot? O que é que está fazendo na minha escola?

O gato piscou para ela. Era mesmo Knot. Que sinistro. Ele pôs a bandeja ao lado da dela, moveu o rabo para o lado e se sentou na cadeira. Abriu a caixinha de leite com as patas e o tomou com sofreguidão, metendo a longa língua rósea na abertura. Gotas do líquido escorreram pelo queixo dele. Knot as limpou com as costas da pata e, em seguida, lambeu-a.

— Mi-au. Isso está azedo.

— O que elas estão fazendo aqui? O que eu estou fazendo aqui?

Keelie olhou ao redor, perguntando-se o que mais havia de estranho. Estava sonhando, não estava?

Knot comeu os nuggets de peixe, observando-a.

Laurie e Ashlee olhavam fixamente para o gato.

— O que elas estão fazendo aqui?— Keelie apontou para as amigas. — E eu sabia que você falava.

— É o seu subconsciente colocando você em um lugar feliz. — Ele gesticulou a pata, mostrando Laurie e Ashlee.

Elas o encararam.

— O que foi que disse que a gente está fazendo aqui? — Laurie estava confusa. Ashlee caíra em um estado catatônico.

Knot apontou para os nuggets de peixe de Keelie.

— Você vai comer esses?

— Pode ficar com eles — respondeu ela, empurrando a bandeja para o gato. — Por que estamos aqui?

Ela teve que esperar que ele parasse de comer, porque metera seis nuggets de peixe na boca.

O bichano apontou para o leite dela. Keelie lhe entregou o que restara.

— Este é o seu gato? — conseguiu perguntar, por fim, Ashlee.

Keelie anuiu.

— Normalmente, ele não é tão grande assim. — Ela se virou para Knot. — Por que estou tendo este sonho?

— Você precisa se lembrar de que a magia negra não é boa nem ruim, mas, se o usuário não tiver bom coração, então sua magia será maligna. Se tiver bom coração, a magia negra poderá obscurecê-lo. Se a magia do bem for usada por alguém mau, então poderá haver más consequências. Se a magia do bem for usada por alguém com bom coração, haverá boas consequências. Você é boa. Entende?

A jovem ergueu os olhos. Ashlee e Laurie tinham desaparecido. Ela ficou triste. Sentia saudade das amigas.

— Eu não vou usar magia negra. Não sou como Elianard. Esta conversa tem a ver com a questão de eu não querer ajudar o elfo?

— Você pode pensar que vai usar a magia negra para o bem, mas pode ser ruim.

— Eu vi Guerra nas Estrelas, *e não vou passar para o lado negro da força, gato Yoda.*

— Miau já falou demais. As rainhas ficarão bravas com miau. — Knot olhou para ela. — Mas miau protegerá você aconteça o que acontecer. — O ronronado dele aumentou.

— Então deixe ver se entendi bem. Na linguagem de gato, miau quer dizer eu? Então os gatos perambulam por aí dizendo eu, eu, eu? Faz sentido.

O gato piscou e o refeitório começou a se esvair...

Keelie acordou e pestanejou por causa dos raios de sol que passavam pelas janelas.

— Que sonho. — Ela olhou ao redor tentando ver Knot, mas ele desaparecera. Levantou-se e foi até a cozinha. — Pai, já voltou?

Nenhum sinal de ninguém.

A jovem subiu depressa e deu uma olhada no quarto dele. Estava arrumado, mas tal como antes. Bem que Jake dissera que a reunião duraria a noite inteira. Ela olhou pela janela e não viu névoa escura alguma, o que significava que o rapaz não estava mais lá fora.

Keelie se recordou do sonho do nugget de peixe. Knot lhe avisara que não deveria usar magia negra. Embora tivesse sido apenas um sonho, lembrara à jovem que ela ainda precisava decidir se tentaria ajudar Elianard. Ela pensou no pai. Ele ia querer que o fizesse. Seria a atitude certa a tomar. Ela teria que confiar nisso.

Mas, primeiro, seria importante descobrir como transformara aço em madeira. Tinha certeza de que não fora com magia terrena, e não lhe pareceu que se tratara de uma mescla dela com a magia arboral. Se fosse algum método seguro que envolvia o poder do amuleto, então talvez Keelie pudesse usá-lo para curar Elianard e Ariel.

Ela queria conversar com Sir Davey antes de contar para o pai. Significava que teria de ir até a cidade para usar o orelhão perto da loja Tatuagens da Floresta Mágica. Voltou para o seu quarto. Como Alora dormia, Keelie deu umas batidinhas no seu tronco.

— Acorde, vamos.

Alora agitou os galhos e abriu os olhos.

— O quê?

— Vou até a cidade de carro.

— Você só pode dirigir com um adulto ao seu lado.

— E quem foi que disse que eu vou sozinha?

Lá fora, Keelie encontrou Elia dormindo no balanço da varanda, com um cobertor. Jake devia tê-lo levado para a elfo. Chamas de ciúmes bruxulearam por trás dos olhos de Keelie. Elia podia ser tão linda quanto uma princesa de conto de fadas, mas, por dentro, não passava de um sapo verruguento.

Ela deu um empurrão no braço da elfo, que abriu parcialmente os olhos e levantou a cabeça.

— O quê? Eu não comi todo o queijo de cabra.

— Queijo de cabra?

Elia se sentou, fazendo com que o cobertor caísse. Seu vestido estava todo amarrotado.

— Eu estava sonhando.

— Cadê o Jake?

— Ele foi até a floresta. Vai ficar de olho no meu pai para mim. — Ela bocejou e se espreguiçou.

— Parece que vocês dois se deram bem.

A elfo sorriu.

— Ele é muito gentil e bastante atencioso.

— Com certeza. Mas não faz o seu tipo. Acho que não ia dar certo unir elfos com vampiros.

Elia lhe lançou um olhar aborrecido.

— Como se fosse o seu tipo.

Keelie resolveu ignorar o comentário.

— Preciso ir até a cidade, e você tem que vir comigo.

— Por quê?

— Porque não tenho idade suficiente para dirigir sozinha, só na companhia de um adulto.

— Você vai ajudar o meu pai? — perguntou a elfo, com desconfiança.

— Você vai romper o feitiço que lançou em Ariel?

— Sabe que não posso.

— Não vou dizer que vou ajudar Elianard, mas posso tentar, e preciso falar com uma pessoa antes de fazer qualquer coisa.

Elia assentiu.

— Precisa conversar com o anão.

— Ele se chama Sir Davey.

— Eu sei. Pelo menos, é um dos nomes dele.

— Então pode usar esse.

— Está bem, está bem. Ser boazinha não é algo que me venha naturalmente. Está cedo, e não tomei chá nem mingau de aveia.

— E tampouco vai fazer isso. Vá se encontrar comigo no trailer, daqui a quinze minutos, usando isto. — Keelie jogou umas roupas para ela.

Elia estava sentada com desânimo no banco do passageiro, com o jeans e a camiseta que Keelie lhe dera. Aparentava ter vinte e dois anos — idade suficiente para ser a acompanhante adulta.

Keelie ligou a caminhonete e o motor se manifestou, com sons explosivos saindo pelo escape. Pisou no acelerador e foram embora.

— Sinto muito pelo que aconteceu com Einhorn. — Elia se virou para ela.

— Eu também. — Ela não olhou para a elfo.

— Acabei me afastando, sabe. Eu me recusei a ajudar meu pai a matá-lo.

— Sei disso.

— Sinto muito pelo falcão.

— Eu também.

Keelie continuou olhando para a frente, concentrada nas curvas da estrada.

— Eu mudei, Keelie.

— É o que diz, mas não confio em você, Elia.

— Eu sei.

A jovem estacionou na frente da loja de tatuagem e desligou o carro. Dirigia com facilidade. O pai ficaria satisfeito, quando superasse a raiva por ela ter pegado o Chalé Suíço sem sua permissão.

Lá fora, o brilho azulado da placa "Fazemos Piercings" contrastava com a parede de tijolos. Keelie tocou no umbigo, até aquele momento sem nenhum enfeite.

Elia ergueu um dos cantos da boca.

— Fiz o meu no Festival da Renascença, com um prateiro.

— Você tem um piercing? — Ela deixou escapar um suspiro. Não era justo.

A elfo arqueou a sobrancelha e levantou a camiseta para mostrar o aro de prata reluzindo no umbigo. Keelie concluiu que todo mundo do planeta tinha um, menos ela.

Observou a loja de tatuagem. Se fizesse seu piercing, ninguém ia saber, exceto Elia, que manteria o bico fechado porque precisava de sua ajuda. Fazia séculos que Keelie queria um piercing, mas, embora antes de morrer a mãe quase a estivesse deixando fazer um, o pai resistira à ideia. Porém, tinha algo mais importante a fazer: precisava ligar para Sir Davey.

Elia apontou para a lanchonete.

— Tenho que comer algo. Eles servem mingau ali.

— Está bem, vá tomar o seu café, que vou dar o meu telefonema. Não precisa se apressar. — E, se você não voltar assim que eu terminar minha ligação, vou fazer o piercing, pensou.

Keelie discou o número de telefone de Sir Davey. O aparelho tocou várias vezes. Por fim, ele atendeu:

— Sir Jadwyn falando. Queira deixar seu recado.

— Sir Davey, é Keelie. Preciso falar com você. Agora. Por favor, atenda!

— Alô? — O tom barítono suave não parecia correto.

— Sir Davey?

— Não, é o irmão dele, Alvain. Davey está fora, tentando extrair diamantes no Arkansas. Gostaria de deixar recado?

Keelie ficou totalmente desapontada.

— Quando ele deve voltar?

— Ah, acho que daqui a uns dias. Quando os rapazes começam a escavar, ficam muito ocupados e perdem a noção do tempo. Fiquei aqui para separar os geodos, os ovos de dragão, sabe, para o Festival da Renascença do Norte da Califórnia, daqui a algumas semanas.

— Diga que Keelie Heartwood ligou e que preciso falar com ele o mais rápido possível.

— Ah, oi, Keelie! Você é a filha de Zeke. Ele fala de você o tempo todo. Vou avisar Davey que ligou e que é urgente. Posso ajudá-la com algo mais?

Ela não conhecia Alvain, nem tinha noção do quanto sabia sobre magia terrena.

— Não, obrigada. Preciso falar muito com Sir Davey.

Quando a jovem desligou, pressionou a cabeça contra o telefone. Não sabia o que fazer. Sir Davey estava lá, num momento Hi-Ho de Branca de Neve, na mina de diamantes no Arkansas. E nunca mencionara que ia para o Festival da Renascença do Norte da Califórnia nem que tinha um irmão.

Keelie ficou magoada, como se ele a tivesse traído. Sir Davey poderia lhe haver contado da Califórnia, mas na certa achou que ela teria lhe implorado para levá-la junto. E com razão.

Então lá estava ela, tendo que salvar Elianard e ser legal com Elia, que conseguira atrair a atenção de Jake, desviando-a de Keelie.

Ela observou a loja Tatuagens da Floresta Mágica. Merecia um piercing. O mundo lhe devia um.

Entrou na loja. Havia um balcão alto, de madeira (pinheiro da Geórgia), ocupando toda a lateral da loja, e uma parede repleta de imagens de possíveis tatuagens, que iam dos designs tribais aos belos desenhos coloridos de dragões. Viam-se também muitas ilustrações de fadas.

Uma cadeira de aspecto assustador, como aquela de dentista, com uma bandeja na lateral, estava do outro lado, além de um balcão baixinho, cheio de garrafinhas e frascos.

Uma mulher de cabelo roxo, com uma tatuagem de fada no braço, ergueu os olhos de um fichário com mais desenhos e sorriu para ela.

— Só está dando uma olhada? Não tem o menor problema. Eu não mordo.

— Eu queria fazer um piercing no umbigo.

A mulher ergueu a sobrancelha com piercing.

— Quantos anos você tem?

Ah, que ótimo, aí vinha a tal condição "vai precisar da autorização dos seus pais para fazer piercing".

— Dezoito.

A sobrancelha voltou à altura normal.

— Eu tinha 16 quando fiz a primeira tatuagem.

— Dois anos mais nova que eu. — Keelie ficou feliz por manter a voz firme.

A mulher contornou o balcão.

— Está fazendo excursões na floresta?

— Não, visitando a minha avó.

— Tem muitos excursionistas que vêm aqui para fazer uma tatuagem em homenagem à experiência mística e espiritual que tiveram na Floresta do Pânico.

— É mesmo? Eu achei que a maioria das pessoas tinha medo de ir até lá. — Keelie se perguntou há quanto tempo o Pânico andava falhando, se as pessoas o consideravam "místico". Aquilo lhe parecia mais um monte de baboseira da Nova Era, no qual sua mãe acreditaria. Bem, claro que ela mesma conversava com árvores e fadas, então, a quem estava enganando?

A porta abriu e Keelie se surpreendeu ao ver Elia entrar.

— Aí está você. — A elfo olhou ao redor, com curiosidade.

Keelie se virou e contemplou uma vitrine com diversos piercings de umbigo.

Elia foi até a mulher.

— Oi, Zabrina.

A mulher balançou a cabeça, e Keelie notou um brilho ao seu redor. A jovem sentiu uma onda de magia emanando da tatuadora, uma sensação radiante e faiscante, como bolhas na pele.

— Você não é humana.

— E você não tem 18 anos — retrucou Zabrina. — E olha quem fala: tampouco é totalmente humana. — A tatuadora fez um gesto, e o brilho aumentou, propagando-se com ondulações. Seus olhos tinham adquirido um tom prateado, com contorno roxo, e sua pele reluzia.

Keelie sentiu a magia de Zabrina marulhar de encontro à sua, como se não pudesse penetrá-la.

— O que você é?

A mulher sorriu e ergueu o queixo com orgulho.

— Meu pai pertence à alta corte, e minha mãe é humana.

— Os Iluminados — disse Keelie, observando-a.

— E você é a filha de Zeke Heartwood.

— Isso mesmo. Mas como se tornou tatuadora? Parece a última coisa que uma fada faria.

— Sou boa nisso, e preciso comer, também.

— Você não mora na floresta com as outras fadas?

Ela resfolegou.

— Os Iluminados se mantêm afastados. Se têm filhos metade humanos, costumam ignorá-los. É como se comportam. — Elia lançou um olhar expressivo para a jovem, que dizia, *e é como sempre deveria ser.*

Keelie enrubesceu. Achara que poderia começar a gostar de Elia, mas a elfo lhe lembrava do quão odiosa podia ser.

Zabrina soltou um suspiro.

— É verdade. Contudo, a magia nos atrai, e precisamos ficar perto dela. É por isso que alguns excursionistas saem com uma sensação especial. A magia da floresta os atrai.

Keelie pensou no espírito da água, na floresta.

— Você vê Os Iluminados?

A tatuadora assentiu.

Depois, perguntou para Elia.

— Você os vê?

Ela balançou a cabeça.

— Os seres encantados e fadas não gostam de elfos: preferem a companhia dos seres humanos. Não aparecem para nós.

— O que demonstra o bom gosto deles.

Elia a fuzilou com os olhos.

Zabrina sorriu.

— Você ainda quer fazer o piercing?

— Claro que sim.

A tatuadora passou um documento, preso numa prancheta.

— Leia isso com cuidado, depois assine. Vou preparar tudo. Não vai demorar.

A jovem leu o aviso de isenção de responsabilidade, assinou-o e, em seguida, sentou-se na cadeira.

— Vou inclinar um pouco a poltrona, para que fique deitada. — Zabrina puxou uma alavanca ao lado, e o rosto de Elia entrou no campo de visão de Keelie.

— Você vai ficar vendo?

A elfo deu um sorriso.

— Talvez doa.

Zabrina lhe lançou um olhar furioso.

— Não vai doer, não. Keelie, desabotoe o jeans e abra um pouco o zíper. — Ela se sentou num banco e se aproximou. — Não se preocupe, não dói. Vai querer um aro ou um pingente?

— Um aro.

— Melhor escolha. É mais fácil de girar e de limpar no início. — A tatuadora pôs luvas de borracha, pegou um pedaço de algodão e embebeu-o num líquido. — Isso vai desinfetar a área. — Passou-o no umbigo de Keelie e na região ao redor. Era gelado.

— É o Sean? — A voz de Elia a fez virar a cabeça rumo à porta; em seguida, sentiu uma pinicada similar a uma mordida de abelha, na barriga.

— Ai. Não estou vendo ninguém.

— Pelo visto me enganei — disse a elfo, sorrindo.

— Prontinho. — Zabrina limpava umas gotas de sangue da barriga de Keelie. Onde não havia nada antes, via-se uma argolinha de prata.

— Só isso?

— A-hã.

Keelie se levantou com cuidado, a barriga sensível, e pagou pelo trabalho. Olhou para a argolinha de prata e a pele avermelhada, ligeiramente inchada, em seu entorno. Finalmente. Mal podia esperar para contar a Raven e a Laurie, bem como para comprar um monte de joias legais para pôr ali.

Zabrina lhe deu um frasquinho de antisséptico e instruções para cuidar do novo piercing; em seguida, Keelie e Elia saíram da loja.

A jovem observou o perfil aristocrático e arrogante da elfo.

— O Sean não passou por aqui, passou?

— Não. — Ela olhava para a frente.

— Disse isso para me distrair?

Elia deu de ombros.

— Obrigada. — A elfo tinha feito mesmo algo legal por ela. Incrível.

Elas deram uma volta pela cidade, parando na frente de uma casa de ferragens para admirar algumas esculturas de metal à venda: Keelie achou que lembravam a fada da água. Havia também um brechó ali. As duas pararam na lanchonete para tomar chá e café, mas não ficaram muito tempo, já que Elia ansiava voltar para casa. O umbigo de Keelie coçava, e ela precisou lutar contra a vontade de encostar nele.

Elia balançou a cabeça quando viu Keelie esfregar a pele ao redor do piercing.

— Não vai sarar se tocá-lo

— Eu não consigo evitar. Está até esquentando. — Elas voltaram ao Chalé Suíço, acenaram para Zabrina, que estava à vitrine da loja, entraram na caminhonete para percorrer de novo a estrada montanhosa rumo à Floresta do Pânico. Keelie pegou o quartzo-rosa no bolso, para não sentir o Pânico, e, com efeito, mal o sentiu, quando passaram pela área protegida por ele. No entanto, o piercing parecia estar pegando fogo.

— Tem algo errado — disse ela, rangendo os dentes e parando a caminhonete no acostamento.

Elia observou o painel de controle, supondo que se tratava de algum problema mecânico. Keelie colocou o carro em marcha neutra e levantou a camiseta.

Fitou embasbacada o umbigo. A elfo deixou escapar um "oh" chocado, os olhos arregalados, ao olhar para a argolinha de Keelie. Tinha se transformado em madeira.

13

Keelie mal podia acreditar. Passou a mão pela barriga, tocando na argolinha do umbigo que, fazia apenas uma hora, era de prata. A coceira piorara. Aquilo não podia ter acontecido — sonhava em ter o piercing ali havia séculos. Agora não só estava com uma bijuteria transformada, como também com uma erupção cutânea.

— Nunca vi isso acontecer antes. — Elia franziu o cenho. — Esse lado de Pastora das Árvores está mesmo no seu sangue. — Ao que tudo indicava, ela tentava assimilar o fato de que Keelie era, na verdade, metade elfo, como se considerasse aquilo pela primeira vez.

Keelie teve vontade de dar um tapa na testa dela e dizer "Dããã!". Deu a volta com a caminhonete para regressar à loja Tatuagens da Floresta Mágica.

Zabrina não acreditou no que viu.

— Estranho, cara. — Ela usou um alicate para partir a argolinha de madeira. — Vai precisar de uma argola de prata encantada. Deixe-me ver o que posso fazer.

— Não tenho dinheiro para comprar outra.

— Esta vai ficar por conta da casa. — Zabrina ergueu na direção da luz a argolinha de madeira partida, para examiná-la.

— Isso acontece com todos os elfos? — Keelie olhou aborrecida para Elia. Bem que ela podia ter avisado que a argola poderia se transformar em madeira, se desconfiasse que isso poderia acontecer.

— Eu só vi isso ocorrer uma vez — comentou a tatuadora.

Keelie levantou a cabeça da cadeira.

— Quando?

— A transformação de um material em outro deveria ser impossível. — Zabrina continuou a examinar a argola. — Difícil dizer qual árvore é esta pelo tipo de veio.

Elia se inclinou para a frente.

— Nosso Livro das Tradições não faz menção alguma a elfos que consigam transformar prata em madeira.

Zabrina estendeu a mão com a argolinha.

— Pelo visto, Keelie consegue.

Elia fitou a filha de Heartwood com seus olhos frios e calculistas de elfo.

Keelie se sentou.

— Como aconteceu da outra vez? Com quem? — Ela apontou para o piercing de madeira. — A argolinha de alguém se transformou em madeira?

A tatuadora franziu as sobrancelhas.

— Foi um dos anões. Ele trabalha na casa de ferragens e é um artista talentoso, também.

Elia fez uma careta.

— Um anão. Tem um monte deles por aqui.

Zabrina ergueu as mãos.

— Só sei o que vi. Esse cara veio aqui querendo um piercing na sobrancelha.

— E o que aconteceu? — O coração de Keelie batia depressa, ante a ideia de que havia mais alguém como ela.

— Usei um piercing de aço. Ele virou um quartzo transparente, um pedacinho de cristal do mesmo tamanho que uma argola de sobrancelha. Só que o cara não teve erupção cutânea.

Keelie se recostou na cadeira, perguntando-se onde ele estaria naquele momento. Não queria desistir da ideia de ter um piercing no umbigo.

— Vamos tentar a prata encantada. É possível que isso tenha a ver com o meu dom de Pastora das Árvores misturado com o meu sangue humano: só posso concluir isso.

— Olhe, querida, a magia se manifesta das mais diversas formas. Veja só. — Zabrina apontou para a própria tatuagem de fada. Lançou um pozinho mágico nela e, como um desenho animado que recobrara a consciência, a fadinha saiu voando da pele e pôs-se a voar ao redor da tatuadora. Depois deu uma volta pela loja, voltou para o braço de Zabrina e virou tatuagem de novo.

— Que legal. — Keelie se perguntou se o pai a deixaria ter uma tatuagem de livre movimento como aquela.

— Também acho. Fiquei meio assustada quando aconteceu da primeira vez, mas gostei dela. — Zabrina limpou com um pano o umbigo de Keelie, bem como a pele ao redor. — Eu a chamo de Molly. Bem, vamos dar um jeito nisso.

Keelie fez uma careta no momento em que a nova argola foi inserida e, em seguida, suspirou aliviada quando viu que Zabrina terminara.

— Bem, isso eu também nunca tinha visto. Outra primeira vez. — A tatuadora franziu as sobrancelhas, observando a barriga da jovem.

Keelie olhou para baixo e ficou surpresa ao ver que a erupção cutânea em torno da nova argola desaparecera, assim como todo sinal de inflamação.

Tinha que encontrar Sir Davey de imediato. Primeiro a espada, depois a argolinha de prata. Também precisaria contar para o pai, mas não sem antes bolar um plano. Não gostava que Elia soubesse disso, mas tomou o cuidado de não deixar transparecer o que pensava.

No caminho de volta para casa, a pele não coçou mais. Bom saber — dali para a frente, sempre precisaria escolher joias de prata encantada.

Elia ficou calada. Keelie sabia que devia estar preocupada com Elianard.

— O que acha que vão fazer com o seu pai, quando descobrirem?

— Vão expulsá-lo, como fizeram com Jake. — Ela estava abatida. Apoiou a cabeça na janela e ficou observando a floresta.

— Vai continuar a viver com os elfos, se for impossível encontrar uma cura para ele?

A elfo pestanejou diversas vezes.

— Não tenho para onde ir. Acho que talvez pudesse rumar para o norte e ficar com os elfos que vivem por lá; minha mãe era desse clã no Território Noroeste.

— Sua mãe? — Keelie nunca ouvira Elia mencioná-la antes. E, obviamente, a elfo tinha que ter uma, a menos que Elianard tivesse clonado uma versão feminina de si. — Onde está ela?

— Desvaneceu logo depois que eu nasci — respondeu, suspirando.

Keelie não se sentiu no direito de pressioná-la para obter mais informações. Sabia qual era a sensação de lidar com pessoas querendo respostas e detalhes e qual era a sensação de perder alguém muito próximo, como a mãe. Os intrometidos ficavam de luto indiretamente, imaginando como reagiriam quando os que amavam morressem.

A jovem continuou dirigindo. Tinha mais em comum com Elia do que gostaria de admitir — um pensamento assustador.

Já era meio-dia quando chegaram. O pai estava sentado na cadeira de balanço, na varanda. As pontas das orelhas se mostravam vermelhas; o rosto, sério; os lábios formavam uma linha fina.

— Elia, Lady Etilafael pediu-lhe que fosse até a casa dela. Tem que conversar com você. Seu pai está doente, criança.

A elfo anuiu, inclinou a cabeça e foi caminhando rápido até o vilarejo.

Keelie se sentiu triste por ela.

— Talvez eu devesse ir junto.

O pai se levantou e apontou para a porta.

— Outros vão tomar conta dela. Quanto a você: entre, agora.

Ainda pensando no momento difícil enfrentado por Elia, Keelie foi até a sala e se acomodou numa poltrona confortável, com almofadas elegantes e macias. Era ali que Zeke costumava se sentar, mas, como ela sabia que ele lhe passaria um longo sermão, resolveu ficar bem-acomodada.

O pai andou de um lado para o outro na frente dela. Knot se sentou no braço da poltrona, ronronando satisfeito como se mal pudesse esperar pelo sermão. Pelo visto, só faltava pipoca com sabor de peixe. Ela se lembrou dos nuggets de pescado do sonho bizarro. Olhou de esguelha para o gato, que ronronou ainda mais alto.

Em vez de fitar o pai, Keelie examinou a forma como as listras alaranjadas contornavam o pelo de Knot. Estranho — era a primeira vez que notava aquele padrão espiralado. Como se captasse seus pensamentos, o bichano se virou e piscou somente um dos olhos para ela. Então, ergueu uma das pernas e começou a lamber o próprio traseiro.

Gato nojento!

— Keelie, no que estava pensando, hein?

Ela se sobressaltou e ergueu os olhos. O pai já não andava de um lado para o outro e estava parado na sua frente.

— O que eu estava pensando em relação a...? — A filha agitou a mão, num movimento circular.

Esperava que o pai ficasse bravo, passasse o sermão por ter dirigido, colocasse a filha de castigo e acabasse logo com aquilo, porque a pele em torno do seu umbigo começara a coçar como antes, só que mais ainda. Ela estava desesperada de vontade de coçá-la.

Zeke arqueou a sobrancelha.

— Em relação a ir até a cidade, sobretudo depois do incidente na floresta. Sabe que o perigo está à espreita. E não posso acreditar que desobedeceu à minha ordem de que ficasse aqui, enquanto eu estivesse na reunião. — Ele balançou a cabeça. — Eu devia saber que não podia confiar em que faria o que pedi.

— Pai, pode confiar em mim. — As palavras dele a magoaram, e a pele de sua barriga continuou a coçar de um jeito desagradável. Começava a doer.

— Não, Keelie, não posso. Você mente para mim. Ignora as minhas regras, não confia em mim. Por que foi até a cidade? — Ele a fitou, aguardando a resposta, os olhos ao mesmo tempo tristes e furiosos.

Chegara a hora. Ela teria que lhe contar sobre a espada e a argola do umbigo. Não poderia protelar mais. Precisaria confiar nele. Olhou para o retrato de madeira da mãe.

— Eu queria telefonar para Sir Davey.

Surpreso, o pai, que recomeçara a andar de um lado para o outro, parara.

— Por quê?

A filha respirou fundo e, então, num só fôlego, soltou:

— Precisava conversar com ele porque estou com um problema.

— Podia falar com ele, mas não com o seu próprio pai? — Ele pareceu estar magoado.

— Você anda superocupado. Agindo como Pai Elfo.

— Pai Elfo?

— Você é diferente aqui. Não age do jeito como nos Festivais da Renascença. É como se fosse mais elfo que meu pai.

Ela se sentiu bem ao lhe revelar isso.

— Ando muito ocupado, porque tenho responsabilidades aqui que não fazem parte da minha vida quando estou lá fora. Estou aqui, agora, Keelie. — Ele se sentou no sofá. — Por que queria falar com Sir Davey? Vamos conversar.

— Eu consigo transformar metal em madeira.

Zeke pestanejou diversas vezes.

— Consegue transformar metal em madeira? Não entendo.

— Quando eu estava treinando com a espada, outro dia, Sean apareceu. Queria me explicar por que tinha ficado noivo de Risa. Eu fiquei brava, apontei a espada para ele, daí senti um formigamento. E, quando dei por mim, o metal da espada tinha se transformado em madeira. Eu teria mostrado para você, mas fiquei tão assustada que a entreguei para as *bhata*, de maneira que a escondessem até eu descobrir o que estava acontecendo.

O pai empalideceu.

— As *bhata* atenderam ao seu pedido?

— A-hã. Elas ficam me seguindo. São muito legais.

— Então, você resolveu buscar o conselho de Sir Davey, em vez do meu. — A expressão dele era incompreensível.

— Isso mesmo, porque pensei que se tratava de magia terrena.

— Mas manteve o ocorrido em segredo.

— E tem mais.

Zeke passou a mão no rosto.

— Hoje, quando estava na cidade, fui até a loja Tatuagens da Floresta Mágica. — Ela começou a levantar a camiseta. — E fiz um piercing no umbigo.

O pai sentou de súbito no sofá.

— Estou velho demais para ser pai. Keelie, sinceramente, não me importa que tenha feito o piercing. Vamos conversar sobre as *bhata*.

— Não, espere aí, pai. — Keelie ergueu a camiseta para mostrar a marca avermelhada e empolada ao lado do umbigo. A argolinha de prata encantada tinha se transformado em madeira e, naquele momento, brotos verdes germinavam. Era uma argola de madeira sólida, sem fecho.

— Uau! — Zeke arregalou os olhos. — Que magia é essa?

— Parece que eu sou alérgica a metal. — A jovem abaixou a camiseta. — Tenho que tirar essa argola, ou uma árvore vai brotar do meu umbigo. — Imagens do nariz de Pinóquio lhe vieram à mente.

A face do pai ficou ainda mais pálida, a veia em seu pescoço, latejando. Ele manteve os punhos fechados. A filha não sabia se aquilo era bom ou ruim. Seria bom se o pai estivesse tentando manter a calma, seria ruim se estivesse com vontade de enforcá-la.

— Engraçado, durante muitos anos achei que eu fosse alérgica a madeira e, no fim das contas, sou alérgica a metal — comentou ela, tentando aliviar a tensão.

Ao que tudo indicava, Zeke não apreciou sua tentativa e bateu o punho cerrado no braço do sofá.

— Keelie!

— Sim. — A filha engoliu em seco. Talvez nem tivesse que se preocupar com uma árvore crescendo no umbigo, já que estaria morta antes mesmo de ficar cheia de raízes.

Ele passou a mão no rosto outra vez.

— Nunca vi nada igual antes.

— Não pode dar um jeito? — Havia um toque de pânico em sua voz.

Zeke se levantou e agitou os braços na frente do corpo.

— Não sei o que fazer.

A frase a atingiu como se uma sequoia tivesse caído em sua cabeça. Os pais precisavam saber o que fazer, sobretudo os pais pastores de árvores com poderes mágicos.

— Venha, tive uma ideia.

— Aonde vamos?

— Para a loja Tatuagens da Floresta Mágica, e você vai me contar tudo no caminho.

Enquanto Zeke dirigia o Chalé Suíço, Keelie lhe contou tudo o que acontecera, da espada ao piercing.

— Zabrina me disse que um cara foi lá fazer um piercing na sobrancelha e que, em vez do metal se transformar em madeira, virou cristal.

O pai anuiu.

— Havia algum outro detalhe fora do comum a respeito do sujeito?

— A tatuadora contou que era pequeno, anão.

O carro oscilou bruscamente quando Zeke escutou suas palavras.

— Não tire os olhos da estrada. — A lembrança da descida da montanha de Wildewood continuava fresca na mente dela.

— Vamos ter que encontrar esse anão. Talvez ele tenha alguma informação sobre a transformação de um material em outro. Mas, agora, precisamos tirar essa argola.

Keelie anuiu. Folhas começavam a se desenrolar.

— Daremos um jeito. — Zeke afagou-lhe o braço. — Vamos descobrir o que houve.

Ela se sentiu de fato reconfortada e feliz por ter se aberto com ele.

— Pai, sobre o Jake. Como eu disse, só gostaria que ele ficasse bem. Não quero que os elfos o machuquem.

— Entendo, Keelie. Eu também não.

Na loja Tatuagens da Floresta Mágica, Zabrina ficou boquiaberta ao ver a argola transformada em broto de árvore.

— Garota, isso é inédito. — Ela pôs um óculos em estilo gatinho, com strass, e examinou a barriga de Keelie. — Nunca vi nada igual. — As asas da fadinha tatuada no braço dela bateram. Zeke arregalou os olhos quando ela saiu do braço da mulher e pairou em cima do ombro da jovem, juntando-se a eles para fitar o galhinho que vicejava da argola do umbigo.

— Você pode tirá-lo? — quis saber Keelie, tentando disfarçar o pânico.

— Posso tentar. Já volto. — Zabrina saiu pelas cortinas de contas. A fadinha tatuada sorriu, inclinou a cabeça com timidez e pestanejou para Zeke.

O pai se virou e observou primeiro o equipamento no outro lado da loja, em seguida os desenhos nas paredes.

— O que ela é?

— Metade fada.

A tatuadora voltou com algumas ferramentas.

— Se o alicate não funcionar, vamos tentar com o cortador de cadeados.

Keelie engoliu em seco.

Zeke arqueou a sobrancelha. Zabrina entregou o cortador para ele.

— Tome, segure. — Depois de desinfetar a área, ela recolocou os óculos, que tinha tirado. O strass brilhava bastante. — A-hã, aqui está. — Ela meteu o alicate na argola e começou a apertá-lo. Keelie se preparou para sentir dor. Houve um estalo, e a tatuadora ergueu a argola partida. — Prontinho.

— Bom trabalho. — Zeke observou-a com um olhar ao mesmo tempo de admiração e de curiosidade. — Havia algum tipo de magia na argola?

— Não. — Ela apontou para os óculos. — Com eles capto todo tipo de magia ou feitiço. — Zabrina ergueu o alicate, o broto partido preso nele, e apontou para ambos. — Isso aqui, no entanto, não é nenhum truque. Sua filha transformou metal em madeira. Se eu fosse vocês, descobriria por quê, e rápido.

14

A avó Keliatiel saiu depressa para saudá-los.

— Onde é que andavam? Estava preocupada.

— Tive que dar um pulo na cidade. — Zeke fez um gesto em direção a casa. — Mãe, a senhora precisa descansar.

—- E por que teve que dar um pulo lá? — Keliatiel fez um gesto com a mão. — Deixe para lá. Etilafael precisa tratar com você de um assunto urgente. É sobre Elianard.

Zeke anuiu.

— Vou conversar com ela.

— Está na sede do Conselho.

— Keelie, tenho que ir, mas, quando voltar, vamos dar um jeito naquele problema. Mãe, precisa descansar. Sabe que não deveria estar de pé.

— Que problema? Talvez eu possa ajudar Keelie. Eu estava querendo trocar umas ideias com ela.

— Não. A senhora está querendo é descansar — insistiu ele. — Vou voltar assim que puder.

— Tenho que dar uma olhada em Alora e Ariel — apressou-se em dizer Keelie. — Nos vemos mais tarde, pai. — Ela acenou para ele enquanto subia a escada.

Zeke sorriu.

— Tomara que seja mais cedo que mais tarde. Fique por aqui e não vá até a floresta.

No andar de cima, no seu quarto, a jovem escutou as reclamações de Alora.

— Por que não me levou até a cidade? Estou presa aqui, neste vaso. As tias disseram que gostariam de receber a minha visita. Então, precisa me levar até elas.

— Não posso levar você até a floresta. Meu pai me mandou ficar perto de casa. — A filha estava decidida a ser boazinha.

— Mas as tias falaram que era importante você ir. Querem conversar com você, pessoalmente.

— Não vai dar para visitá-las. — Keelie levantou a camiseta e ficou aliviada ao ver que não restava erupção cutânea. Um círculo verde contornava seu umbigo: intoxicação por clorofila. Claro. Café daria um jeito naquilo.

— Precisa ir visitar as tias! — insistiu o broto.

— Não posso. Disse para o meu pai que ficaria por aqui, e é o que eu vou fazer!

— As tias desejam lhe mostrar algo. — Alora ergueu o rosto.

— Se elas querem tanto falar comigo, então podem me dizer o que querem telepaticamente.

— Está bem, tente, então — retrucou o broto. — Eu sei que é importante.

— Vamos ver. — Keelie abriu a mente e buscou as tias.

Anciãs, estou aqui.

Uma voz séria ressoou na mente dela.

Pastora, desejamos marcar uma audiência convosco.

Sim, e não nos faça esperar. A Pastora das Árvores tem de vir até nós quando a convocamos, intrometeu-se outra, em tom de voz arrogante.

Insistimos que venha agora. Pare de agir como um fruto de carvalho impertinente, exigiu a terceira.

Fruto de carvalho impertinente! Mas que árvores velhacas mais exigentes. Quem pensavam que eram? As rainhas da floresta? Keelie conhecera uma árvore rainha antes, e ela não agira daquele jeito.

Não posso, respondeu a jovem. *Prometi ao meu pai que ficaria perto de casa. Há perigos na floresta.*

Alguém bateu à porta do quarto.

— Keelie, preciso muito conversar com você.

Ah, que ótimo. Agora era a avó Keliatiel.

Tenho que ir. Ela fechou a mente para as tias.

Alora balançou os galhos em sinal de desaprovação.

— Elas não vão ficar nem um pouco satisfeitas com você.

— Diga que entrem na fila, então.

Keelie abriu a porta. A avó estava parada ali, batendo o pé no chão com impaciência.

— Quero falar com você lá embaixo.

— Já vou.

A avó se inclinou para mais perto, deu uma espiada na neta e franziu as sobrancelhas.

— Você está bem? Parece meio verde.

— Estou. Coisa de Pastora das Árvores.

— Seu avô sempre ficava verde depois de usar magia, quando tinha a sua idade.

— É mesmo?

Keliatiel anuiu.

— Sim, ficava até com as unhas dos pés e das mãos esverdeadas. E também as veias nos olhos. — Ela sorriu ante a lembrança antiga.

— Uau. E quando foi isso?

— Hum. — A avó franziu o cenho e fitou o teto. — Foi depois da peça de *As You Like It*? Ah, acho que foi sim.

Entusiasmada com a conversa de Keliatiel, Keelie sorriu para ela. Talvez o gelo entre as duas estivesse derretendo. A neta abriu um pouco mais a porta e se apoiou na ombreira.

— Eu também adoro *As You Like It.* Onde foi que a viu?

— No Gibbons' Tennis Court, que funcionava como teatro. Acho que era 1669. Ou terá sido em Drury Lane, em 1730? — Os olhos dela perderam o foco enquanto tentava lembrar.

Keelie nem podia imaginar recordar de todos os fatos apinhados na mente de alguém que vivera por vários séculos.

— Nós tratamos das dores de cabeça do seu avô com um chá de ervas que nos foi dado por... — Ela parou como se um nome proibido estivesse prestes a escapulir de sua boca. — Preciso conversar com você lá embaixo. Agora.

— Não podemos fazer isso aqui?

A avó olhou de esguelha para Alora, quase rápido demais para que se percebesse.

— Lá embaixo, por favor.

— Vou descer daqui a um pouquinho. Tenho que terminar um assunto de Pastora das Árvores com a Princesa Alora.

Keliatiel lhe lançou um olhar aborrecido.

— Bem, ande logo.

A neta fechou a porta e se encostou nela, como se quisesse que a avó fosse embora. Ouviu passos no assoalho, afastando-se do quarto dela.

— Preciso conversar com você lá embaixo — repetiu Keelie, imitando a voz séria da avó.

— As tias estão bravas com você. Tem que ir falar com elas. — Alora lhe lançou um olhar furioso enquanto a jovem cruzava os braços no peito.

— Bem, não são as primeiras. Ultimamente todo mundo quer falar comigo em particular. Eu não posso sair. É perigoso demais.

— Então vai se meter em problemas com elas.

— Vou conversar com as tias depois.

Keelie desceu e encontrou a avó sentada na poltrona, com as almofadas grandes e confortáveis.

— Precisamos conversar sobre aquilo. — Keliatiel apontou para o retrato entalhado em madeira de sua mãe. — Deve convencer o seu pai a tirá-lo. Quando insisti, ele se recusou. Disse que você o queria à vista, e que por isso o deixaria ali. É verdade?

A jovem sentiu ternura e amor pelo pai.

— É. Quero que fique aqui. É lindo. — Keelie observou com afeto os traços esculpidos do rosto da mãe. — E tenho muitas saudades dela. — A dor fez com que sussurrasse as palavras.

— Claro que sim. — Keliatiel o disse em tom impassível. — E o trabalho é maravilhoso. Mas não acho que o consolo seja o lugar certo para exibi-lo. Por que não o coloca no seu quarto? Acho que onde está acaba fazendo Zeke pensar demais em Katharine.

Keelie encarou a avó, sem conseguir acreditar.

— A-hã, é, ele amava a minha mãe. Qual é o seu problema?

— E ela partiu o coração dele. — Ela parecia zangada.

A neta se deu conta de algo.

— Quando me olha, a senhora a vê, não é mesmo?

— Você tem o jeitinho dela. — Keliatiel franziu o cenho e examinou o braço da poltrona.

A jovem olhou para o retrato da mãe como se fosse lhe dar forças.

— O retrato vai ficar ali.

— Ousa me contrariar?

— Ouso, sim. E acho que precisa entender. Eu vou ficar aqui. O meu pai amava a minha mãe e me ama também.

— Keelie, não é um pedido, é uma ordem. Quero que diga ao seu pai que você gostaria que ele tirasse esse retrato daqui. Pode fazer isso como bem entender. — Ela fez um gesto cortante no ar. — Só quero que faça logo.

— Não. — A raiva fez com que a neta enrubescesse. — Não vou fazer isso. Você pode controlar esta floresta, mas não me controla.

Keliatiel apontou o dedo para Keelie.

— Ah, controlo, sim. Você tem o meu sangue, bem ou mal, e sou a matriarca da família. Não vou perder Zeke, nem para a filha dele. Já perdi um filho, e não pretendo perder outro. Quero que o retrato seja retirado dali hoje.

O vento soprava lá fora, e Ariel deixou escapar um grito melancólico da gaiola.

— Não. — Keelie balançou a cabeça. Sentiu de novo que a avó nunca iria aceitá-la. Como os elfos, não conseguia ignorar o fato de sua neta ser metade humana. Além disso, havia outro motivo para ela não querer a jovem por perto: tinha medo de perder Zeke.

Ariel gritou de novo.

Keliatiel se recostou na poltrona. Falava alto, com raiva e tensão:

— Aquele falcão ficou gritando o dia todo. Vá lá cuidar dele. Não sei nem por que o mantém vivo.

— Como pode ser tão cruel?

— Acha que eu sou cruel, menina? — A avó fechou os olhos por alguns instantes e, em seguida, reabriu-os. — Estou cansada. Talvez já tenha visto muita crueldade e sido vítima dela também, o que endureceu meu coração. Você conta a sua idade em décadas, Keliel, mas tenho centenas de anos. — Ela se remexeu na poltrona. — Já vivenciei uma boa parte da história deste mundo e testemunhei em primeira mão a crueldade da raça humana. Acha que não sou amável com você e que não a trato bem, mocinha. Pode ser que o tempo tenha me desvirtuado. — A avó deixou escapar um suspiro. — Permita que eu a oriente com a minha experiência. Não poderá curar aquele falcão. Não há como romper a maldição. Ele não pode voar, e pelo próprio desígnio da natureza uma ave dessas precisa sentir o vento nas asas. Seja boa com o falcão, Keliel. Deixe Ariel morrer.

A jovem recuou.

— Não! — A neta se levantou de um salto, pronta para discutir.

A elfo idosa prosseguiu como se não a tivesse escutado.

— Seu pai terá que liderar os elfos, e não pode viver no passado. — Keliatiel ficou de pé e caminhou rumo ao retrato. — Você tampouco pode viver no passado. — Ela se virou para a neta. — Seja boazinha com o seu pai também, dando-lhe a oportunidade de se libertar do passado, de deixar sua mãe partir.

Com os olhos marejados, Keelie deu a volta e saiu pela porta da frente, deixando que batesse com força. Não almoçara, mas a discussão com a avó tirara seu apetite. Foi rápido até a gaiola de Ariel.

O falcão bateu as asas contra o arame.

— Eu nunca mataria você, Ariel. Nunca, jamais. Vou fazer o que puder para salvá-la.

O falcão ergueu a cabeça para escutar, o olho esbranquiçado sem enxergar nada. Bateu as asas de novo contra a gaiola. Keelie deu um passo para trás e olhou para o céu de tom azul pálido. O vento fez as folhas farfalharem.

— Calma, garota. Quer voar com a ajuda das árvores? É muito perigoso lá fora.

Keelie estremeceu ante a ideia de Elianard pegando o falcão e sugando seu sangue. Os galhos, no alto, agitaram-se com o vento. Ariel levantou a cabeça e gritou de novo.

O falcão *andara* voando, mas com a ajuda das árvores. Não era suficiente? E a morte era uma libertação ou a pessoa simplesmente deixava de existir? Keelie pensou na mãe, que já não estava mais ali, e tudo o que a filha tinha eram lembranças. Não podia tocar nela, nem conversar com ela, muito menos vê-la. Vivia com medo de não se lembrar mais do tom de voz da mãe. Enxugou as lágrimas que escorriam por seu rosto e inclinou-se contra as grades da gaiola.

— Ariel, não sei o que fazer. Eu me recuso a deixar você morrer.

— Posso dar uma sugestão? — perguntou alguém. Keelie se virou quando Lorde Niriel entrou na área das gaiolas. — É uma ave linda. Triste que seu destino seja ser condenada, cega, mantida presa numa gaiola. Sua única outra opção é a morte.

A jovem praguejou por dentro. Ali estava a última pessoa que ela queria ver, e ele estava sendo tão grosseiro quanto Elianard sempre fora.

O sorriso triste de Lorde Niriel crispou-se para um lado, como se ele estivesse tendo dificuldades de manter a empatia. Aquele elfo era muito falso.

— Pena que você não tenha o conhecimento para salvá-la.

— Meu pai disse que os feitiços de elfos não podem ser rompidos.

Ele arqueou a sobrancelha e olhou para a casa. A luz da sala estava acesa. Lorde Niriel acariciou o queixo, como se algo o incomodasse.

O elfo sabia de algo.

— O que foi? — quis saber a jovem. Se havia uma forma de romper o feitiço, ela queria saber. Não deixaria Ariel morrer.

— Há muito tempo, os elfos tinham o conhecimento. Éramos poderosos na época e usávamos magia com facilidade. Desde então perdemos esse conhecimento contido em nossos grandes livros de magia, compartilhados com os Iluminados. A chave-amuleto também se extraviou.

Keelie pensou na mesma hora no amuleto de Elianard, que ela deixara com a fada da água. Seria uma chave? Para o quê? A jovem sentia a pele gelada na área em que ele estivera.

— Mas isso é magia negra.

Lorde Niriel deu de ombros.

— Salvar uma avezinha só iria requerer um pouquinho de magia. Pena não termos mais o conhecimento. — A voz dele era grave e cálida; o tom, reconfortante. A garota sentiu sono. Sua avezinha só precisava de um pouquinho de magia. Keelie pensara a mesma coisa.

Algo afiado penetrou em sua perna.

— Ai!

Aos seus pés, Knot a encarava, as orelhas paralelas à cabeça. Ela o empurrou com o pé. Ele ronronou.

Quando a jovem ergueu os olhos de novo, Lorde Niriel tinha desaparecido. Ariel abriu bem as asas, como se lhe dissesse que queria voar.

Keelie usara uma quantidade imensa de magia em Wildewood, e não fizera mal a ninguém. Ninguém notaria se recorresse a um pouquinho de magia negra e, se isso significasse que Ariel voltaria a voar sozinha de novo, seria por uma boa causa. O falcão teria a chance de levar uma vida normal. Claro que Zeke entenderia por que o fizera.

A jovem olhou para a lateral da casa, de um lado para o outro, mas não havia sinal de Lorde Niriel. Ótimo. A avó estava descansando, e Keelie poderia pegar o livro, ir correndo até o riacho, pegar o amuleto com o espírito da água, romper a maldição lançada em Ariel e ainda ter tempo de colocar o amuleto de volta no lugar, antes que alguém se desse conta de que partira.

Entrou na casa, ignorando os gritos de Ariel atrás de si.

— Você vai ter sua liberdade em breve, amiga — murmurou para a ave.

15

Keelie foi depressa até o quarto, colocou uma bota especial para caminhada e cruzou sorrateiramente o corredor, atenta para qualquer movimento da avó. Precisava chegar logo à floresta. Se não o fizesse naquele momento, receava não criar coragem depois. O pai teria que perdoá-la por ter usado magia negra. Entenderia os motivos dela.

Quando foi descendo a escada, escutou a porta da frente bater.

Zeke entrou, e Keelie recuou, ficando à sombra. Se ele a visse, ela se meteria em confusão.

Os ombros dele estavam caídos. A avó Keliatiel o saudou à porta. O pai a abraçou.

— Mãe, precisa se sentar.

— Como é que ele está? Resta esperança?

— Não. Elianard optou por desvanecer. Selou seu destino quando tentou matar Einhorn em Wildewood. Por incrível que pareça, Elia comentou que Keelie tem algo que poderia salvar seu pai.

Tinha que ser o amuleto. Era o que poderia curar Elianard.

— Keelie? — A avó respirou fundo e deixou escapar um suspiro melancólico. — Coitada de Elia. Está desesperada. Fará ou dirá qualquer coisa para salvar o pai. O que vai acontecer com ela?

— Elia ficará com Elianard até ele desvanecer. Depois disso, ela não tem ideia do que fará.

Keelie escutou e sentiu pena de Elia. A mãe dela já morrera. E, naquele momento, o pai morria, ou desvanecia, como ocorria com os elfos. Keelie sabia como era perder um dos pais, mas os dois? Só de pensar em perder o pai, ela sentiu um aperto no coração.

— Mãe, quero ir lá ver como está Keelie. — Sua voz parecia fatigada. Fora um dia longo. — Vá para casa e descanse. Volto assim que puder.

Enquanto a avó pegava o xale e se dirigia à porta, Keelie voltou correndo para o quarto, pois o pai já começara a subir a escada. Quase não teve tempo de chegar.

Alora, que estivera dormindo, ergueu a cabeça folhosa:

— As tias dizem que os seres humanos estão na floresta.

Zeke entrou no quarto da filha.

— O que é que as tias estão dizendo, Alora? — Seus olhos brilhavam de preocupação.

— Os seres humanos estão no coração da floresta. Suas máquinas são muito barulhentas.

O pai fechou os olhos; Keelie sabia que estava contatando as tias por telepatia. Quando ele os reabriu, estavam de um tom verde bem claro. Seu rosto ficou rubro.

— O Pânico não está em ação. — Zeke cerrou os punhos. — Tem alguns adolescentes com veículos 4x4 fazendo a maior baderna. As árvores estão assustadas. Há a possibilidade de o que ocorreu em Wildewood voltar a acontecer: se elas ficarem bravas, vão se voltar contra os seres humanos.

— Pai, posso ajudar?

— Não agora. Quero que cuide da sua avó.

— Mas, pai, preciso ajudá-lo. Estar lá junto com você e as árvores.

— Eu sei, Keelie, só que tem que ficar com a minha mãe. — Ele segurou seus ombros. — Será a melhor forma de me ajudar agora.

— E por que eu deveria ajudar a minha avó? Ela me mandou dizer para você que eu queria que tirasse o retrato da mamãe da sala — contou a filha, indignada.

A boca do pai tornou-se caída, triste. Ele ficou calado por um instante, depois suspirou.

— Keelie, a saúde dela está diretamente ligada ao Pânico. Ela se vinculou a esta floresta no plano mágico e físico. Uma forma potente de magia é necessária para renovar o Pânico, e não temos o poder de regenerar a floresta sem ele, que está desvanecendo, junto com a sua avó. "Quando se perde a floresta, perdem-se também os elfos" é mais que uma expressão filosófica, filha. E, se a minha mãe desvanecer, então será minha vez de me vincular à floresta.

Assustada, Keelie deu um passo para a frente.

— Quer dizer que, se acontecer alguma coisa com floresta, o mesmo acontecerá com você? — Imagens das florestas de Montanha Alta e Wildewood inundaram a mente da jovem. — Pai, por que você se vincularia a uma floresta prestes a morrer?

— Prefiro ter esperança. — O pai foi até a entrada do quarto. — Mas, agora, tenho que deter os seres humanos. Se as árvores entrarem em pânico e fizerem mal a eles, será uma desgraça para nós.

Ele foi embora.

— Eu avisei para você falar com as tias — sussurrou Alora.

Keelie a ignorou, desceu a escada e saiu, rumando apressada até a casa da avó. Encontrou-a sentada no sofá da enorme sala de estar de pé direito alto, em que se realizara sua festa de boas-vindas havia apenas alguns dias.

Keliatiel, que parecia fragilizada, estava de olhos fechados, o xale cobrindo com firmeza os ombros. Abriu os olhou ao ouvir a neta entrar.

— Eu quero ir até a minha cama.

Keelie anuiu. Isso seria ótimo. Ela ajudou a avó a se levantar, e a seguiu rumo à escada. Ao passar pela porta da biblioteca, olhou de soslaio para a estante de livros baixa no meio do ambiente. Mas o livro não estava mais lá.

Uma cama imensa, de madeira escura, com entalhes de flores, dominava o quarto. Quando a jovem foi ajudar Keliatiel a se deitar, esbarrou num dos esteios da cama, retirando o braço rápido, chocada com a idade do móvel. Era uma nogueira, mais antiga ainda que o carvalho de Sherwood da mesa na sala de jantar.

Keelie usou sua já aguçada percepção arboral para procurar o livro de magia no quarto da avó, mas ele tampouco estava ali. Será que ela o escondera? Lá fora, o céu ficara escuro. Keliatiel parecia pálida, quase transparente. Pela primeira vez a jovem se perguntou se ela morreria, desvaneceria.

Caminhou pela casa à penumbra, tentando captar o livro proibido. Teve uma leve sensação de sua magia negra e se virou para vasculhar a sala de jantar com a mente. Era como um jogo de cabra-cega — ela "sentia" estar se aproximando do livro, conforme ia caminhando por certos lugares. O sinal mais forte veio de um armário alto, com portas trancadas. Keelie girou a chave, mas ele não abriu.

Então, escutou um gemido, e voltou correndo para o quarto da avó, que abriu os olhos e pestanejou diversas vezes. A neta se inclinou.

— Quer que eu pegue algo?

Keliatiel estendeu a mão e alisou os cabelos de Keelie, colocando-os sobre suas orelhas. Primeiro na pontuda, depois na redonda.

— Keelie, sinto muito, mocinha, por ter sido tão grossa com você mais cedo.

A jovem sentiu compaixão e tristeza crescerem em seu âmago.

— O meu pai me disse que a senhora não está se sentindo muito bem. Eu fico de mau humor quando estou doente.

A avó ergueu a cabeça, mas, em seguida, abaixou-a, como se até aquele movimento ligeiro tivesse consumido toda sua energia.

— Quando você era neném, chorava muito alto quando ficava brava. Zeke dizia que você o fazia se lembrar da forma como eu agia quando a situação não ia de acordo com o planejado.

— Quer dizer, a senhora fica brava quando as coisas não são feitas do seu jeito.

Keliatiel anuiu.

— Apesar das minhas divergências com Katharine, ela era uma boa mãe. Tentei entender por que ela a levou embora, mas a raiva e a amargura obscureceram meu bom senso. E continuam a fazê-lo. Eu poderia ter lhe ensinado tanta coisa.

— Estou aqui. Ainda pode me ensinar.

A avó fechou os olhos.

— Vamos ver. Não me recordo de ter me sentido tão exausta assim. Conversaremos mais tarde.

A neta se ajoelhou no chão e apoiou a cabeça na cama, na beirada do colchão. Fechou os olhos também. Sentia-se totalmente inútil — tinha que fazer algo. Ela se levantou e voltou ao armário da sala, frustrada com a chave. Será que havia sido enfeitiçada ou amaldiçoada? Keelie não era uma profunda conhecedora de magia para saber a diferença. Precisava de uma chave melhor.

Congelou. Uma chave. E sabia onde encontrar.

Ela foi correndo até sua casa, pegou Alora e levou o broto à de sua avó.

— Aonde é que a gente está indo, Keelie?

— Abrir um armário.

— É divertido? Você não parece estar muito animada.

A jovem colocou o vaso pesado na frente da avó, que dormia. *Fique de olho nela. Entre em contato comigo se ela acordar.*

Alora fechou a cara. *Não sou eu que deveria ficar com ela. Se você tivesse me dado ouvidos, não precisaria sair furtivamente para conversar com as tias.*

Uma imagem do espírito da água surgiu na mente de Keelie.

Como é que é? Não vai até as tias? O que vai fazer, Keliel Encantadora das Árvores?

Vou visitar a fada da água. Não vou demorar. Se eu correr, volto antes do meu pai.

Eu não estou gostando nada disso. Você precisa visitar as tias. Elas podem lhe dar conselhos. Sabem tudo o que acontece nesta floresta.

Não, o meu pai foi conversar com elas. Ele já tem muito o que fazer, pois precisa dar um jeito nos adolescentes com os veículos 4x4. Já volto.

Aquilo estava se tornando cada vez mais comum. Se alguém lhe tivesse dito há um ano que ela faria caminhadas na floresta dia e noite, daria uma bela risada.

A lua brilhava no céu escuro quando Keelie foi correndo à casa do pai e pegou uma lanterna no Chalé Suíço. Já no caminho, ao iluminar o trecho, ela viu inúmeras marcas de roda na terra. Ficou irada só de pensar num bando de idiotas percorrendo a floresta com veículos 4x4. Deveria haver uma forma de restabelecer o Pânico. Caso contrário, cada vez mais seres humanos entrariam na floresta.

Ao escutar o riacho, Keelie chamou o espírito da água.

— Você está aí?

O espírito se ergueu no riacho.

— Estou aqui.

A jovem se ajoelhou.

— Preciso do amuleto.

O espírito da água inclinou a cabeça.

— Tem certeza?

— Tenho. Preciso dele agora.

Ele balançou a cabeça, em sinal de desaprovação. Desapareceu sob a água com um mergulho silencioso e voltou com o amuleto coberto de lama. Quando o ergueu com ambas as mãos, o lodo foi embora e os espinhos prateados reluziram à luz do luar, como se piscassem para Keelie.

A jovem estendeu a mão para pegá-lo. Com isso, seus dedos tocaram a pele úmida e viscosa da fada da água. Ao agarrar o amuleto, Keelie sentiu frio, como se tivesse enfiado a mão num balde de gelo e a temperatura baixa tivesse se espalhado em seus ossos e ali ficado.

— Obrigada.

O espírito da água deu um sorriso, amplo e sem lábios, então imergiu, sumindo de vista.

Conforme Keelie percorria o caminho de volta pela floresta, seu coração batia forte, cheio de expectativa. Estava com o amuleto e poderia abrir a porta do armário.

O vento soprou pelas árvores, as folhas farfalhando ao bater umas nas outras. A jovem captou conversas sussurradas entre árvores. *O que a Pastora das Árvores está fazendo? Aonde vai?* Ela esperava que o pai não as estivesse escutando naquela noite.

O livro tinha que conter algum tipo de magia curativa. Keelie não sabia ao certo como usá-la, mas Einhorn lhe dera o amuleto por algum motivo. Sabia que ela conseguia resistir à magia negra. Afinal de contas, derrotara o Barrete Vermelho quando mal sabia usar magia terrena.

A jovem se dirigiu às árvores na extremidade da floresta. *Onde está o meu pai?*

Está com as rainhas, as que a princesinha chama de tias. Quer falar com ele?

Não. Keelie sentiu uma onda de pavor. Se elas entrassem em contato com Zeke, ele voltaria.

Como queira, Pastora das Árvores.

A jovem entrou sem fazer barulho na casa da avó.

Segurou o amuleto diante da porta fechada do armário. Não entendia como sabia o que fazer — era como se estivesse sendo guiada pelo próprio amuleto. A espiral nele começou a brilhar, começando na linha externa e seguindo os contornos até chegar ao centro. Da parte interna do armário, veio uma luz intensa, dourada, do mesmo tom da do amuleto. A fechadura do armário fez um clique, e a porta abriu.

O livro saiu flutuando. Keelie pegou-o com a mão estendida, a outra ainda segurando o amuleto.

As espirais concêntricas do livro começaram a girar, e ele caiu, aberto. A voz de Alora surgiu com clareza na mente da jovem. *O que você está fazendo?*

Keelie não lhe deu atenção. Estava imersa em um transe. As folhas mexeram-se. A jovem observou e lá estava — um feitiço para curar a cegueira. Leu-o, perguntando-se por que a escrita estranha lhe fazia sentido.

Ela se lembrou do sonho e do aviso de Knot dizendo que não devia usar magia negra, mesmo em prol de uma boa causa. Mas precisava curar Ariel. E conseguia controlar a magia. O vento soprava, e a jovem ouviu as árvores. *Não! Pastora das Árvores, venha depressa.*

Keelie foi rápido até a área das gaiolas, o livro junto ao peito, o amuleto adiante, na mão estendida. Ela gritou as palavras do feitiço. Nuvens escuras de tempestade se formaram, encobrindo a lua. O vento cessou, e uma inquietude fria a envolveu enquanto uma luz dourada e ondulante saía do amuleto e serpenteava em direção a Ariel, formando aros iluminados em torno do falcão.

A luz dourada reluziu dos olhos da ave. Ariel bateu as asas com o bico aberto, porém não deixou escapar som algum.

Keelie continuava a segurar o livro perto de si. A magia, naquele momento, dirigia-se para ela, a ponta daquela luz serpenteante penetrando em seu pulso e subindo pelo braço.

Uma névoa escura a circundou. O livro foi tirado de sua mão.

A jovem olhou para cima e viu o rosto pálido e horrorizado de Jake.

— O que foi que você fez?

16

Keelie se abaixou depressa para pegar o livro e mantê-lo junto do peito, virando-se para evitar que Jake o pegasse.

— Sua idiota, você se amaldiçoou — Ele estava furioso.

Então, a voz de Elia ressoou em meio à escuridão.

— Deixe a Keelie em paz, Jake. Ela tem que ajudar o meu pai.

O rapaz a ignorou.

— A magia não curou Ariel. Apenas a transformou. — Ele se virou para Elia. — E tampouco vai ajudar o seu pai. — Os olhos dele cintilaram em um tom avermelhado, lembrando a Keelie que ele não era nem humano nem elfo.

Keelie se afastou dele. Queria sentir a magia percorrer seu corpo de novo. Abraçou o livro com mais força e ficou feliz ao notar que o brilho dourado rumava até ela.

— Eu não acredito em você — disse ao rapaz. — Usei a magia para curar Ariel. — Ele fez um movimento com o queixo, indicando a gaiola. — Veja. Ela vai poder voar.

Centelhas douradas contornavam o corpo do falcão. A magia estava dando certo. Keelie se sentiu satisfeita, apesar da vertigem obscura e desagradável que começara a rodopiar em sua mente.

Elia a fitou e, em seguida, bateu palmas diante da boca.

— Keelie, Jake tem razão. Você não salvou Ariel, e sim a condenou. Olhe só para você.

— O quê? — A jovem se sentia um tanto indisposta, mas nada fora do comum. — Está enganada, Elia. Se você não tivesse amaldiçoado o falcão, eu não teria tido que recorrer ao livro. Ela não vai morrer. Quando a pessoa tem bom coração, ela consegue controlar a magia ruim. O unicórnio confiou em mim. Vou salvar Ariel e também a minha avó, e a Floresta do Pânico.

O poder da magia deixou Keelie um pouco entorpecida. Ela se sentia muito forte naquele momento, com a magia fluindo por seu corpo e fazendo com que a tontura fosse embora. Era como se sua mente estivesse sendo clareada. Não entendeu por que o pai nem a avó usaram a magia antes. Era bem diferente da magia arboral.

Keelie deu alguns passos para trás, ficando fora do alcance de Jake. Olhou para Elia, que a fitava, chocada.

— Eu preciso restabelecer o Pânico. A magia dos Iluminados pode ser usada para ajudar os outros.

Jake se aproximou mais dela.

— Não, Keelie. Você não entende. Este não é um livro de magia dos Iluminados, e sim um sombrio, cheio de segredos do mundo subterrâneo, das fadas más. É perigoso, e já mudou você.

— Mudou nada. Você só quer ficar com o poder somente para si. — Havia um lado da mente de Keelie que, chocada, perguntava-se "O que está dizendo? Você não é assim". Mas, não, o livro lhe pertencia. Era dela. Poderia usar aquela magia para o bem. Aquilo não era como a magia arboral, nem como o Pânico, tampouco como o encanto que os elfos usavam com os seres humanos.

Ela ouviu as árvores a chamarem, temerosas. *Pastora das Árvores?*

Digam para o meu pai que salvei Ariel. Digam que ela voltou a enxergar.

Pastora das Árvores, o seu pai está...

Ruídos metálicos altos perfuraram os ouvidos da jovem. Ela se contorceu, tentando se livrar do som. Sua cabeça se encheu de batidas de martelos em aço quente. Sua mente rodopiou com imagens da forja dos anões.

— Não estou conseguindo escutar as árvores.

Jake franziu o cenho.

— O mundo subterrâneo está entrando em contato, bloqueando o seu com as árvores.

Keelie balançou a cabeça.

— Mundo subterrâneo? Fadas más? Era para esta ser a magia dos Iluminados, de Einhorn e das fadas boas.

— Mas esse não é o poder dos Iluminados, Keelie. Eu disse para você. — Jake ergueu a cabeça e ficou escutando. — Tem cavalheiros de armadura se aproximando.

— Não entendo o que está me dizendo. Se não é dos Iluminados, então de quem é? — As batidas fizeram a mente dela rodopiar e sua cabeça começou a doer, por trás dos olhos. Ela passou a segurar o livro com apenas um braço, para esfregar as têmporas.

— Das fadas más.

As batidas aumentaram ainda mais, e Keelie se deu conta de que não estavam apenas em sua mente. Pânico e náusea a atingiram como um soco nas profundezas do estômago quando ela percebeu o que tinha feito.

— Usei a magia das fadas más para curar Ariel — conseguiu sussurrar a jovem. — Como posso desfazer isso?

— Esqueça a ave: como ela pode usar o livro para ajudar o meu pai? — perguntou Elia, com impaciência.

— Seu pai fez a escolha dele, que não pode ser desfeita, assim como a de Keelie. — Ele pareceu tão tenso quanto a elfo. — Mas ela pode evocar a ave, para fazer seu pedido. Talvez o falcão nos ajude.

— Nós pegamos você, vampiro! — Três justadores de armadura surgiram da floresta e cercaram Jake, as espadas desembainhadas, para que ele não pudesse escapar. Outros dois ficaram ao lado de Elia. Os que estavam armados usavam capacete e couraça sobre túnicas. Eles deviam ter se vestido às pressas.

Lorde Niriel se aproximou mais, segurando uma lanterna.

— Entregue o livro para mim, Keelie, e não dê ouvidos a essa criatura. Ele ficou assim depois de cometer um ato tão vil que manchou sua alma e o transformou em vampiro. Não há nada mau no que fez, minha cara. Você só quis salvar a ave.

— Deixe Keelie em paz, Niriel. — Jake se colocou na frente dela, empurrando para o lado a lâmina da espada.

O lorde elfo fez um gesto com a mão.

— Olhe para o seu falcão. — Ele ergueu a luz da lanterna, e Keelie viu que os olhos de Ariel já não estavam esbranquiçados por causa da cegueira, mostravam-se dourados e brilhantes, com um contorno escuro na íris. As penas vermelhas do rabo tinham ficado pretas. Era como se Ariel já não estivesse no corpo do falcão, substituída por algo sombrio e sinistro.

Perguntando-se se Lorde Niriel tinha razão, Keelie pôs a mão na gaiola, os dedos trêmulos.

— O que aconteceu com ela?

— A magia transformou Ariel — respondeu Jake. — Embora suas intenções tenham sido boas, a magia negra atua de um jeito inesperado.

— Tenho certeza que a sua transformação também foi inesperada, não foi mesmo, vampiro? Nossa floresta em breve ficará livre da sua presença. — Lorde Niriel deu um sorriso presunçoso.

Jake fez menção de ir até a floresta, mas dois dos justadores o impediram, segurando com força seus ombros.

Lorde Niriel passou por ele, rumo à gaiola de Ariel. O falcão o observou com atenção, a cabeça inclinada para a frente, enquanto ele abria a gaiola.

— O que você está fazendo? Não pode soltar a ave no escuro. — Keelie ficou olhando, pasma, enquanto ele abria a porta.

Ariel abriu as asas, então foi até a entrada e se lançou como um míssil de penas no céu noturno, desaparecendo em meio às sombras das árvores com três batidas rápidas de asas.

— Está vendo, minha cara? O falcão voa livre, não é o que queria? Restaurar sua visão, para que pudesse voar? — Lorde Niriel semicerrou os olhos com prazer diabólico; em seguida, esfregou as mãos. — Bem, agora que já concretizou esse objetivo, pode me passar o livro, e posso servir de testemunha do seu caráter no julgamento. Vou dizer que estava muito atormentada com o falcão, com tanta vontade de fazer a ave voltar a enxergar, que se viu enlouquecida. O livro evocou você e, como é mestiça, não conseguiu resistir.

— Que julgamento? Do que é que está falando? — Keelie apertou o livro com mais força, sem confiar nas intenções do elfo, sobretudo se ele queria que ela fosse a julgamento.

— Não ousará fazer com que ela seja julgada pelo Conselho. — Jake tentou se soltar dos justadores, mas não conseguiu.

— Na verdade, vai ser sua culpa se a filha do Pastor das Árvores for condenada — salientou Lorde Niriel. — Foi convocado um julgamento com base na prova de que ela o escondeu de nós. Elianard será julgado, também, mas está em péssimas condições.

— Não é justo — gritou Elia. — O meu pai estava tentando salvar o Pânico. Não queria matar Einhorn, mas usar o chifre para reforçar a magia, só que está desvanecendo, sem que ninguém possa ajudar.

Jake olhou para ela com uma expressão afetuosa no rosto. Nada estava dando certo para Keelie aquela noite.

No alto, Ariel gritou, um som alegre, que ressoou pelas árvores. Keelie ergueu os olhos e viu seu falcão entusiasmado com o poder que lhe tirara a maldição. Independentemente do que acontecesse, Ariel sobreviveria.

Encorajada pelo pensamento, virou-se para Lorde Niriel.

— Deixe os dois irem embora. Já está comigo e com a prova do que fiz. Jake e Elia não fizeram nada errado.

— Conte para ela, Jake... É esse o nome que usa agora? Por que não conta para a nossa Pastorinha das Árvores como virou vampiro? — Ele sorria com crueldade.

Jake assumiu uma expressão sombria e lutou contra as mãos dos captores.

— Você participou, Niriel. Por que você mesmo não se encarrega de contar?

Keelie olhava de um para o outro, intrigada.

— Eu sei o que aconteceu. Jake disse que usou magia negra.

Lorde Niriel deu um sorriso ainda mais largo.

— E usou mesmo. Matou o unicórnio da floresta de Okanogan e usou seu chifre para restabelecer o Pânico. Infelizmente, foi sua perdição.

Keelie fitou Jake.

— Você matou um unicórnio? — Seu estômago revirou ao se lembrar de Einhorn, sem chifre e morrendo, antes de ser recuperado por meio de magia. — Como pôde?

O rapaz abaixou a cabeça e, em seguida, olhou para ela.

— Como você, achei que conseguiria controlar a magia negra. Elianard, Niriel e eu pensamos que o chifre do unicórnio poderia ser usado para restabelecer o Pânico e salvar a nossa casa. Deu certo, mas passo cada minuto de cada dia lamentando a minha decisão. — Ele observou Elia com tristeza. — Sinto muito. — Jake estendeu a mão, e a elfo foi abraçá-lo.

— Elia? — chamou Niriel, de cara feia. — Permite que essa aberração toque em você?

— Ele não é uma aberração. — Ainda abraçada ao rapaz, a elfo ergueu a cabeça, desafiante. — Você é. Foi você que encorajou o meu pai a salvar o Pânico matando o unicórnio de Wildewood.

— Seu pai é que foi condenado pela magia, não eu. — Lorde Niriel encarava a todos. — Se ele tivesse seguido o nosso plano, não teria sofrido os efeitos da magia. O chifre do unicórnio seria nosso.

Keelie conhecia muito bem o plano.

— Vocês iam matar o unicórnio de Wildewood porque pretendiam usar sua magia para salvar a Floresta do Pânico, e eu deveria ter atraído Einhorn, para que o matassem; acontece que ele sobreviveu. Então, por que Elianard está morrendo?

— Porque usou o amuleto com intenção de fazer mal. Você, minha cara, pode usar o livro e o amuleto também. Vai restabelecer o Pânico.

— Mas vou acabar sendo amaldiçoada — disse Keelie. Não parecia um ótimo plano.

— Você já está amaldiçoada — ressaltou Lorde Niriel, com rispidez. Ele se virou para os justadores. — Vamos levá-los para a Casa das Tradições.

Os justadores se aproximaram.

— Eu não vou fazer isso. — Keelie ergueu a obra. — Os pastores de árvores têm sido os responsáveis por proteger este livro, e Einhorn me incumbiu de cuidar do amuleto. Eu vou dar os dois para o meu pai.

Lorde Niriel ergueu a cabeça e fez um gesto de indiferença. Diversos justadores deram um passo à frente, desembainhando as espadas.

— Palavras destemidas, que nada significam. Você aguardará o parecer das Árvores Rainhas e do Conselho dos Elfos na Casa das Tradições.

Jake resmungou.

Lorde Niriel colocou a ponta da espada no peito de Elia, desafiando Jake a se aproximar.

— Eu não me moveria, se fosse você. A morte desta aqui seria uma preocupação a menos para o Conselho.

Elia encarava sem medo o lorde.

Os outros justadores cercaram Jake. Ele ficou imóvel, sem desgrudar os olhos da elfo.

— Não machuquem Elia.

— Ele se importa mesmo com você. E você, com ele. Achei que seria impossível alguém conseguir quebrar essa sua camada de gelo. Só de pensar que cheguei a considerar um casamento entre você e o meu filho... — O elfo riu.

Jake se soltou dos captores e um dos justadores fez um arco com a espada, dirigindo-a ao pescoço do rapaz, em gesto cortante.

— Pare. — Keelie soltou o livro e se lançou adiante para agarrar a lâmina da arma, ignorando a dor aguda quando ela cortou sua mão.

Seu sangue chiou, e saíram faíscas quando o aço se transformou em madeira.

O elfo deixou a espada cair, gritando de surpresa, e deu um salto para trás.

— Impossível — disse Lorde Niriel.

Todos fitaram a espada de madeira no chão. Os justadores se remexeram, inquietos.

— Belo truque. — O lorde fez um gesto para que mais guardas elfos se aproximassem. Os justadores se recuperaram da surpresa e cercaram Jake, Elia e Keelie. — Levem-nos para a Casa das Tradições.

— As árvores me contaram que você estava em apuros. — Zeke caminhou depressa na direção deles. Os justadores pararam, confusos com o surgimento do Pastor das Árvores.

Lorde Niriel fez menção de pegar o livro, mas Zeke colocou a bota em cima do volume.

— Este livro é proibido para você.

O outro elfo se endireitou e olhou para ele com fúria.

— Pastor das Árvores. Claro.

— O que está acontecendo aqui? — A avó surgiu atrás de Zeke, os olhos arregalados ao ver os elfos armados. — As árvores me acordaram. Fazia tempo que não falavam comigo. Disseram que a minha neta precisava de mim.

Keelie estava muito feliz em vê-los, mas, ao mesmo tempo, sentia-se constrangida e assustada.

A avó olhou para a neta e, em seguida, para Jake. Ela levou a mão trêmula para o rosto, o semblante congelado numa máscara de descrença.

— Dariel?

Jake inclinou a cabeça.

— Mãe, Zekeliel.

Mãe? Keelie olhou de Jake para o pai. Ah, claro, agora ela entendia.

Zeke empalideceu.

— Dariel, por que voltou? Vá embora já, ou eles vão matar você.

Keelie olhou do pai para Jake.

— O que está acontecendo aqui?

O pai balançou a cabeça.

— As árvores andavam cochichando sobre isso, mas eu esperava que não fosse verdade. E, se não fosse, era o tipo de segredo que se devia manter no passado.

Então Jake era o irmão há muito perdido do pai. Uma revelação de família saída direto de *Guerra nas Estrelas*.

— Você podia ter me contado que era meu tio — disse Keelie.

— Segredos familiares revelados. — Lorde Niriel observou-os com um risinho irônico no rosto. — Francamente, Zeke, precisa aprender a se comunicar com a sua filha. — Ele balançou a cabeça, fingindo tristeza. — Claro que isso não muda nada. Eu vou levá-los até a Casa das Tradições, Pastor das Árvores. Lá vão aguardar o julgamento.

— Quanta tolice! — exclamou a avó, brava. — Os que precisam ser julgados são você e Lorde Elianard.

Lorde Niriel meneou a cabeça.

— Mas, Keliatiel, nós testemunhamos Keelie usar magia negra, e ela admitiu ter ajudado o vampiro, tal como Elia. As nossas leis são claras e precisam ser honradas? O que acha de ir na frente? — Os olhos dele iam de um rosto para o outro.

Ele está mentindo, pensou Keelie. O plano dele foi descoberto, e está inventando tudo neste momento.

O olhar de Keliatiel foi dos dois filhos para a neta, os olhos brilhando com lágrimas não derramadas.

— Vamos nos encontrar no Círculo de Carvalho das Rainhas, diante do Cáudice.

17

Um justador deu um passo à frente, com uma armadura de ferro. Era Tamriel, o elfo braço direito de Lorde Niriel. Sempre obedecia ao que ele dizia.

Fez um gesto para os demais justadores, e eles começaram a marchar, em formação de quatro, lado a lado. Em seguida, separando-se e começando a cercar Keelie, Jake e Elia. O pai uniu-se ao trio, segurando com firmeza o livro. A filha meteu o amuleto disfarçadamente no bolso. Depois de cercar a todos, a tropa se virou, ficando de frente para o caminho. A avó ficou parada com imponência na lateral, observando.

Tamriel olhou para Keelie com nariz empinado.

— Vou caminhar bem atrás de você — disse, em tom de voz firme.

Eles não tiveram outra escolha senão obedecer. Lorde Niriel não fez comentário algum quando os homens começaram a marchar, conduzindo os prisioneiros como conduziriam um rebanho.

Na mente de Keelie começaram a ressoar marteladas, e a terra sob seus pés vibrava de energia. Do canto dos olhos, viu as *bhata* se movendo depressa nas copas das árvores, como se quisessem ficar de olho em seu paradeiro. Uma nuvem zangada de *feithid daoine* zumbia ali perto. A jovem estava hiperconsciente de tudo ao seu redor.

Mais do que tudo, ela estava consciente do livro que o pai carregava.

Ela o queria. Sentia o poder dele evocá-la. Poderia usar a magia ali contida para restabelecer o Pânico. Quando fizesse isso, os elfos não a fariam passar por um julgamento. Eles libertariam tanto ela quanto Jake.

O pai estendeu a mão e ergueu o queixo da filha.

— Seus olhos.

— O que é que tem?

— Eles mudaram. Estão iguais aos das fadas.

— Prateados como os da Zabrina?

— Não, verdes, com contorno dourado reluzente, como a magia que sai do livro.

Keelie não conseguiu evitar e olhou de soslaio para o livro.

— Ele a está evocando, não está? — Zeke segurava a obra sem muita firmeza. Não parecia preocupado com a possibilidade de a filha tentar tomá-lo dele.

— Está. — A jovem estendeu a mão.

— Keelie, tem que lutar contra a tentação.

— Pai, não pode deixar que as tias fiquem com ele.

— Andem logo — ordenou Tamriel.

Os dois andaram mais rápido para satisfazer ao justador.

— Não se preocupe. Quando o livro estiver a cargo delas, ele estará a salvo — assegurou Zeke.

Não era a resposta que ela esperava ouvir. Keelie queria o livro, mas havia algo mais com que se preocupar.

— Vou ser julgada. O que vai acontecer comigo? — A filha foi mais devagar, aguardando a resposta do pai. — Eu fico pensando nos julgamentos das bruxas de Salem. Todas viraram churrasco.

Tamriel os empurrou adiante.

— Eu disse: andem logo.

Keelie o fuzilou com os olhos até Zeke pegar seu cotovelo e puxá-la com delicadeza adiante. Então, sussurrou num tom de obedeça-às-ordens-dele-sem-discutir:

— Ande comigo. Não aborreça Tamriel. Ele está procurando uma oportunidade para usar a espada.

Ela anuiu e apertou o passo.

Após alguns minutos, eles entraram num ritmo cadenciado. Zeke se aproximou de Keelie.

— Você usou o livro? — Havia tristeza em sua voz.

— Eu tinha que curar Ariel, e só ia usar um pouquinho de magia. Daí, se desse certo, eu achei que provaria para todo mundo que o livro poderia ser usado sem causar dano. Então a gente poderia descobrir como salvar o Pânico. Eu teria contado para você. A avó Keliatiel não ia desvanecer e você não precisaria se vincular à floresta.

— O livro engana quem o usa.

— Como o Jake? Ele achou que tinha descoberto um jeito de salvar o Pânico e olhe só para ele agora. Virou vampiro. Por que você nunca me contou que tinha um irmão?

O pai levantou a cabeça e observou o irmão há muito desaparecido.

— Algumas pessoas e lembranças devem fazer parte apenas do passado.

Keelie observou Jake abraçar Elia protetoramente. Formavam um casal que se apaixonou em meio àquele tumulto. Talvez houvesse esperança para os dois. Ela precisava se ater a essa esperança, precisava acreditar que não estava amaldiçoada e que não condenara todos eles.

— Como vai ser o julgamento? O que vai acontecer comigo?

Zeke suspirou. Ele a puxou para perto como se quisesse desfrutar de cada segundo com ela, como se aqueles instantes efêmeros fossem preciosos e ele quisesse mantê-la bem juntinho de si. Não era um bom sinal.

— O julgamento é conduzido pelo Conselho. Faz anos que não temos um. Caso a considerem culpada, você deve ser expulsa, se o Conselho for bonzinho. Ou enviada para o mundo, longe das florestas, para desvanecer. É uma experiência dolorosa para um elfo desvanecer, ou morrer, como já sabe, longe da floresta. Seu nome será cortado de todos os nossos registros, e será como se você nunca tivesse existido.

— Oh! — Keelie respirava com dificuldade, só de pensar na solidão. Então, endireitou-se. Sobreviveria. Conseguiria triunfar, mesmo se os elfos fossem cruéis e a expulsassem dali. Ela viera de Los Angeles e voltaria para lá. Recostou-se no pai, deixando que parte da energia dele passasse para seu corpo.

Mas a ideia de um monte de aço e concreto fez seu estômago embrulhar e sua cabeça doer. Talvez fosse mais elfo do que pensava.

— Faz diferença eu não ter tido intenção de fazer mal a ninguém? Curei Ariel. Vão me matar por isso?

— A morte não é uma opção. É provável que você seja expulsa.

— Isso significa que não vou poder morar na Floresta do Pânico com você.

— Nem aqui nem em nenhum outro lugar em que vivam elfos. Significa que nunca mais vai poder me ver, a menos que eu vá até você. Se a expulsarem, farão com que se esqueça do passado e tudo o que ele contém.

Pasma, a filha olhou para o pai.

— Eles não podem me obrigar a me esquecer de você.

Zeke anuiu, sombriamente.

— Podem, sim. E também da sua mãe e de Ariel. Foi o que aconteceu quando expulsaram Jake.

— Mas ele voltou — ressaltou ela, num sussurro. Ela pensara em tudo o que o rapaz vira, sem imaginar o que perdera. E Jake se lembrava do passado agora, Keelie tinha certeza.

— Eu não via o meu irmão há um século — contou o pai, com tristeza. — Algo deve ter ativado a memória dele. — A certa distância deles, Jake caminhava ao lado de Elia, segurando sua mão. Só ele parecia feliz. Keelie não contaria com cem anos para recuperar as lembranças.

Um barulho atrás deles chamou a atenção da jovem. Ela se virou e viu Sean caminhando até Tamriel.

— Lorde Niriel mandou que vá na frente e peça que o Conselho se prepare na Casa das Tradições.

Tamriel ficou desnorteado.

— Mas, milorde, não foi isso que ele tinha me pedido.

— Vou ter que dizer para o *meu pai* que você resolveu desobedecer às ordens dele? — Sean se posicionara alto e imponente, no caminho deles. Não olhou para Keelie, que ficou feliz. Naquele momento, ela gostaria de ser invisível. Ele devia saber que ela usara magia negra; àquela altura, o mundo inteiro devia saber. Talvez estivesse até escrito na testa dela. Não, estava gravado nos olhos dela, para todos verem: *Usuária de Magia Negra.*

Tamriel anuiu e pôs-se a galopar, passando por Jake e Elia e rumando à floresta.

Sean andou mais devagar e veio na direção de Keelie. Ela cerrou o punho, pronta para brigar com ele caso se aproximasse. Em vez disso, ele se inclinou rumo a Zeke e sussurrou:

— Tudo está indo de acordo com o planejado. Recebi uma mensagem de Knot. Ele vai se encontrar com você perto da Casa das Tradições. Fique de olho no sinal que vai dar.

Keelie fechou o semblante.

— Você recebeu uma mensagem do Knot? Não entende linguagem felina.

— Ele tem um jeito específico de se comunicar. — Sean ergueu a manga da blusa. Havia arranhões em rúnico. Ele arqueou a sobrancelha. — Apesar de você achar que sou um... como foi mesmo que me chamou, um tolo? Não sou, não.

Zeke pôs a mão no ombro do rapaz.

— Sean tem me ajudado, Keelie. Sinto muito, mas ele precisou deixar que pensasse que não se importava mais com você.

Um dos justadores se aproximou, ficando a uma distância em que poderia escutá-los.

— Independentemente do que acontecer, não se esqueça do que eu sinto por você — Sean murmurou para ela, antes de apertar o passo e se unir aos outros justadores. Ele parecia estar no lugar certo, ao lado daqueles elfos.

Keelie ficou confusa. E quem não ficaria? Estava amaldiçoada. Quanto tempo teria até que começasse a desejar sangue? Eles caminhavam rumo ao seu julgamento, após o qual ela seria expulsa e obrigada a se esquecer do pai e do cara de quem gostava. O rapaz que julgara tê-la traído, mas que, naquele momento, admitira estar apaixonado por ela.

A jovem enfrentara situações perigosas demais para que os elfos a tratassem daquele jeito. Fizera tanto para ajudá-los e não recebera nada em troca, só desgraça.

Knot tentara lhe avisar. Jake lhe explicara as consequências da magia negra, mas ela não dera ouvidos. Estivera tão decidida a tirar Ariel da cegueira que ela mesma ficara cega para a verdade.

Zeke segurava o livro firmemente com a mão direita, e, com a esquerda, a da filha. Eles não conversaram mais porque havia justadores armados por perto, à espreita, como se esperassem entreouvir alguma prova incriminatória.

Keelie desfrutou da proximidade do pai. Sentira falta disso. De estar com ele. Apoiou a cabeça em seu ombro. Isso diminuía o barulho de batidas em sua mente.

No caminho, eles passaram por uma sempre-viva com galhos baixos. Uma *bhata* subiu no ombro de Keelie, cutucou-a na bochecha e apontou para o alto. Ela olhou.

Ficou pasma.

A atmosfera estava densa, uma névoa esverdeada acalentadora brilhando por toda a área. No alto, galhos mais grossos que os troncos de muitas árvores uniam-se a centenas de metros do chão. Era como se eles estivessem numa catedral viva, a copa cheia de *bhatas*. Ariel sobrevoou a área, um rastro reluzente de magia dourada iluminando as asas conforme ela planava pelas árvores. Seu grito penetrante ressoou, lembrando a Keelie que, embora tivesse usado magia negra, fora por um motivo nobre. De alguma forma, isso tinha que contar para alguma coisa.

— Pai, olhe, é a Ariel.

— Eu sei — disse ele, em tom emocionado.

Ver o falcão fez o coração dela disparar.

— Sua avezinha está dando um show e tanto. — Lorde Niriel uniu-se a eles. — Mas chegou a hora de interromper essa reunião familiar. A Casa das Tradições está perto. É aqui que terá de seguir um caminho diferente do de sua filha e seu irmão, Pastor das Árvores.

Zeke fez uma expressão furiosa.

— Você me disse que eu poderia acompanhá-la durante todo o percurso.

— Mudei de ideia.

Do canto dos olhos, Keelie viu Knot. Ele moveu a cabeça para o lado, como se dissesse, *Vamos*.

Ela não precisava de um diploma de ph.D. em linguagem felina para entender que era o sinal

O pai não segurava mais o livro com tanta firmeza, enquanto discutia com o pai de Sean.

— Você me deu sua palavra.

— Que não vale quando é dada a prisioneiros.

Keelie não fizera promessa alguma. Viu que todos estavam distraídos. Inclinou-se para perto do pai, pegou o livro e saiu correndo.

18

— Pare, Orelha Redonda. — Um justador a seguia de perto. Ele tropeçou, mas Keelie sentiu sua mão enluvada em seu tornozelo.

Venha até nós, criança, foi a mensagem transmitida pelas tias, chamando-a. Fosse convite ou ordem, era a sua melhor chance.

A jovem chutou a mão do justador e conseguiu escapar. Ouviu Ariel dar outro grito pungente no alto. Á águia mergulhou e atacou o elfo caído, fincando as garras na cabeça exposta. Ele gritou e golpeou-a, mas ela continuou a atacar, soltando-o por alguns instantes para, em seguida, voltar a entrar em ação. O rapaz se ajoelhou e encolheu-se, protegendo a cabeça ensanguentada com os antebraços e pedindo socorro.

Ariel voou para o alto em círculos, então voltou para atacar o justador de novo. A armadura do rapaz tinia e ele gritava, mas era sua cabeça que precisava de proteção, pois estava sem capacete.

Keelie não podia acreditar. O falcão não tinha ido embora — voltara para ajudá-la. Jake dissera que Ariel tinha se transformado por obra da magia negra, mas ali estava ela, salvando-a, dando-lhe a oportunidade de escapar.

Ande logo, Keliel. Venha até aqui, agora, imploraram as tias. Mas ela não podia ir até lá naquele momento. Precisava ajudar Jake e Elia.

Ariel soltou um grito, como se dissesse: *Vá neste instante, enquanto pode.*

— O que está acontecendo? — vociferou alguém de voz grave, ali perto.

O coração de Keelie batia tão acelerado que a jovem teve certeza de que quem quer que tivesse vociferado podia ouvi-lo.

— Lá perto das árvores. Vamos, tire essa maldita ave de cima de mim.

Aonde Keelie podia ir? Aonde quer que fosse, seria encontrada. Os elfos conheciam aquela floresta melhor que ela.

Os três carvalhos gigantes, as tias, acenaram com os galhos imponentes. *Venha, Keliel, venha até nós.*

Algo peludo esbarrou no tornozelo de Keelie, que se sobressaltou, olhou para baixo e se sentiu aliviada quando viu que era Knot.

— Onde é que você estava?

Os gritos dos justadores podiam ser ouvidos com cada vez mais clareza, as vibrações das passadas aceleradas chegando até ela; porém, antes que a jovem pudesse correr, sentiu um frescor clorofilado preencher seu corpo, afastando a escuridão, eliminando os pensamentos confusos e clareando sua mente.

Knot não esperou. Dirigiu-se depressa à área verde do vilarejo, e Keelie foi correndo atrás dele, sem hesitação. Alguns moradores elfos fizeram menção de impedi-la, mas acabaram saindo do caminho. Talvez achassem que a magia negra que a afetava fosse contagiosa. Ela deu um largo sorriso. Era isso, receavam sua doença sombria.

O gato desapareceu em meio às raízes imensas dos carvalhos colossais. Era como se tivesse entrado numa passagem invisível.

Keelie parou, pensando no que deveria fazer a seguir. A cabeça de Knot apareceu sobre uma raiz. Ele piscou e, então, fez um gesto para que ela o seguisse. A jovem engoliu em seco. Com certeza vira aquilo. Passou com dificuldade pelas raízes das árvores até chegar à base de uma das tias.

— Ela está perto do círculo. — Keelie ouviu alguém bradar, e, em seguida, a voz de Tamriel, que se mesclava com outras.

O gato miou de novo e entrou num buraco perto da raiz. A jovem ficou olhando, impressionada com a fenda tão pequena. Ela não caberia ali. Mas, enquanto observava, a raiz se moveu, aumentando a abertura. Um galho abaixou e pegou o livro em seu braço, desaparecendo na copa alta da árvore. Com os justadores já no campo de visão, a pastora não teve escolha. Atirou-se de pé no buraco.

O solo estava úmido e gelado, e radículas similares a cabelos pendiam como uma franja no alto da pequena caverna. Acima, a raiz se moveu de novo, fechando o buraco e deixando-a no escuro.

Ela sentiu os pulmões comprimirem conforme o breu sugava, aparentemente, o ar deles. Lutando contra a claustrofobia, pensou em clareiras e trilhas amplas na floresta. Não adiantou. O buraco parecia mais apertado, como uma cova.

A jovem pensou no espaço amplo do estacionamento de um shopping. Hectares de asfalto negro brilhando sob o sol quente da Califórnia. De repente, conseguiu respirar melhor.

Ouviu em cima as armaduras ruidosas dos justadores elfos à medida que circundavam a árvore. Passadas pesadas ecoavam ao seu redor.

Ela segurou com força o quartzo-rosa no bolso, mas não podia usá-lo para ver. Talvez a luz escapulisse por entre as raízes e revelasse seu esconderijo.

Embora as vozes dos justadores estivessem abafadas, Keelie conseguiu discernir a conversa.

— Ela desapareceu aqui.

— Eu vi a garota.

— É uma pastora das árvores. Elas vão protegê-la — disse alguém, com frustração.

O clangor profundo de metal atingindo algo ressoou. Um dos justadores devia ter golpeado uma das tias com a espada. Quanta ousadia! O som foi seguido de um grito de dor. Keelie imaginou as tias atingindo o elfo com um galho, como uma criança malcriada levando palmada.

— Não vamos encontrá-la aqui — vociferou Tamriel, com sua voz grave.

Os outros soltaram resmungos, concordando.

Após alguns minutos, silêncio.

Keelie ficou ali no esconderijo entre as raízes, sem ousar se mover, receando ser encontrada, mas uma brisa gelada lhe fazia cócegas nos tornozelos. Aguçou os ouvidos, buscando sinais de passos ou de conversa fora do círculo. Nada. Entrou em contato com as tias, abrindo a mente para elas.

Eu estou a salvo?

Não pode ir até o vilarejo.

Tenho que encontrar o meu pai e ajudar os outros.

Seu pai está fora de perigo agora. Siga o guardião.

Em algum lugar em torno dos pés, Keelie ouviu um miado abafado. Knot! Ela sentiu uma onda de alívio. Não estava sozinha. Mas, para segui-lo, precisaria de algum tipo de iluminação.

Ela pegou o quartzo-rosa, e sua luz rosada suave iluminou a passagem estreita. Meneou o corpo e desceu um pouquinho, para então, parar. Era como estar num tobogã tedioso, não escorregadio.

Keelie se contorceu de novo e, de repente, começou a deslizar depressa. Uma onda rápida de medo foi seguida de pânico, à medida que as pernas dela se deslocavam no nada. Ela sentiu um aperto no coração ao entrar voando no espaço, pensando naquela fração de segundo em tudo o que já quisera fazer da sua vida, na mãe e no pai, nos amigos e na vida na floresta e em como Ariel iria se virar agora.

A jovem aterrissou com força sobre as costas, perdendo o fôlego. Ficou ali parada por um instante, agradecida por estar viva, e ergueu o quartzo-rosa.

A luz rosada iluminou um gigantesco ambiente subterrâneo. Lembrava o hangar de um aeroporto alienígena com estalagmites de calcário no piso e raízes imensas de árvores pendendo no alto. Pedaços de solo caíam do teto de terra.

Está a salvo agora, criança? Ela estava debaixo das tias, o que significava que se encontrava sob o vilarejo. Não achava que os elfos conhecessem aquela caverna, ou as tias não a teriam mostrado para ela.

Com o canto dos olhos, Keelie viu algo se mover e virou a cabeça, assustada, segurando o quartzo-rosa como se fosse uma lanterna. Relaxou quando viu que era uma *bhata*, uma grande, fitando-a com os olhos de baga de zimbro. Ao lado dela, havia outra e mais uma e uma terceira. Para a surpresa da jovem, centenas delas apareceram, uma multidão vivaz de gravetos, folhas e musgo. Elas cobriam cada centímetro do piso e das paredes, agarradas às raízes que pendiam do teto. Keelie se moveu para a frente com cuidado, arrastando os pés devagar, receando pisar nos das fadas de graveto.

As *bhata* abriram caminho para ela.

— Que lugar é este? — perguntou a jovem.

Um miado ecoou de longe, e Keelie se deu conta de que aquele não era o único ambiente. Havia outra caverna e, depois desta, uma terceira. Ela teve a sensação de um espaço muito amplo acima e ao redor.

— Você está Sob o Monte, Keliel dos Sombrios — disse uma voz similar a um zumbido.

A jovem deu a volta com cautela, esperando ver um dos elfos. Mas não havia ninguém ali, só as *bhata*. Mais adiante, ela ouviu o miado longínquo de Knot, incitando-a a continuar.

Siga o seu guardião, aconselharam as tias.

As *bhata* abriram caminho, indicando-lhe uma trilha. Ela correu para alcançar o gato. O ambiente seguinte era quase tão grande, mas havia menos cascalho, e as raízes que pendiam no alto eram menores.

Ali se viam tochas acesas nas paredes. Alguém morava naquele lugar. Keelie se perguntou quem, e será que tinham algo a ver com o enfraquecimento do Pânico?

Knot foi escoltando-a por uma caverna após a outra. Alguns ambientes eram iluminados, outros não. A jovem caminhava com cuidado, receando quebrar o tornozelo, pois, nesse caso, nunca seria encontrada.

Após um tempo, ela notou algo familiar na disposição da caverna. Eles andavam numa espiral voltada para dentro, sempre se dirigindo para a direita. O lugar fez com que ela se lembrasse do símbolo na capa do livro — um imenso labirinto subterrâneo espiralado. Ela pensou na última vez em que vira o desenho, e sua mente se ofuscou, de tanto que desejou segurar o livro de novo.

Ouviu umas batidinhas por perto. Alguém estava próximo. Knot sumira. Com medo de chamá-lo, ela apertou o passo. Não queria ficar sozinha.

Escutou um miado adiante e, aliviada, entrou no ambiente seguinte. Estava vazio, sem traço algum dos cascalhos e pedaços de terra que entulhavam os anteriores. Parecia ter sido varrido. No lado mais distante, na entrada da câmara seguinte, uma luz aconchegante reluzia.

Ela vislumbrou a silhueta de Knot e foi depressa até ele. Viu-se em um espaço com pedras brilhantes, posicionadas em padrão espiralado. No outro lado havia um riacho, escuro e fundo, percorrendo uma fenda no leito da rocha, fora da espiral. O centro da espiral ficava sob um vão aberto no teto. Knot estava sentado bem no meio, o rabo balançando como se estivesse esperando por ela há muito tempo.

Que lugar era aquele? O som de batidas aumentou, ressoando no ambiente. Se havia mais alguém ali, ela o conheceria em breve.

O gato se moveu com rapidez pela câmara, e ela foi atrás dele. Tentou cruzar a espiral, mas foi jogada para trás, como se tivesse deparado com uma parede. Estendeu a mão, porém não sentiu nada. Knot miou. Keelie se levantou e tirou a poeira da roupa. OK, seguiria a espiral.

— Vá mais devagar, Knot! Que guardião você é! — O danado do gato era o único que podia tirá-la dali.

A jovem foi contornando o padrão espiralado, e, conforme foi se aproximando do centro, apareceu uma trilha, que levava a uma diminuta ponte de pedra sobre o rio escuro. No outro lado, ela viu uma sala, com mesas e bancos de pedra. Três pessoas pequeninas, uma mulher e dois homens, fitavam-na de lá.

Anões!

Um deles deu um salto e foi até Keelie. Usava jeans e uma camiseta da Flogging Molly, e, quando se aproximou, a garota viu que não era muito mais velho que ela. Uma luz brilhava numa minúscula pedra de cristal, em cima de sua sobrancelha.

Ele deu um largo sorriso.

— Aposto como você é a elfo que Jadwyn vive mencionando.

— E você deve ser o sujeito que colocou o piercing de prata na sobrancelha, com a Zabrina.

O homenzinho tocou na argola transformada, sorriu e estendeu a mão.

— Eu me chamo Barrow.

A mulher lhe lançou um olhar zangado. Keelie supôs que devesse ser a mãe dele; a sua fazia aquela mesma expressão quando pegava a filha fazendo o que não devia.

Barrow confirmou a suspeita.

— Essa é a minha mãe, Madalyn, e esse o meu pai, Radorak. — O mais velho fez uma reverência, sério.

Madalyn observou Keelie.

— Então, é a filha de Zeke Heartwood?

— Sim, senhora.

— Como veio até aqui? Como nos encontrou? — perguntou Radorak, em tom grave.

— Não estava procurando vocês, juro. Eu me perdi quando deparei com umas raízes e acabei chegando aqui. Não sabia nem que este lugar existia. Os elfos sabem?

Os três se entreolharam. Madalyn deixou escapar um suspiro.

— Eles não sabem. Ficam só no Mundo Acima. Mas as árvores sabem e, portanto, os pastores também.

— Ou, ao menos, têm ciência do Mundo Abaixo. Mas nenhum deles veio até aqui — corrigiu Radorak.

— Como conseguem manter um mundo inteiro em segredo? — Ela se perguntou o quanto o pai sabia daquele lugar.

— Fácil — respondeu com entusiasmo Barrow. — A maioria das pessoas não sabe o que há debaixo delas. Veja Portland e Seattle. Os anões vivem sob os metrôs e as ruas há anos sem que os seres humanos façam a menor ideia.

— Nossa! É, acho que tem razão. — Keelie morara a vida inteira em Los Angeles, mas não imaginava o que havia abaixo das ruas e calçadas.

— Há criaturas sombrias aqui também, como as fadas más, os ogros, os Barretes Vermelhos e etc., mas eles não incomodam a menos que alguém os irrite. Ou os invoque.

A jovem estremeceu. Olhou para a água escura do riacho. Perguntou-se o que havia ali embaixo, mas, então, concluiu que não queria saber. Porém, se as águas fossem até o mundo exterior, talvez fossem sua forma de ir embora daquele lugar.

— Eu preciso sair daqui.

Como se sentisse sua urgência, Madalyn pegou a mão de Keelie e lhe deu uns tapinhas leves e reconfortantes.

— Nós vamos lhe mostrar o caminho até a cidade. Lá pode ir a um local seguro. Vamos ajudá-la.

Keelie balançou a cabeça.

— Não, eu preciso voltar para a floresta. Minha família corre perigo.

Sob a iluminação bruxuleante das tochas, Keelie viu os três trocarem olhares preocupados.

— Zeke está em apuros?

Keelie anuiu.

— O Pânico não está ativo.

Radorak franziu o cenho.

— Jadwyn precisa saber disso agora.

— Está se referindo a Sir Davey?

— Sir? — O pai de Barrow riu. — Ele dá a si mesmo um ar de importância, no Mundo Acima, mas, no Mundo Abaixo, é Jadwyn. Vamos pedir que se encontre com você na loja.

— Que loja?

— Na de ferragens, que administramos na cidade.

— Eu lembro. Vocês têm umas obras charmosas na frente e uma exposição de ferramentas de jardim bem caras.

Madalyn anuiu.

— Isso mesmo, fazemos ferramentas de jardim de aço forjado. Como temos muita familiaridade com a terra, somos ótimos jardineiros. Damos bons conselhos e, como o pessoal os têm seguido, construímos um negócio sólido.

Barrow sorriu satisfeito e encheu o peito.

— E as nossas esculturas para jardim vendem igualmente bem. Sobretudo as do espírito da água. Muita gente gosta de comprá-la depois de fazer canoagem.

— Seria ótimo se Sir Davey, hã, Jadwyn, pudesse se encontrar comigo na loja. Vamos. Quanto antes eu voltar, melhor. — Keelie teve a sensação de que lhe tinham tirado um peso das costas.

— Bem, só tem um probleminha. Jadwyn precisa voltar, primeiro. — Radorak se sentou no banco de pedra.

— Quanto tempo ele vai levar para chegar aqui? — O peso voltou às costas dela.

— Deve chegar depois de amanhã.

— É tarde demais. Eu preciso voltar *agora*.

— É perigoso demais ir sozinha — salientou Madalyn, que, em seguida, enrubesceu: — Nós entreouvimos coisas aqui embaixo. Escutamos sobre o livro.

— Então sabem que tenho que ir.

Knot miou.

Madalyn o fitou e, então, arqueou a sobrancelha.

— Bem, se é assim que tem que ser... Se quer saber o que penso, ela é jovem demais para fazer essas coisas.

Barrow franziu o cenho.

— Mãe, você está falando com esse gato?

Ela fez um gesto.

— Não se preocupe com isso, Barrow. Keelie, você vai ter que seguir pelo riacho. Na minha opinião, ela deveria tomar uma xícara de café quentinho e precisaria de uma boa noite de sono, mas tem que voltar para o Mundo Acima...

A jovem estremeceu só de pensar em mergulhar na água negra, de consistência similar a óleo. A oferta de uma xícara de café e uma boa noite de sono era bem mais tentadora.

Um frescor clorofilado penetrou em sua cabeça, afastando os maus pensamentos. A calma das árvores e uma onda mental de raios solares aqueceram suas veias. Keelie estendeu e levantou os braços rumo ao teto da caverna, buscando o calor do sol. Precisava haver um equilíbrio entre a luz e a escuridão. O lado elfo dela precisava dos raios de sol, e, o humano, da terra. Mas, além disso, precisava de algo mais... Ela não entendia direito.

As vozes misturadas das tias preencheram sua mente. *Você é a neta de sua avó Josephine também. Ela era metade fada, e seu sangue de fada lhe dá acesso ao Mundo Abaixo. Encontre o espírito da água, que vai conduzi-la até a saída.*

Fada? Então minha avó Keliatiel disse a verdade sobre minha avó Josephine? É por isso que meu pai falou que eu estava sob a proteção das fadas?

Sim.

A imagem da amável e matronal Josephine, com seu uniforme de enfermeira voluntária, surgiu à mente da jovem. Não havia um só osso de fada no corpo da avó. Ela adorava ajudar as pessoas, mas isso não fazia dela uma fada. Então, Keelie se lembrou de que essa sua avó nunca falara da infância.

Uma *bhata* tocou no rosto de Keelie. Knot esfregou a cabeça no tornozelo dela.

A jovem balançou a cabeça, na tentativa de clareá-la. *O que está acontecendo lá em cima? Meu pai? Elia e Jake?*

O Pastor das Árvores e os outros serão julgados amanhã.

Keelie tinha menos de vinte e quatro horas para salvar Elia, seu tio recém-encontrado e o pai.

A *bhata* foi até o ombro dela e apontou para trás. Keelie se virou, junto com o trio de anões. Centenas de *bhata* a tinham seguido.

Madalyn pôs a mão no peito.

— Minha nossa, nunca as vi reunidas dessa forma.

— Você dever ser especial para elas estarem aqui. — Barrow fitou Keelie com respeito.

Os olhos azuis intensos de Radorak continham uma sabedoria condizente com sua voz grave.

— Davey disse que você era um presente, um presente raro entre elfos e seres humanos, e, agora, eu entendo.

Knot esfregou a cabeça nos tornozelos dela. Em seguida, mordeu-a.

— Ai!

O espírito da água emergiu do riacho.

Keelie recuou.

— Caramba! Como chegou aqui embaixo?

— Este é o mesmo riacho que atravessa a floresta e desce pelas corredeiras. — Ele deu uma risadinha. — Eu lhe disse que o gato gostava de você.

Knot bufou, mostrando as presas.

Keelie revirou os olhos.

— Knot comeu muita comida mexicana, com feijão, no almoço. Está apenas com uns gases. — Ela esfregou a perna. Teria que tomar vacina contra raiva, passar um monte de pomada bactericida ou fazer quarentena por causa de pulga de gato. Examinou a perna. Knot não chegara a perfurá-la, mas doía como se ele tivesse arrancado um pedaço. Ela o fuzilou com os olhos.

Naquele momento, o bichano lambia o corpo, como se não fosse com ele, numa atitude tipo: *grande coisa, dei uma mordidinha, e daí? Supere isso.*

— Você é pirado!

Knot parou de se lamber e se endireitou, estalando as costas. Piscou para Keelie e, em seguida, ronronou. Na verdade, não tinha comido um prato mexicano no almoço, mas ela quis acobertá-lo.

O espírito da água balançou a cabeça.

— Precisa de um guia turístico para sair daqui.

— Sim, preciso. Você pode me ajudar?

— Sou uma ótima guia. Vou nadando até a área em que os seres humanos fazem canoagem. Às vezes gosto de assustar as pessoas quando elas descem numa corredeira e emerjo da água. Elas já estão gritando e, então, quando me veem, berram mais ainda.

— Não é perigoso se expor para elas? — Keelie não se dera conta da extensão percorrida pelo espírito da água.

— Não, os únicos que podem me ver mesmo são os que têm sangue de fada. Seja como for, às vezes é entediante ficar apenas com os elfos, que não podem me ver e ficam ocupados demais encenando a Idade Média, e com os anões, que trabalham direto.

Pelo visto, ela se sentia só. Keelie sabia como era aquilo.

Barrow parecia insultado.

— Eu não trabalho o tempo todo. Faço esculturas. E já fiz uma para você. Eu vejo você nas cavernas, chapinhando na água.

O espírito da água pareceu surpreso.

— É mesmo? — O espírito feminino o fitou de um jeito sonhador. — E por que não fala comigo? Eu posaria para você. — A criatura emergiu mais da água.

— Certo. — Barrow enrubesceu.

Um miado lamentoso interrompeu o diálogo. Knot estava agachado à beira do riacho, os olhos dilatados. Meteu uma pata na água e, em seguida, fitou Keelie. Ela entendeu que ele lhe dizia que estava na hora de irem embora.

— Vou aceitar a sua oferta de ser meu guia turístico. — Keelie foi entrando na água escura e gelada, tentando alcançar o fundo com cautela. Para seu alívio, o líquido batia em sua cintura.

O espírito da água foi nadando na frente de Keelie.

Ela tentou não pensar em outras possíveis criaturas da água, à medida que seu jeans molhado começava a pesar. Ia se concentrar em sair dali e voltar para o pai e os outros.

Knot miou, andando de um lado para o outro na margem.

— O que foi?

O bichano miou mais alto e se aproximou da água; em seguida, deu um saldo para trás.

Ela não podia deixá-lo ali, por mais tentadora que fosse a ideia. Muito tentadora. Precisava dele, mas iria ao menos negociar algo em troca deste favor.

— Vou carregar você, mas não vai mais dormir em cima da minha roupa íntima nem meter o focinho no meu mingau. — Deveria até ter incluído outras coisas na negociação, mas estava preocupada demais para pensar direito.

O rabo do gato sacudia de um lado para o outro, e ele semicerrou bastante os olhos.

O espírito da água zombou.

— Ele é louco por você.

Knot inclinou a cabeça, em seguida soltou um gemido e aguardou Keelie à beira do riacho.

Ela apoiou o cotovelo na margem de pedra e estendeu a mão. Ele era um tremendo peso morto, com no mínimo uns onze quilos. Os braços da jovem estariam dormentes quando chegassem ao vilarejo.

Knot, porém, teve outra ideia. Não queria se molhar de jeito nenhum. Resolveu subir pelo tronco dela como se estivesse fazendo alpinismo, metendo as garras na pele de Keelie. Quando chegou aos ombros da garota, apoiou as patas traseiras neles e as dianteiras na cabeça dela, que sabia que ele devia estar parecendo um faraó felino do Egito. Seus ombros doíam com o peso.

— Você vai começar a fazer dieta.

O bichano meteu as garras no couro cabeludo da jovem.

— Ai, seu monstrinho ingrato!

Keelie acenou para os amigos recém-conhecidos e seguiu adiante, caminhando com dificuldade.

Depois do que pareceu um tempo enorme, viu colossais raízes de árvores pendendo no teto da caverna. Tinham que ser as tias. *Estão aí, oh, grandiosas?*

Estamos aqui. Você tem de ir até o broto. Ele precisa ficar conosco.

Keelie sentiu uma onda de culpa. Alora estava sozinha — teria que ir até ela. Tentou entrar em contato.

Alora deu uma fungada. *Onde é que você estava?*

É uma longa história. Estarei aí em breve.

Ouvi uns elfos malvados invadirem a sua casa.

O que significava que os justadores tinham vasculhado o seu quarto.

Você está bem?

Estou. Mas ouvi quando disseram que, pelo menos, você tinha se livrado da plantinha insignificante. Eu não sou uma plantinha. Sou uma árvore. Alora, fruto da Grande Árvore da Floresta de Wildewood.

Keelie sorriu aliviada.

Claro que é. Alora estava bem. *Vou chegar aí daqui a pouquinho.*

Ande logo! Estou com sede.

O espírito da água parou. Elas tinham chegado à primeira caverna, onde Keelie entrara. O riacho subterrâneo acabava ali também, desaparecendo na parede.

Knot pulou dela para a margem com um salto elegante que, embora nada favorável ao couro cabeludo de Keelie, tirou um peso enorme de seus ombros e de sua cabeça. Ela girou o pescoço e movimentou as costas, tentando reajustar os músculos. Na certa ia ter que ir num quiroprático quando aquilo terminasse.

Ainda com água na altura da cintura, Keelie olhou para o diminuto espírito da água.

— Obrigada.

A criatura fitou-a com os olhos grandes.

— Você vai ficar bem?

— Tenho o Knot.

O espírito da água balançou a cabeça.

— Não quer dizer muito.

No lado distante das raízes de árvores, a jovem notou a movimentação de diversas *bhata*. Elas estavam voltando.

— Já contei com a ajuda de fadas, espíritos de água, árvores e anões. Acho que vou conseguir sair desta.

— Vou estar por aqui se precisar de mim.

— Obrigada.

Keelie subiu a margem, rumo às árvores, chapinhando a cada passada, e agarrou uma raiz exposta para sair. Quando tocou nela, uma energia verde familiar fluiu por seu corpo, tão reconfortante quanto canja de galinha. A rainha carvalho enviou-lhe forças.

Vá até o broto. Ela exercerá um papel importante e precisa de sua pastora.

Por um instante, Keelie se lembrou da antiga vida, quando seu destino não era manipulado por árvores ancestrais e maldições.

E os justadores? Estão vigiando vocês?

O que se chama Sean está aqui. Ele irá ajudá-la.

Sean me traiu. Não confio nele.

O coração dele é seu, Pastora das Árvores. Ele é sincero.

Diga isso para Risa, pensou ela.

Não temos tempo para tratar dos corações humanos. Tem de ajudar o broto.

Árvores. A quem eram leais, no fim das contas?

Keelie saiu do riacho escalando as raízes, esforçando-se para levantar a roupa molhada em meio à terra. Pareceria uma bola de lama quando saísse dali. Finalmente sentiu o ar noturno e inalou o ar fresco da floresta com satisfação. Tinha emergido de uma árvore diferente, outra tia.

Sean estava sob a que ela tinha usado para ir ao Mundo Abaixo. Seus cabelos loiros moveram-se numa brisa com aroma de pinheiro, e o coração da jovem bateu acelerado, apesar da traição dele.

Precisaria confiar no rapaz. Não acreditara nele quando dissera que o casamento não fora ideia sua, e o pai dele, no fim das contas, virara inimigo da família. Mas teria que depositar sua confiança em Sean. Esse era um pedido e tanto das tias.

— Quero que você chame a atenção dele — sussurrou Keelie para Knot.

Ele piscou. *Beleza*, pareceu dizer. Ou, ao menos, era o que ela esperava.

O gato foi saracoteando até Sean, que olhava para cima, para os galhos das tias. Keelie também o fez, e viu Ariel acomodada num ramo baixo.

— Ai! — O rapaz saltou num pé só e olhou furioso para algo no chão.

— Está tudo bem? — gritou um dos justadores.

— Está, sim.

A jovem balançou a cabeça. Será que aquele bichano já tinha ouvido falar em sutileza?

Knot se sentou atrás de Sean, longe das vistas dos demais justadores. Admirava a pata estendida. O rapaz parecia prestes a dar um chute nele e mandá-lo para fora da floresta. O gato moveu a cabeça na direção de Keelie, e Sean olhou para lá. Ela se levantou e acenou.

O rapaz hesitou por um instante e, em seguida, foi andando até ela, parando de costas para a jovem.

— Onde andava? A gente estava procurando por você por todos os lados.

— Preciso ir ver Alora. É importante.

— Quem é ela?

Keelie pestanejou, surpresa, e em seguida se lembrou de que ele não conhecia a princesa broto. Ainda bem, ou os justadores que vasculharam o quarto a teriam levado.

— É uma amiga. — OK, talvez não confiasse totalmente nele, independentemente do que afirmaram as tias. — Está no quarto da minha avó.

Sean anuiu.

— Então tem que voltar para casa? Vou ajudar você.

— Como?

— Não sei. Precisamos de uma distração.

No momento certo, Knot saiu perambulando da proteção das raízes.

— Lá está aquele gato — vociferou um dos justadores. — Lorde Niriel mandou que pegássemos esse bicho.

O felino aguardou que diversos elfos o vissem e, então, correu pela floresta.

Keelie se escondeu de novo entre as raízes.

Um justador de armadura se aproximou com alarido.

— Fique aqui e vigie as árvores, Sean — mandou, já ofegante.

Knot ia fazê-los de bobos naquela caçada.

Quando estavam longe de vista, o rapaz estendeu a mão, cálida por causa do trabalho pesado, e a jovem a aceitou. Ele pôs a outra mão em cima da dela, e Keelie sentiu um formigamento agradável percorrer a espinha.

Alguém gritou atrás deles.

— Lá está ela!

Sean se virou depressa e, em seguida, voltou a fitá-la.

— Corra, Keelie.

Correr? Para onde? A jovem voltou para o tronco colossal da árvore. *Abra a porta.* Seu apelo mental foi atendido prontamente. A raiz gigante que bloqueava a entrada para o Mundo Abaixo moveu-se para o lado, como se fosse o dedo mindinho delicado de uma mulher, não uma raiz do tamanho de uma caminhonete.

Keelie saltou no buraco exposto e deslizou dolorosamente pelo caminho de onde acabara de sair, mais que rápido daquela vez, por estar coberta de lama escorregadia. No alto, os gritos dos justadores ficaram mais altos. Eles tinham visto seu alçapão de fuga. Por que a tia não estava fechando o buraco?

Seus calcanhares atingiram o solo com força, dando-lhe um solavanco, e ela saiu correndo pela passagem escura da caverna. Atrás dela, ouviu o tilintar metálico de um justador caindo no buraco.

Esperava que ele estivesse bem, mas não podia ficar ali para checar. Ecos de gritos fizeram com que a jovem se desse conta de que havia mais elfos lá embaixo, e eles a perseguiriam num piscar de olhos. Keelie correu ainda mais, refazendo a rota anterior. Ao seu lado, movia-se em disparada uma sombra. Knot estava com ela de novo.

19

Keelie continuou a correr, passando pelas cavernas que explorara antes. A sala da espiral estava vazia, e ela atravessou a ponte do rio escuro silencioso e passou rápido pela sala vazia, perguntando-se onde estariam Barrow e os pais.

Encontrava-se em território desconhecido naquele momento; mesmo assim, continuou a correr, sem ousar parar. Passou por ruínas de palácios e lugares em que tênues raios de sol brilhavam em jardins espinhosos e abandonados. Após algum tempo, percebeu que ninguém a perseguia e parou. A área de Sob o Monte era gigantesca, e a jovem não fazia ideia de onde estava.

Havia parado num cruzamento de piso de pedra, o cheiro gelado e mineral da caverna pétrea mesclando-se com o aroma terroso, como se ela estivesse nas profundezas da própria Mãe Natureza. Seu quartzo-rosa brilhou levemente no bolso. Ela o pegou e o ergueu.

A luz projetou longas sombras ao redor, e Keelie abaixou depressa o braço. Assustador demais. Ela se virou devagar, segurando o quartzo-rosa à altura da cintura. Três passos para a direita, e a luz ficou mais forte.

A jovem começou a caminhar naquela direção, pensando que Sir Davey teria orgulho dela. Dali a pouco, ouviu vozes conversando numa língua estranha e apressou-se, receando ser deixada sozinha.

A passagem era curva e, quando ela viu, estava na periferia de uma cidade subterrânea. Casas de anões, com as fachadas esculpidas nas residências de pedra, intercalavam-se com oficinas.

Gente pequenina e robusta caminhava apressada, com pacotes debaixo dos braços, e alguns trabalhavam nas oficinas. Keelie reconheceu Barrow.

Ele se sobressaltou ao vê-la e foi depressa até ela.

— Todos estão falando dos elfos entrando no Mundo Abaixo. O que aconteceu?

— Eles estavam esperando por mim quando voltei para o... — A jovem parou de falar, sem saber ao certo que palavra usar para se referir ao seu próprio mundo.

— Mundo Acima?

— Isso. Então eu saltei de volta para cá, mas eles me seguiram. Não sei quando pararam de me perseguir, porque eu estava correndo feito uma louca.

Barrow pôs a mão no braço dela.

— Acho que, em vez de voltar lá para cima, você deveria vir para a nossa loja de ferragens, na cidade.

Na cidade. Os elfos nunca teriam a ideia de procurá-la lá. Keelie franziu o cenho, lembrando-se do pai, de Jake e de Elia. O que aconteceria com eles? Precisava voltar para o vilarejo assim que pudesse. Com a ajuda de Sean e das tias, poderia ir até a Casa das Tradições e libertar os prisioneiros horas antes do início do julgamento. Em seguida, teria que levar Alora até as tias e pegar de volta o livro com elas.

Barrow conduziu Keelie pelas ruelas de mercado. Era estranho ser sessenta centímetros mais alta que todo mundo. E os próprios habitantes daquele mundo subterrâneo também achavam esquisito, pois a encaravam e cochichavam uns com os outros conforme ela passava.

Os dois entraram numa viela, e Keelie foi mais devagar. A rua de pedra suave terminava na porta de uma construção de madeira, o único uso em larga escala de madeira com que ela deparara em Sob o Monte.

— Aqui estamos. — Barrow deu um largo sorriso para ela. — Não parece muito longe, parece? É assim no Mundo Abaixo. Não confie na distância nem no tempo. Aqui tudo engana.

Ele abriu a porta e fez um gesto para ela entrar. Keelie passou pela soleira com cuidado (carvalho, de um lugar ali perto, mas muito antigo), seguida de Knot. Chegaram a um depósito, cheio de caixas e compartimentos repletos de ferramentas, barris de pregos e lonas dobradas.

Barrow fechou a porta, depois de passar.

— Suba direto por esta escada, Keelie Amiga das Fadas, e estará de novo entre os seres humanos.

Eles subiram a escada, com a jovem na frente.

— Amiga das Fadas. Essa é nova.

Barrow pegou a mão dela, enrubescendo.

— Espero que não se importe. É uma verdadeira amiga para as fadas, Keliel. Trata todas as criaturas da mesma forma. Eu também a chamaria de Irmã dos Anões, com o maior orgulho.

Os olhos de Keelie ficaram marejados.

— Obrigada.

Quando eles chegaram à parte de cima, Barrow girou a maçaneta e abriu a porta.

— Bem, é melhor eu voltar antes de o meu velho descobrir que deixei de trabalhar para trazer você até aqui. Até mais tarde. — Ele desceu saltando os degraus e desapareceu em meio ao depósito escuro.

Keelie entrou pelos fundos da loja de ferragens e fechou a porta com cuidado ao passar. Será que esta era uma daquelas portas mágicas, que faziam tudo mudar quando abertas? Ela a abriu depressa e deu uma espiada. A mesma escada escura, o mesmo cheiro de pedra úmida e de pregos enferrujados.

Fechou-a mais uma vez e caminhou a passos largos pela loja rumo à porta da frente, acenando com animação para a mãe atônita de Barrow, atrás da caixa registradora.

— Onde é que vocês dois se meteram, a noite inteira? Onde está Barrow?

— A noite inteira? — Parecia ter passado apenas uma hora e pouco, desde que ela ingressara pelas raízes da tia em Sob o Monte. — Ele acabou de se despedir de mim, no alto da escada.

— Então cuide-se bem. Venha jantar com a gente um dia desses. — Madalyn se dirigia à escada, nos fundos; Barrow devia ter estar em apuros.

Knot esperou por Keelie na calçada do lado de fora, esquentando o corpo sob os raios de sol matinais. A jovem respirou fundo, sentindo o aroma das árvores. Todas as da cidade disseram seu nome, e ela deu um aviso.

Não contem para ninguém que eu estou aqui.

Pastora das Árvores, a Floresta do Pânico a chama.

Keelie franziu o cenho. Não podia ouvir as vozes da Floresta do Pânico. Tinha que voltar depressa, mas como? Olhou ao redor, para as árvores silenciosas da cidade pacata. Não havia ônibus ali, e levaria horas para subir pela estrada até o vilarejo dos elfos.

Um letreiro colorido chamou sua atenção. Claro. Keelie rumou depressa para a loja de tatuagem.

Pela porta de vidro, viu Zabrina sentada atrás do balcão, com uma camiseta sem manga em que se lia: "Venha para o lado obscuro. Temos biscoitos." Seus cabelos haviam sido trançados de forma intricada, e ela estava linda, o que fez Keelie se dar conta de que continuava toda arranhada por ter carregado Knot na água, na cabeça, e usava roupas rígidas, sujas de lama quase seca.

Ao menos Knot estava todo enlameado também, o pelo, um horror. Se o bichano tivesse usado magia para ficar todo arrumadinho, ela teria ficado brava com ele. Keelie abriu a porta e entrou, sentindo algo viscoso por todo o ambiente ao passar. Zabrina desenhava num caderno, a mão esquerda segurando com distração uma xícara de café. Ela olhou para cima subitamente e fitou Keelie, boquiaberta.

— Como conseguiu vir até aqui? A porta estava protegida. — Então, levantou-se e notou as roupas sujas de lama da jovem. — O que foi que aconteceu com você?

— Muita coisa. Acabei de fazer um tour por Sob o Monte, graças a um amigo em comum, Barrow.

— Você esteve em Sob o Monte? — Zabrina ficou pasma. A fadinha tatuada no ombro dela saiu e pairou no ar, as asinhas oscilando. — E passou pela minha porta protegida como se não houvesse nenhum encanto. O que você é?

Keelie deu de ombros.

— Eu ainda estou tentando descobrir. — Ela apontou para a xícara de Zabrina. — Tem mais café?

— Claro. — A moça serviu a bebida numa xícara e entregou-a a Keelie. — Conte tudo para mim.

Keelie se sentou num banco ao lado da nova amiga e contou o máximo que ousou, deixando de lado a parte sobre Jake ser um vampiro.

— O tempo passa de forma diferente em Sob o Monte — explicou ela. — Alguns minutos podem equivaler a dias do Mundo Acima.

Isso significava que o pai não tivera notícias dela a noite inteira. Na certa devia estar desesperado.

— Preciso da sua ajuda, Zabrina. Você pode me levar de carro até a Floresta do Pânico?

A moça agarrou a beirada do balcão, como se precisasse se apoiar.

— Eu não posso ir até lá.

A fadinha tatuada percorria a loja zumbindo, agitada.

— Os elfos não querem a gente lá. Não conseguem nem ver as fadas secundárias e me consideram uma espécie de aberração. — Zabrina olhou de soslaio para Keelie. — E você andou mexendo com magia de fada, algo muito arriscado. Olhe só o que aconteceu com você. Olhe para os seus olhos. Você mudou.

Keelie não tinha nem chegado perto de um espelho, concluindo que as roupas enlameadas já atraíam atenção suficiente. Então, abaixou a cabeça para se olhar no espelho em cima do balcão, perto de uma vitrine de brincos.

Seus cabelos se sobressaíam em tufos de elfo cheios de lama endurecida, e sua orelha pontuda estava arranhada e com sangue. Apesar dos longos arranhões em seu couro cabeludo, graças a Knot, foram seus olhos que a deixaram boquiaberta. Seu tom verde, cor de folha, apresentava raios dourados, e um grande aro de ouro contornava suas pupilas. Será que voltariam ao normal um dia?

Ela se obrigou a se concentrar na questão mais urgente.

— Eu preciso da sua ajuda. O meu pai, o meu tio e a Elia estão em perigo.

A face de Zabrina ficou pálida. Keelie sabia que a moça estava prestes a dizer que sim, mas tinha medo. Pôs a mão no braço dela.

— Pessoas inocentes estão correndo perigo. Posso até não me sair bem, Zabrina, mas quero ficar com a consciência limpa, sabendo que fiz tudo o que pude para salvá-las, independente das consequências.

A moça deu um suspiro.

— Eu também teria que aceitar essas consequências. Você é muito poderosa, Keelie. Para a sua sorte, estou acostumada com meninas travessas, cheias de poder. — Ela pegou a chave do carro debaixo do balcão e encarou a jovem. — Você não disse que a sua mãe era advogada?

— A-hã.

— Deve estar no sangue. Venha. Vamos lá, Molly.

Keelie sentiu uma onda de alívio ao se dar conta de que Zabrina a ajudaria. Molly, a fadinha tatuada, voltou a se encaixar na pele da moça, e elas saíram da loja, seguidas de Knot.

— Espere um pouco enquanto tranco tudo e recoloco as palavras protetoras que você destruiu — disse ela, dando um largo sorriso para a outra. — Não faz nem ideia do quanto é poderosa, não é? Garota, eu senti um troço superestranho quando você entrou na minha loja. Tive a sensação de que a minha vida nunca mais seria igual.

Se tivesse esse poder, Keelie sabia que precisaria de cada parte dele para ajudar Jake e o pai; contra Lorde Niriel, ela tinha a impressão de só contar com a própria perspicácia.

Zabrina abriu a porta do passageiro de um Fusca, da Volkswagen, de tom azul desbotado, que aparentava ter uns cem anos.

Knot deu um salto e entrou, e Keelie se sentou com cautela no banco de tecido. Tinha um buraco no piso.

— Ah, não esquenta, não — comentou Zabrina, animada, ao se sentar diante do volante. — O Vlad já viu de tudo. Uma laminha a mais não vai fazer mal para ele. — Ela deu um tapinha no painel de instrumentos. — O Vladimir é um sobrevivente. Só que consome gasolina feito um vampiro. Sempre tenho que levar vários litros extras comigo.

Keelie estremeceu.

— É uma piada.

A jovem sorriu.

— Vladimir, o Vampiro da Volkswagen. Agora já ouvi de tudo.

Depois de o carro soltar uma fumaça cáustica e de Zabrina passar a marcha ruidosamente, elas seguiram pela rua. Keelie torceu para que chegassem à montanha a tempo de impedir que Lorde Niriel envenenasse as mentes dos integrantes do Conselho dos Elfos.

A moça entrou numa estrada de duas faixas e rumou para o norte. A Floresta do Pânico assomava-se à frente, uma parede extraordinária de floresta densa e verdejante.

De repente, uma barreira cinza apareceu na frente delas. Zabrina gritou e desviou o carro para o lado. Um guincho ressoou no ar enquanto o fusquinha rodopiava, o mundo girando, e parava no acostamento de terra escura, na lateral da estrada.

Keelie fechou os olhos, desejando que o mundo parasse de se mover e, em seguida, olhou de esguelha para Zabrina, para se certificar de que ela estava bem. A moça fitava, boquiaberta, o veículo enorme que surgira de súbito diante delas.

— Odeio quando esses turistas, com seus castelos sobre rodas, acham que podem ocupar a estrada inteira — comentou, furiosa.

A porta do motorista do trailer abriu, e uma pessoa pequenina desceu. O homem tinha um cavanhaque bem-aparado e cabelos escuros longos e voluptuosos.

Seu olhar passou de furioso a perplexo, e ele foi apressadamente até Keelie. Ela se inclinou para abraçá-lo.

— Ah, Sir Davey, que ótimo que está aqui!

— Recebi ligações do meu irmão e, depois, de Radorak, quando já estava a caminho. Que diabos está acontecendo? Acabei com dois cristais de carga turbo para chegar aqui, mas consegui.

— Não temos nem um minuto a perder. Deixe o trailer aqui e venha com a gente. — Keelie o puxou pela estrada até Zabrina, que estava parada ao lado do fusquinha, observando-os cautelosamente.

— Zabrina, este é Sir Davey. Ou Jadwyn. — Ela olhou para baixo, para seu professor e amigo. — Como é conhecido aqui?

— Davey está bom. — Ele estendeu a mão para a moça. — Como vai? É a dona da loja de tatuagens, certo?

— Isso mesmo. Acho que nos conhecemos. Já o vi pela cidade e na vindima também.

— Conversamos depois, vamos embora agora — ordenou Keelie, acomodando-se no banco da frente. Sir Davey sentou-se no banco de trás com Knot, e Zabrina entrou depressa. Vlad, o Fusca, estava cheio, naquele momento. Na certa todos pareciam fugitivos em um carro de palhaços de circo.

Keelie contraiu o maxilar, impaciente. O que estaria acontecendo na floresta? Ela bateu a mão na extremidade da porta do carro.

— As árvores!

Zabrina e Sir Davey a encararam.

— As árvores podem me dizer o que está acontecendo.

— Está com a sua tectita, moçoila? — Sir Davey se posicionara no meio do banco de trás e apoiara as mãos nos encostos de ambos os bancos da frente. Knot andava de um lado para o outro no piso de trás, como um tigre cor de abóbora enjaulado.

— Estou, mas não preciso dela nem do quartzo-rosa. O Pânico não existe mais. Ele foi totalmente eliminado — contou Keelie.

O homenzinho fechou os olhos por alguns instantes, como se o buscasse e, então, abriu-os bem, emoldurando-os com as sobrancelhas grossas.

— Como é possível? — sussurrou ele.

Keelie contou sua história pela segunda vez naquele dia, desta vez sem esconder nada. Quando chegou à parte sobre Jack ser um vampiro, Zabrina arregalou os olhos e a olhou com apreensão, o Fusca dando uma serpenteada.

— Fique de olho na estrada — disseram Keelie e Sir Davey ao mesmo tempo. A moça contraiu o maxilar e se inclinou para a frente, concentrando-se.

A fadinha tatuada saiu do ombro de Zabrina e adejou perto de Keelie.

O homenzinho arqueou a sobrancelha.

— Eis algo que eu nunca tinha visto antes.

A fadinha virou a cabeça com timidez e piscou para ele, como tinha feito com Zeke.

— Ela gosta de flertar — comentou Sir Davey, rindo.

— O nome dela é Molly. — Zabrina pisou com mais força no acelerador, e o motor de Vlad roncou, fazendo mais esforço. As rodas passavam ruidosamente pelo cascalho.

Na frente deles, assomava-se a Floresta do Pânico, um bosque nativo de árvores imensas, cujas folhas mais altas pareciam roçar no céu. Sob a copa, o ambiente era verdejante, e o solo, coberto de musgo e pequenas plantas. Cada centímetro daquele mundo exalava vida.

Keelie fechou a janela para impedir a entrada da fumaça tóxica de óleo queimado, que circundava o carro como uma nuvem escura de tempestade furiosa.

Molly fingiu tossir leve e delicadamente. Ficou esvoaçando ao redor da cabeça de Sir Davey. Ele não parecia apreciá-la, mas simplesmente tolerar a presença da fadinha, só para ser bacana.

Knot subiu no colo de Keelie. Ela o abraçou para impedir que caísse. O bichano resfolegou e, em seguida, espirrou em cima dela.

— Faça o favor de não regurgitar uma bola de pelos — avisou-lhe ela.

O gato ronronou.

Eles penetraram mais na floresta, as rodas fazendo menos ruído, à medida que passavam pelo solo cada vez mais macio. Keelie abriu a mente para as árvores. Precisava sentir sua presença verdejante e reconfortante em seus pensamentos.

Pastora das Árvores, a fumaça tóxica nos faz adoecer, informaram-lhe ao mesmo tempo as árvores, em sua maioria abetos, que cresciam ao longo da estrada.

Keelie olhou de soslaio para trás e observou a nuvem rodopiante de fumaça que saía do escapamento de Vlad. Puxa. Não era à toa que estavam bravas.

A fumaça tóxica vai passar logo. Está levando ajuda para o Pastor das Árvores.

As árvores pareceram confusas. Conforme Zabrina foi passando, Keelie viu suas expressões chocadas nos troncos.

Confiem em mim.

O aroma de sempre-vivas preencheu sua mente.

— O Pânico sumiu de vez — comentou Sir Davey, pasmo. — É surpreendente Zabrina ter chegado a esse ponto da floresta, e você não está sentindo efeito algum, Keelie.

— A situação está pior do que imagina. Veículos 4x4 têm penetrado na floresta. O meu pai receia que aconteça o mesmo aqui que em Wildewood. Olhe. — Ela apontou para as marcas entrecruzadas de pneus, para a folhagem esmagada no solo e para os talhos na casca da árvore. Fez uma nota mental de que teria de contar isso para o pai e voltar para curar as árvores.

Zabrina balançou a cabeça.

— Esse prefeito nojento. Anda recebendo dinheiro de algumas dessas supostas empresas de trailers, que querem que ele abra estradas. Por mim, todo veículo motorizado deveria ser banido da floresta.

Entre os troncos de dois abetos grandes, Keelie vislumbrou um brilho prateado. Lorde Niriel na certa mantinha guardas procurando por ela. Não desistiria.

A jovem abriu a mente para as árvores. *Mostrem para mim onde estão os justadores.*

As imagens de justadores de armadura, perscrutando a floresta a cavalo, surgiram em sua cabeça, por toda a Floresta do Pânico. Outras apareceram rapidamente: a área verde do vilarejo cercada, a Casa das Tradições protegida.

As tias a chamaram.

Precisa do broto de árvore. Alora pode ajudá-la a salvar seu tio, Pastora das Árvores. Sem ela, não resta esperança.

— Pare — gritou Keelie.

Zabrina freou com força. Vlad parou guinchando, e todos foram jogados para a frente.

Knot saltou do colo de Keelie para o chão. Molly foi parar no para-brisa — parecia um adesivo do estacionamento de um show de rock.

Sir Davey agarrava o banco de passageiros, os nós dos dedos brancos de medo.

— O que houve? — Zabrina ergueu as mãos no ar.

— A gente tem que sair. Acho que os justadores viram a fumaça do escapamento. As árvores vão dar cobertura para mim e Sir Davey.

— Então é aqui que a gente se separa. — A moça aparentava estar triste por seu papel na aventura ter terminado.

Algo bateu no capô do fusquinha, ricocheteando da faixa de cromo no centro.

— O que foi isso? — Zabrina fitou a parte amassada que, agora, atravessava o capô do carro.

— Uma lança — respondeu Sir Davey, em tom grave.

Os justadores estão se aproximando, Pastora das Árvores. Vamos tentar impedi-los, mas não podemos fazer isso por muito tempo.

Dois elfos de armadura, montados a cavalo, apareceram em uma curva na estrada, e outro, o que tinha atirado a lança, surgiu da floresta. Zabrina riu.

— Que divertido! Parece que estamos no Festival da Renascença.

— É, só que agora tudo está acontecendo de verdade. — Keelie não gostou da expressão dos justadores.

— Nós temos que ir — ressaltou Sir Davey. — Depois de lanças, pela minha experiência, espadas empunhadas virão a seguir.

— Obrigada pela ajuda, Zabrina. — Keelie ansiava chegar ao pai e a Jake. — Vou ver você de novo?

— Sabe onde fica a minha loja. Que a sorte da floresta esteja com você.

— Obrigada. — Pela janela do Fusca, a jovem viu a face de um abeto ali perto observá-la. *Proteja minha amiga.*

Keelie abriu a porta do passageiro e pisou nas samambaias verdes e resistentes que ladeavam a estrada. Sir Davey saiu com dificuldade e desapareceu na floresta. Knot foi correndo atrás dele, como se já estivesse farto de Vlad, o Fusca.

Da lateral da estrada, Keelie observou Zabrina virar o carro, deixando escapar uma fumaça preta de fuligem. Os dois justadores a cavalo tossiram e deram a volta depressa ao notar que o carro rumava a toda velocidade em sua direção, ricocheteando pelas árvores como um jogo de fliperama maluco.

Keelie alcançou o homenzinho, que corria rumo ao vilarejo. Eles diminuíram o passo, começando a andar. Não havia justadores à vista.

— Sir Davey, antes que a gente vá até o julgamento, preciso buscar alguém.

— Quem?

— Alora.

— O broto de árvore? — Ele franziu o cenho. Em seguida, disse com a voz tomada de pânico: — Keelie.

Algo pontudo espetava a nuca da garota.

— Encontrei você. Não se mova, ou sentirá a minha espada — bramiu alguém de voz grave, atrás dela.

Ela reconheceu a voz. Era Tamriel. Devia ter usado um feitiço como escudo para se esconder.

— Não se mova também, anão.

— Solte Keelie. — Sean surgiu de trás de outra árvore.

— Não desta vez. Niriel ficará satisfeito por eu tê-la capturado.

— Sou o filho dele, e o que digo vale também.

— Todo mundo sabe que você está apaixonado pela Orelha Redonda. Dei ouvidos a você na última vez. Mas não agora.

Sean arregalou os olhos, assustado, quando Tamriel meteu um pouco mais a espada na nuca de Keelie.

— Ai!

— Cale a boca — bramiu Tamriel. — Nós vamos até a Casa das Tradições. Você não falará com as árvores nem evocará as suas aves e os seus gatos.

Keelie olhou para Sean. Ele deixou escapar um suspiro, como se tivesse acabado de tomar uma decisão difícil.

Ela sustentou o olhar do rapaz, os olhos verdes dele brilhantes de preocupação e dor. Sabia o que ele estava pensando. Se o rapaz deixasse Tamriel levá-la, estaria seguindo o caminho maligno do pai. Se a salvasse, estaria rompendo com ele. Era difícil para Sean repudiar o próprio pai, fosse maligno ou não, embora muitas vidas estivessem com futuro incerto — incluindo o destino de todos os elfos.

— Tamriel, solte Keelie. — Sean não titubeou.

Keelie chorou de alívio. Sabia que tivera razão quanto a ele.

— Como é? Escolheria uma Orelha Redonda em vez do seu próprio pai? De seu próprio povo?

— Solte a garota.

Sir Davey agitou os dedos. Um ruído surdo ressoou sob as botas de Tamriel, e milhares de minhocas começaram a se retorcer em torno dos pés do elfo.

Ele abaixou a espada e começou a saltitar para escapar da massa em contorção.

— Pelo Grande Sylvus, o que é isso? Uma maldição de anões?

Sir Davey pôs-se a atacar, como um pequeno jogador de futebol americano, atingindo os joelhos do justador, que tombou.

Sean pegou Keelie e abraçou-a, empunhando a espada e apontando-a para Tamriel, que o fitou com fúria. Keelie se uniu ao seu libertador. Ele apertou-a com mais força pela cintura. A jovem se lembraria daquele momento pelo resto da vida.

Sir Davey chutou a espada de Tamriel para longe, mas o elfo contra-atacou, lançando um punhado de minhocas no rosto do homenzinho. Sir Davey engasgou e rodopiou, cambaleante, tirando os vermes dos cabelos. Tamriel virou-se, de joelhos, levantou-se, a armadura tinindo, e entrou correndo floresta adentro.

— Detesto deixá-la aqui, mas sei que Sir Davey vai protegê-la. — Ele fez um gesto com a cabeça, em direção ao homenzinho, que anuiu. — Preciso pegar Tamriel antes que ele chegue ao meu pai, ou a situação vai ficar ainda pior para a sua família.

Keelie observou Sean correr atrás do justador fugitivo. Não fazia ideia de quanto tempo lhe restava, e ainda precisava pegar Alora.

20

Como não havia ninguém na área em torno da casa da avó, Keelie subiu correndo a escada.

— Onde é que você estava? — Alora agitou as folhas.

— Vindo para cá. — Keelie pegou o vaso com o broto, tirando-o de perto da cama da avó, naquele momento vazia. Lá fora, Sir Davey a aguardava com o carrinho da oficina. Knot ficou perto de Keelie, estreitando os olhos enquanto examinava a área ao seu redor.

— Juro que, se essa árvore fosse humana, seria parecida com Laurie — comentou o homenzinho, ao carregar Alora rumo à área verde do vilarejo.

Uma vez que deu início à lista de reclamações, o broto de árvore não deu trégua.

Eu podia ter morrido de sede.

Sabe o que é abandono?

Espere só até as tias descobrirem o que anda aprontando. Vai se meter em confusão.

À distância, Keelie ouviu vozes que ficavam cada vez mais altas. Eles estavam na parte de trás do vilarejo naquele momento, longe de vista, mas ainda correndo risco, por estarem tão perto. Todos prestavam atenção no Conselho, incluindo os guardas. Um julgamento era raro entre os elfos.

Venha até nós, criança, chamaram as tias.

Sean montava guarda perto delas. À medida que caminhavam, escondendo-se atrás de cabanas e grandes árvores, Keelie se perguntava se Sean conseguira capturar Tamriel. Não ousaria anunciar sua presença.

— Acho que é a partir daqui que devemos tomar rumos diferentes, moçoila. Tenho que ir falar com o seu pai. — Sir Davey chegara à extremidade da área verde, para onde os elfos estavam de costas.

Keelie anuiu, pegou o broto do carrinho e o colocou em segurança na raiz de uma das tias.

Você está deixando vazar água salgada de novo. Alora estendeu um dos galhinhos e afagou a bochecha de Keelie, enquanto Knot escapulia.

Um justador maltrapilho surgiu atrás de Sir Davey, empunhando a espada, pronto para metê-la nas costas do anão. Keelie o reconheceu — era Tamriel. Lutou para deixar a raiz da tia e gritar para avisá-lo.

— Espere, Keelie — bradou Alora.

Sir Davey se abaixou, e Tamriel se lançou adiante, sem atingir nada. O elfo se recuperou e voltou a dar um golpe com a espada. Knot apareceu e saltou atrás do justador, que se virou, continuando a atacar um adversário invisível.

Knot deu a volta, sorriu para Keelie e saltou para uma das raízes das tias. Tamriel foi atrás dele, perseguindo-o de forma colérica. Dali a pouco, o elfo ficou acuado contra as tias e, antes que se desse conta do que ocorria, uma delas levantou a raiz, e ele sumiu de vista.

O bichano saudou Keelie agitando o rabo, e a jovem inclinou a cabeça para ele. A garota teria que pensar duas vezes antes de chutar aquele traseiro peludo. O gato tinha talentos ocultos.

Todos do vilarejo haviam se reunido em torno do Cáudice. Tronos elegantes, que pareciam ser obra de Zeke, contornavam a plataforma de madeira fossilizada. Ali estava sua avó, a Dama da

Floresta, com diversos elfos mais velhos, entre os quais Etilafael, a Chefe do Conselho. Era uma imagem impressionante.

Lorde Niriel subiu no Caúdice, como um galo valente. Agitou a mão como se fosse um político em um comício.

— Saudações, lordes e ladies. Nós estamos aqui reunidos em circunstâncias graves e nefastas, do tipo que nunca imaginamos ter que enfrentar novamente. Fomos traídos, e tudo o que somos está agora em perigo. Teremos diante de nós os que quiseram nos ver desvanecer da face da Terra, e seria pertinente castigá-los como eles teriam nos castigado. Oh, ilustres integrantes do Conselho Superior, vejam agora, à sua frente, o criminoso que regressou.

Empurraram Jake em direção à clareira. Ele cambaleou, em seguida, virou-se para o Conselho e fez uma reverência com elegância. Não deu a impressão de reagir ao frio silêncio após a mesura, mas Keelie notou sua leve expressão de desagrado e a preocupação que anuviava seus olhos.

Lorde Niriel prosseguiu.

— Você se associou com a filha desnaturada de um de nós, um que foi seu irmão. Quando capturarmos Keliel Heartwood, ela compartilhará seu destino. — Ele disse o nome dela como se fosse uma maldição.

— Se não tem nada de bom a dizer, é melhor ficar calado. — A voz dela ecoou pela clareira. Todos os rostos se viraram, boquiabertos, quando Keelie entrou, de cabeça erguida, no círculo de árvores.

21

Ele a chamara de desnaturada. Seria devido ao seu lado humano ou ao uso de magia negra? Keelie se empertigou. Mostraria para eles. Assim que pisou na madeira fossilizada, sentiu um zunido e olhou para baixo, atônita. A árvore perecera, mas, por incrível que parecesse, sua energia continuava ali.

Lady Etilafael se levantou, apoiando-se em um cajado longo.

— Keliel Heartwood, você está sendo acusada de usar magia negra.

— Sim, senhora. Mas não no sentido ruim. Só diferente. — Keelie olhou ao redor, buscando o pai. Ele estava de pé ao lado do trono da avó, com uma visão clara do Conselho e da multidão. Olhou para a filha. Ele também sentia o zunido da árvore petrificada, mas parecia consternado. Sir Davey estava perto dele, segurando uma pedra e sussurrando algo.

Keelie se perguntou quantos outros elfos podiam sentir a magia da árvore ancestral, quantos tinham esse lado de pastor das árvores em seu âmago, a ponto de ouvirem a floresta conversar com eles. Uma rápida olhada mostrou que muitos não tinham.

Apesar da declaração de Lorde Niriel de que se tratava de uma ocasião grave, muitos dos elfos pareciam quase misteriosamente alegres, como se estivessem felizes por ela ter sido pega fazendo algo errado e, agora, pudesse ser expulsa. Os cabelos ruivos de Risa destacavam-se em meio à multidão, e Keelie contraiu o maxilar ao ver a elfo conversando com animação com outra, os olhos arregalados, mal contendo a satisfação.

Dois outros integrantes do Conselho se levantaram, junto com a avó de Keelie. Sua expressão séria não deixou transparecer nenhum vestígio de amor nem compaixão quando ela se dirigiu a Dariel — agora chamado Jake.

— Você foi expulso de nossa floresta, condenado a esquecer, e voltou. Sabia que a consequência seria a morte. — Os integrantes do Conselho se entreolharam, com exceção de Keliatiel, que não desgrudou os olhos de Jake.

— De jeito nenhum — murmurou Keelie. O pai comentara que a condenação à morte estava fora de questão. — Não é culpa dele sua memória ter voltado — bradou ela. — E ele ama esta floresta. Estava preocupado porque o Pânico não estava funcionando.

— Silêncio! — Lorde Niriel adiantou-se depressa. — Pelo que sabemos, o Pânico parou de funcionar por causa da presença do vampiro. Ele não matou três árvores e inúmeros animais?

Todos os elfos ali reunidos começaram a falar.

— Silêncio! — Lorde Niriel ergueu o braço, virou-se devagar e a multidão voltou a ficar quieta, mais uma vez. — Sua vez chegará, Keliel Heartwood. Não tem nada a dizer no que tange a este assunto.

— Sou testemunha. Vi por mim mesma o verdadeiro vampiro. Jake só pegava um pouco da essência de vida dos animais e nunca matou nenhum deles. Nunca fez mal a uma árvore.

Etilafael bateu o cajado no piso de madeira fossilizado.

— Já chega. Mocinha, não sabe o que diz. Eventos ocorridos há muito tempo selaram o destino desse elfo, e agora ele deve pagar.

Um elfo com manto e capuz verde levou o Livro das Tradições e o colocou no meio da plataforma. Ao lado, pôs uma faca de prata. Não era um bom sinal.

— Não é uma atitude civilizada. Ele merece um julgamento justo, não um bando de rituais ancestrais. As árvores podem servir de testemunha. — Keelie recorreu a cada detalhe de conhecimento que obtivera da mãe advogada. — Ele é acusado de ter cometido que grande mal? Ter voltado? Tinham avisado para ele não fazer isso, mas pode-se punir a entrada ilegal com a morte? Vão matar todo excursionista que passar por aqui?

Os elfos sussurraram entre si, Lorde Niriel franziu o cenho e caminhou depressa para a frente, pegando o Livro das Tradições.

A multidão se abriu e uma maca foi levada ao círculo. Lorde Elianard estava deitado nela, pálido e trêmulo, os cabelos dourados, outrora belos, escorridos e grudados na cabeça, por causa do suor. Parecia estar morrendo. Elia estava ao lado dele, com uma das mãos no ombro do pai, a outra segurando um lenço ao rosto umedecido pelas lágrimas.

Lorde Niriel apontou para o ex-lacaio.

— Vejam outro que permitiu que a escuridão tomasse conta de si. Lorde Elianard está se transformando em vampiro, e isso vem acontecendo com ele por causa de Dariel.

Keelie abriu a boca para protestar, mas Jake inclinou a cabeça e encurvou os ombros ao ver o estado de Lorde Elianard.

Os elfos ali reunidos ficaram calados enquanto Lorde Niriel lia em voz alta a lei que os regia.

— Vampiros são parasitas que não devem ser tolerados. Chamam atenção para o Mundo do Além e colocam todos em perigo com sua presença no mundo humano.

Três guardas elfos se aproximaram — os lacaios de Niriel — e cada um, ao seu tempo, apresentou provas contra Keelie: seu amuleto, que ainda levava pendurado no pescoço, sua suscetibilidade ao Pânico, o que demonstrava que era humana e sua amizade com o vampiro e não revelação de sua presença.

— Eu deveria ter permissão de apresentar testemunhas de defesa — argumentou ela.

A avó olhou para Etilafael, e a matriarca elfo anuiu.

— Convoco Knot.

Niriel riu.

— Um gato?

Houve ovações quando Knot entrou com sua roupa de Gato de Botas, uma espada na lateral do corpo peludo. Keelie o fitou. Era exatamente o que tinha sonhado. Podia quase sentir o cheiro dos nuggets de peixe. Sabia que Knot era mais que um bichano, mas aquilo ia muito além do que ela imaginara.

O gato ergueu a pata, pedindo silêncio.

Primeiro, fez uma reverência para o Conselho, em seguida, virou-se para fazer mesuras a cada uma das tias, as rainhas-carvalho.

— Miau não é um orador, mas precisa se apresentar diante dos senhores para defender meu Amigo das Fadas Dariel. Miau afirma que os senhores acusaram falsamente o rapaz. Dariel, dos Pastores das Árvores, é meu amigo. Amigo de todas as fadas, um laço de sangue que miau não despreza. Miau é guardião daqueles com que tem afinidade, miau tem vínculos com Keliel. — Ele fez uma reverência para ela e, em seguida, piscou com um dos olhos grandes.

Com eloquência e o sotaque de bichano, Knot descreveu o que aconteceu em Wildewood e contou que o próprio unicórnio Einhorn tinha dado para Keelie o amuleto que Elianard usara contra ele.

Lorde Niriel se levantou de súbito do lugar em que se sentara, ao lado da multidão, que acompanhava tudo de pé.

— É como eu disse. Nada mudou. Elianard usou o amuleto contra o unicórnio de Wildewood, e agora Keliel está de posse do objeto amaldiçoado, que vem usando em nossa própria floresta. O Pânico sumiu? É claro que foi ela que fez isso, com a ajuda de seu parente vampiro.

Knot bufou para Lorde Niriel, arreganhando os dentes.

— Você é o vilão desta história.

— O gato é um ser encantado, uma fada — ressaltou o elfo, rapidamente. — Todos sabem que eles são instáveis e que não se pode confiar neles.

As expressões de alguns dos elfos deixavam transparecer suas dúvidas. Conheciam Knot e nunca o tinham visto demonstrar um comportamento errático.

— O testemunho de uma árvore ajudaria? — perguntou Keelie. As árvores ao redor sussurraram umas para as outras.

— Como Zekeliel e Keliel são os únicos que podem escutar a linguagem arboral, as árvores não poderão servir de testemunho neste caso. — Etilafael olhou ao redor. Os elfos anuíram. A avó Keliatiel parecia estar perplexa. Por muito tempo ouvira a linguagem das árvores apenas nos sonhos, mas, no dia anterior, sua habilidade voltara.

— Mas tem uma árvore que pode falar claramente, de forma que todos ouçam. — Keelie se virou para Zeke. — Pai, vá pegar Alora. — Ela se dirigiu ao Conselho. — O broto de árvore vai prestar testemunho.

Zeke trouxe o carrinho com o vaso em que o broto estava. Alora parecia satisfeita com a atenção. Keelie receava que tivessem de lidar com a incrível e odiável tendência melodramática da arvorezinha, porém, em vez disso, ela apenas endireitou suas folhas.

— Acha que pode fazer com que todos a ouçam? — perguntou Keelie em um murmúrio, depois de se inclinar. — Jake a ouviu, mas claro que ele é um Pastor das Árvores.

— Não se preocupe, Keelie. Tenho a seiva de Wildewood no tronco. Posso me fazer ouvir. — Alora agitou os galhos, chamando a atenção de todos e, em seguida, mostrou o rosto.

Houve uma comoção em meio à multidão, empolgada com uma visão da qual só tinha ouvido falar. Zeke e a mãe olharam ao redor, atônitos. Todos podiam ver a verdadeira face da árvore.

— Sou a filha do Grande Carvalho de Wildewood — ressoou a voz de Alora. — Enviada para reforçar nossos elos com nossa floresta irmã. Fiquei sob a responsabilidade de Keliel Heartwood, filha de Zekeliel, Pastor das Árvores. Testemunhei o fim da batalha, e minhas árvores progenitoras também viram quando Keliel derrotou o feiticeiro maligno Elianard e sua filha Elia do Coração Obscuro. Eles tinham usado o amuleto para sugar a energia do Guardião Unicórnio e enfraquecer a floresta. Levaram o chifre dele.

A multidão ficou pasma. Lorde Niriel fuzilou com os olhos o broto de árvore, que prosseguiu, sem se deixar perturbar.

— O próprio Zekeliel Heartwood adoeceu por causa da magia negra. Como fruto de carvalho, fui colocada sob a responsabilidade de Keliel em agradecimento pelos serviços prestados por ela. Agora falo por Wildewood. Keliel Heartwood é bem-vinda lá. É como uma irmã para mim. O indivíduo que procuram não está sendo acusado, mas eu o acuso. Niriel, dos Ramos de Prata.

Os elfos ali presentes deixaram escapar gritos abafados, e Lorde Niriel empalideceu, mas manteve o rosto erguido.

— Que grande absurdo. É óbvio que não sou um vampiro. Vão dar ouvidos a uma árvore falante?

Keliatiel se levantou de novo.

— Nossos destinos estão ligados às árvores. Sentimo-nos honrados em ouvir a Princesa Alora.

Um galho surgiu serpenteante do alto, carregando o livro que Keelie entregara às tias antes de ir ao mundo subterrâneo. Lorde Niriel deu um salto, tentando agarrar o livro.

Um grito penetrante surgiu do alto, indicando a volta de Ariel, que arremeteu, as garras estendidas na direção do rosto de Lorde Niriel. Ele se abaixou e Keelie pegou o livro.

Lorde Niriel se endireitou e ajeitou as vestes enquanto Ariel se acomodava num galho sobre eles.

— Estão vendo? Ela mesma prova que tenho razão. Sua magia negra restaurou a visão do falcão, que se tornou um monstro sombrio, a serviço dela. Keliel usou este livro amaldiçoado e, agora, o manuseia de novo.

Keelie se virou para Jake.

— Diga a verdade para eles. Conte o que aconteceu com você, Elianard e Niriel.

Jake deu de ombros.

— Você não pode desistir. Pense em Elia. Não a ama? Quer morrer ao mesmo tempo em que o pai dela desvanece, deixando-a sozinha?

Os olhos do rapaz se dirigiram depressa a Elia, que estava ao lado do pai, uma filha leal, embora soubesse que Elianard a levara para o mau caminho. Então, ele voltou a olhar para Keelie, moveu de leve a cabeça, endireitou os ombros e enfrentou o Conselho.

— Vou falar agora do que aconteceu nesta floresta há muito tempo — começou ele. — Matei o unicórnio da floresta de Okanogan e recorri à sua morte para restaurar o Pânico em nossa floresta. Fui castigado por isso, mas sei que não agi sozinho. Os lordes Elianard e Niriel me ajudaram a planejar e a levar adiante o ato. Nós matamos juntos a criatura.

Os elfos deixaram escapar gritos furiosos. Etilafael bateu o cajado contra o Cáudice outra vez, e, após algum tempo, a multidão se aquietou.

Lorde Niriel franziu o cenho.

— Que triste Dariel ter que acusar inocentes para aliviar a própria consciência. Mas não é verdade que não vale a pena viver fora da floresta? Por que lutar mais para continuar a fazê-lo?

— Bem, ele não desvaneceu, não é? — vociferou Keelie. — Ele estava muito bem em Seattle, quando suas lembranças voltaram. Só voltou em busca de justiça, e porque a mãe estava desvanecendo.

Keliatiel a encarou.

— Estou dizendo a verdade, vó.

— Ela está dizendo a verdade — salientou Elia, que, em seguida, tirou algo embrulhado do vestido e mostrou o chifre do unicórnio, a base irregular no ponto em que fora arrancado da cabeça de Einhorn. — Lorde Niriel insistiu que o meu pai fizesse isso. E, para a minha vergonha, eu ajudei.

Um burburinho espalhou-se na multidão e, em seguida, fez-se silêncio, ante a revelação.

— Isso é meu — gritou Lorde Niriel, lançando-se em direção a ela para pegá-lo, mas Elia o jogou para Jake. O elfo então se jogou em cima de Jake, levando-o a cair no chão. Os dois lutaram enquanto os elfos corriam, chocados, para impedi-los. Com um grito, Lorde Niriel ergueu o chifre acima da própria cabeça e o enfiou no coração de Jake.

Jake ficou imóvel, os olhos arregalados de surpresa. Em seguida, fechou-os, conforme seu corpo ficava inerte. Keliatiel deu um berro e correu até o filho perdido. Ajoelhou-se ao lado dele e chorou.

Keelie ficou olhando fixamente para o tio morto, seu amigo. Tudo acontecera tão rápido.

Elia se ajoelhou ao lado de Jake, lágrimas escorrendo pelo rosto.

— O que foi que eu fiz? — bradou. — O que foi que eu fiz?

Um gemido surgiu da floresta ao redor deles. No alto, Ariel gritou e pôs-se a voar. Zeke segurou o ombro da filha.

— Keelie, quero que volte para a Califórnia. Sir Davey vai levá-la até Laurie.

— Do que está falando, pai?

Uma ondulação percorreu a clareira, como se a terra tivesse dado de ombros, e o vento agitou as copas das árvores.

— Apenas me escute. Minha mãe entregou a floresta. Preciso assumir o controle.

Keelie sentiu a energia verde se acumular como numa rebentação, a onda indo e vindo, cada vez mais forte a cada investida.

— Acha que não vai sobreviver a isso, não é? Acha que isso vai matá-lo. Você se ligou ao Pânico!

O pai a beijou e a abraçou com força.

— É a única forma, Keelie. Eu amo você. — Ele a afastou e se virou para as árvores.

Um sussurro verdejante passou pela mente da jovem, que soube o que fazer. Jogou o livro de magia na parte central do círculo formado pelas árvores e, em seguida, agarrou Alora pelo tronco e a arrancou do vaso, que bateu no chão e quebrou. As raízes expostas do broto se contorceram. Keelie ergueu Alora e bruscamente a colocou em cima do livro, levando as bijuterias a se agitarem com fúria. Na mesma hora as raízes dela rodearam o livro, rompendo-o com um grande estalido. A base do Cáudice se abriu. As raízes de Alora penetraram pela fresta e, alimentado pela magia de Sob o Monte, o broto começou a crescer.

A terra se ergueu à medida que Alora crescia, o tronco aumentando, atirando elfos e o anão no solo. Como um tentáculo verde, uma das raízes dela contornou o corpo de Jake, levando-o à terra em movimento sob o tronco, o chifre onduloso do unicórnio ainda enfiado no peito dele. Keliatiel e Elia tentaram libertá-lo, mas Alora era mais forte.

Com seis metros, e ainda crescendo, o broto esticou os galhos para o alto, e as rainhas-carvalho fizeram uma reverência para ela.

Zeke ria ao olhar para o rosto de Alora, que não estava muito acima deles. Keelie se perguntou se ele tinha enlouquecido, mas, então, sentiu o choque, como se atingida por um ônibus desenfreado, e se ajoelhou. O Pânico renovado ribombava floresta afora, trazido de volta pelo poder conjunto do presente de Wildewood e a magia das fadas, liberada pela destruição do livro.

Sir Davey pôs a pedra dele na mão de Keelie.

— Aqui está, moçoila. Acho que vai precisar disto.

Keelie se levantou, meio vacilante, mas conseguindo respirar sem passar mal. O Pânico voltara — o que significava que a floresta estava segura, assim como o pai e a avó.

Mas Jake tinha morrido. Ela chorou ao perceber que nunca mais o veria.

Pare de chorar, Keelie. Essa água salgada faz mal para as minhas raízes. Alora levantou uma delas. *Está vendo?*

As *bhata* surgiram sob a jovem, preenchendo a floresta com seu zunido e com os estalidos dos gravetos. Carregavam a espada de madeira que tinham trazido para Keelie.

A jovem a pegou.

— Puxa, obrigada. — O que devia fazer com ela?

Do outro lado da clareira, Elianard saiu cambaleante da maca e rumou trôpego até a filha, que chorava. Ajoelhou-se ao lado dela.

— Elia, não agi direito com você. Queria que a floresta permanecesse intacta para você, para seu futuro, mas acabei nos destruindo.

Keelie se lembrou das palavras de Jake de que deixar de ajudar alguém equivalia a amaldiçoar tal indivíduo. Olhou para a espada e sentiu o frio do amuleto contra o peito. Por que Einhorn o dera para ela? Para que serviria agora?

Ela tirou o cordão pela cabeça e foi até Lorde Elianard, que a olhou, pálido e trêmulo, o rosto marcado pela dor e pela tristeza.

— Sinto muito, Keliel Heartwood. Agi mal com você, com seu pai e com todos os guardiões da floresta. Lamento muito mesmo. Mereço meu destino. — Ele olhou para a filha, e seu desespero se esvaiu por um instante, demonstrando doçura. — Você será amiga de Elia?

Perdão. Era mais difícil que a vingança. Keelie ofereceu o cordão com o fruto de carvalho de prata oscilando pesadamente na ponta.

— Dou isto para você, da parte de Jake. Do meu tio Dariel, Pastor das Árvores.

Lorde Elianard fitou, atônito, o amuleto que representara sua derrocada. Keelie o observou passar o cordão pela cabeça. Ele pareceu pensar que fazia parte de seu castigo.

Outro murmúrio verde, e Keelie olhou para o pai, que piscou para a filha e fez um gesto para o que ela ainda segurava. Ela também ofereceu a espada para Lorde Elianard, o punho voltado para ele.

— Parece que isto é para você.

Intrigado, o elfo agarrou o punho, então foi arremessado para trás ao sentir uma onda de magia verde. A lâmina de madeira faiscou e chiou e, de sua ponta, saiu uma espiral de fumaça conforme o processo se revertia e ela se transformava de novo em aço. A magia verde que a transformara em madeira infiltrava-se nos braços de Lorde Elianard.

Elia se levantou, vacilante, quando Elianard ficou de pé, curado. Então, ele abraçou a filha com força.

Imagine só, pensou a Pastora das Árvores. Elia tinha razão — coubera a *Keelie* curar Elianard.

No alto, Ariel deixou escapar um grito de aviso, e Keelie viu que Lorde Niriel começara a fugir.

Zeke se colocou no caminho dele.

— Sou o mestre da floresta. Seu destino é vagar pela terra, esquecendo-se do seu legado. Não se recorde de nós. E, se voltar, será condenado à morte. — O pai ergueu os braços, e as árvores balançaram. O Conselho se reuniu atrás dele, inclusive a avó, embora ela ainda parecesse desolada. Juntos, evocaram o feitiço que mandaria Niriel para longe dali, tal como havia ocorrido com Jake, fazia um século.

Lorde Niriel manteve a cabeça erguida, porém Sean gritou e implorou que parassem.

— Pai, amo você. — Suas palavras se perderam, à medida que um vento rodopiou no círculo. As vestes de Lorde Niriel se ergueram, as pontas se transformando numa névoa escura. A transformação começara.

O elfo concentrou o olhar no filho, como se tentasse se lembrar daquele detalhe para sempre. Keelie sentiu um aperto no peito. Não conseguiria ficar olhando. Dava para ver o amor de Lorde Niriel pelo filho em seus olhos, mesmo no instante em que ele certamente sentia a magia destruir suas lembranças. Teria sido aquela a aparência da mãe de Keelie antes de o avião cair? Será que ela tentara levar a lembrança da filha para o outro lado?

As vestes de Lorde Niriel haviam praticamente se transformado em névoa, e os dedos, se alongado de um jeito estranho, as pontas sumindo, porém o restante dele continuava ali. Keelie não conseguira impedir a queda do avião, mas talvez não fosse tarde demais para impedir a destruição do elfo.

— Parem! — Ela concentrou toda a força no grito. As árvores ouviram, a terra tremeu e as fadas ficaram imóveis. — Parem o feitiço. — Keelie abaixou a voz para se dirigir ao Conselho. — Se Lorde Elianard pode ser perdoado e curado, por que não Lorde Niriel? Os elfos precisam mudar. A vingança não é a resposta, tampouco um castigo que afeta os inocentes. — Ela apontou para a face aflita de Sean.

Os membros do Conselho se entreolharam; em seguida, fitaram a avó de Keelie, que escondera o rosto com as mãos. Então, balançaram a cabeça para Zeke, que abaixou os braços. O vento cessou. O feitiço tinha sido rompido.

Keelie sentiu a energia verde percorrer seu corpo conforme as árvores a evocavam, e viu a avó erguer as mãos, surpresa, em direção às copas altas sobre elas. As árvores conversavam com a avó Keliatiel de novo.

A jovem abriu a mente e as ouviu. Apesar da morte de Jake, haveria muita comemoração naquela noite, em virtude da recuperação da floresta.

Zeke fez um risco na terra, na extremidade da grande clareira, e Niriel foi libertado. Sean, que ficara na parte externa do círculo, com os ombros caídos e o aspecto desolado, sentindo-se só, correu para os braços do pai. Keelie sentiu as mãos de Zeke em seus ombros e se virou para abraçá-lo com firmeza.

— Foi a mamãe — comentou a filha. — Achei que talvez ela tivesse se sentido como Niriel, instantes antes de partir.

O pai beijou os cabelos dela e não disse nada, mas ela sentiu uma lágrima pingar em seu pescoço e apertou-o com mais força pela cintura. Knot esfregou-se na perna de Keelie, já do tamanho de um gato de novo, e ela o ouviu falar outra vez:

— Alora quer você.

A jovem fitou o bichano. Talvez ouvi-lo falar não fosse tão bom assim. Ela soltou o pai.

— Já volto.

Ele anuiu, e Keelie foi até o broto, naquele momento imenso, enquanto o pai e Sir Davey iam até Sean.

— Então, como vou chamá-la agora que não é mais o broto mimado de antes?

— Do que é que está falando, Keelie? Claro que ainda sou o broto. E preciso de bijuterias maiores. E de uma quantidade muito maior. Agora mesmo.

As tias riram na mente da jovem. *Ela é a Árvore-Rainha da Floresta do Pânico, Keelie. Nossa própria Grande Árvore.*

Keelie deu de ombros. Não estava de bom humor naquele momento. Coitado do Jake. Tinha voltado para casa para morrer. Ela se perguntou se deveria abraçar a avó. Um pensamento assustador.

— O que foi, Keelie? Não acabou dando tudo certo, como você queria? Você está em segurança, o Pânico voltou. Estou no comando, como queriam Wildewood e a Floresta do Pânico. Seu pai é o Lorde da Floresta. O que mais pode querer? — Alora parecia perplexa.

— O meu tio morreu. Sei que, no caso das árvores, é diferente.

— Nós vamos fazer um Lorem para ele.

— Não é a mesma coisa. Eu vou sentir saudades. Elia, na certa, mais ainda. Ela o amava. E ele a amava. — Keelie enxugou as lágrimas frescas dos olhos.

— Não me venha de novo com essa água salgada. Já avisei. Está bem, isso vai fazer com que pare.

Um som de trituração ecoou na clareira, e todos pararam de rir quando as raízes de Alora abriram caminho, expondo um corredor escuro sob seu tronco agora enorme.

— Agora você pode ir para Sob o Monte quando quiser.

— Obrigada. — Keelie se esforçou para parecer entusiasmada.

Uma tremulação perto da abertura escura revelou um enxame de *feithid daoine*. Então, a escuridão se esvaiu em meio a um brilho branco ofuscante e ao estrépito de cascos na madeira fossilizada.

Os elfos se aproximaram, protegendo os olhos da luz brilhante que penetrou na clareira. Quando todos puderam ver de novo, havia um unicórnio na frente de Alora, seu chifre era uma espiral longa e delgada, de tom prata cintilante.

Maravilhados, os elfos fizeram reverências enquanto o unicórnio contornava o círculo, observando cada um deles. Ele parou na frente de Zeke, tocou-o com o chifre e, em seguida, fez o mesmo com Keliatiel antes de ir até Keelie.

— Ah, Alora, obrigada. — Keelie observou os olhos verde-claros do unicórnio, tão lindos que ela teve vontade de chorar de alegria por tê-lo por perto.

O unicórnio inclinou a cabeça para ela, tocando seu coração com o chifre. Uma onda de felicidade fervilhante percorreu seu corpo, apagando a dor da morte de Jake. Ela franziu o cenho. Não queria se esquecer dele, mas o unicórnio fora para o outro lado da clareira, onde uma multidão de elfos se reunira para tocá-lo.

Ele tolerou seus toques, mas os afastou com delicadeza para se aproximar de Elia. A elfo parecia assustada, como se o unicórnio estivesse prestes a golpeá-la com o chifre mortalmente afiado, mas, em vez disso, ele a olhou languida e amorosamente; em seguida, cintilou e desapareceu numa névoa prateada.

Ouviu-se um grito de decepção; porém, da bruma, surgiu um homem de túnica branca, alto, bem-apessoado, orelha pontuda e... muito familiar.

Elia gritou, levando as mãos ao rosto, ocultando-o. Ele puxou os pulsos dela para baixo e lhe deu um beijo na boca. Então, virou-se para Keelie e piscou com o olho verde brilhante.

Keelie fez sinal de aprovação com o polegar.

— Bem-vindo, tio Jake — sussurrou ela, indo, em seguida, abraçar uma árvore fulgurante.

Epílogo

Keelie estava sentada, apoiada num grande pinheiro, no alto da montanha, observando a floresta abaixo. O maquinário de escavação já não estava mais lá, tampouco a estrada batida. A magia que fluíra pela montanha havia cinco meses apagara todos os sinais de obra humana. A primavera estava para chegar, e brotos começavam a germinar em todas as árvores.

Ariel pegara uma corrente térmica e parecia um pontículo em forma de falcão no céu. Continuava escura, mas tão linda que levou Keelie a sentir um aperto no peito. A satisfação do falcão em voar e caçar era incrível, exceto quando levava para a jovem ratinhos despedaçados como presentes carinhosos. Só Knot gostava deles.

Keelie se perguntou como os representantes elfos explicariam a mudança da floresta na cidade. Claro que, com o Pânico atuando a todo vapor, seria muito improvável que algum ser humano se aventurasse a construir algo tão perto da Floresta do Pânico de novo.

Ela coçou o braço, deslocando a *bhata* que estava pendurada na manga de sua blusa. As fadas pareciam se interessar muito por ela agora. Estavam por toda a parte, também. Quem diria que havia tantas fadas de graveto e insetos-fadas? A floresta estava apinhada delas.

Uma risadinha ressoou do outro lado da árvore. Ela revirou os olhos. Elia e Jake estavam grudados um no outro mais uma vez. Keelie não conseguia chamá-lo de Dariel, embora ele estivesse bem diferente como lorde unicórnio da floresta.

Ela vai ter um filho, disse uma voz em sua mente. Keelie observou a *bhata* que subia na perna de sua calça, os olhos de baga de azevinho observando-a com atenção.

É mesmo? A ideia de Elia como mãe de qualquer um era bastante assustadora, mas faria dela uma heroína local, e a elfo adorava aquele tipo de atenção.

Ela se deu conta de que seria Tia Keelie. Sorriu. Até que gostava da ideia. Não, espere aí. Se Jake era seu tio, então o neném seria seu primo. Não tão legal. Keelie insistiria em ser chamada de Tia Keelie.

Tias são legais. As vozes das tias de carvalho, as Rainhas da Floresta do Pânico, trinaram.

Eu quero ser tia, disse Alora. *Quando é que você vai ter um fruto, Keelie?*

Ainda vai demorar muito, muito tempo.

A *bhata* balançou a cabeça, concordando.

Keelie escutou o ruído de folhas pisoteadas por botas e observou Sean saltar pelo riacho e acenar para ela. Estava com uma sobrecapa da Companhia de Justadores dos Ramos de Prata, já que vinham dando um duro danado, com o intuito de se preparar para a temporada de Festivais da Renascença, prestes a começar, e ele estava no comando. Desde o julgamento, Lorde Niriel se mantivera na ferraria, lidando com as fornalhas e moldando aço para transformá-lo em lindas espadas novas. Havia pouco tempo ele fora para a Alemanha, com o objetivo de trocar ideia com os elfos da Floresta Negra sobre a forja de espadas. Um novo especialista em espadas ficaria em seu lugar na Floresta do Pânico.

Alguns dos elfos da região acharam que perdoar Lorde Niriel fora um erro, mas Sean andava tão feliz e relaxado naqueles dias que Keelie sabia que fora a atitude certa a tomar. Pelo menos por enquanto. E, como o pai de Risa não queria a filhinha envolvida com a família de Niriel, o casamento foi cancelado. Risa não falava com Keelie, mas a jovem vira a elfo observando Sean com nostalgia. Risa se mantinha ocupada com os cultivos, desidratando ervas e engarrafando elixires herbáceos. O boato que corria pelo vilarejo era que ela começaria a participar em breve do circuito de festivais, iniciando no Festival de Shakespeare da Cidade Julieta, na Califórnia. Keelie desconfiava de que o alívio de Sean por estar fora de perigo acabaria em breve.

Keelie iria para o Festival da Renascença de Montanha Alta com o pai em maio, e sabia que a avó planejava que fossem visitar diversas florestas debilitadas. Keelie passara a ser considerada uma especialista em renovação florestal. Porém, antes, ela se concentraria em tirar a carteira de habilitação, já que vinha recebendo lições de direção de Zabrina — uns amassos a mais no Vlad, o Fusca, não pareceram incomodar a nova amiga.

Ela ergueu a mão para retribuir o aceno de Sean, em seguida se levantou e deu umas batidinhas na calça, fazendo calar de propósito a vozinha fina da *bhata* profética.

Seja lá o que a fada de graveto tivesse a dizer sobre ela e Sean deveria permanecer em segredo. Ela começou a descer correndo a montanha, em direção a ele. Mal podia esperar para descobrir por si mesma.